MÉMOIRES

SECRETS

Pour servir a l'Histoire de la République des Lettres en France, depuis MDCCLXII jusqu'a nos jours.

ANNÉE M. DCC. LXXXIII.

12 *Juin* 1783. Toute l'académie des sciences, tous les grands méchaniciens ont été voir le joueur d'échecs, & l'auteur qui s'attendoit à être bientôt deviné dans ce pays-ci, est émerveillé que son secret échappe à tant d'observateurs. C'est un gentilhomme hongrois, qui se nomme M. *de Kempelen* ; car le sieur *Anthon* n'est que le prête-nom.

L'idée de construire cet automate vint à M. de Kempelen un jour que le sieur *Pelletier*, François, qu'on a vu long-temps ici s'essayer à des jeux

A 2

magnétiques, les exécutoit devant l'impératrice-reine : cette augufte fouveraine avoit fait appeller à ce fpectacle M. de Kempelen, comme connoiffeur ; il affura à S. M. impériale qu'il feroit quelque chofe de plus furprenant, & il tint parole : dans l'efpace de fix mois il conduifit à perfection fon automate, joueur d'échecs. L'auteur, content des éloges qu'il reçut dans le temps, & dont les journaux & gazettes retentirent à l'envi, négligea cette machine, & s'occupa d'objets d'utilité publique ; il employa une partie de fa fortune à fimplifier la machine à feu des Anglois, puis exécuta celle mife en œuvre à la cafcade du château impérial de Schombrun. Lorfque le comte & la comteffe du Nord fe rendirent à Vienne, l'empereur, qui defiroit fatisfaire la curiofité de ces illuftres étrangers, crut leur préfenter un fpectacle capable de les amufer, en engageant le gentilhomme hongrois de rétablir fon automate qu'il avoit abandonné, & qu'il qualifioit de *bagatelle.* Pour mieux en expofer la conformation & fituation extérieure dont on a déja parlé, il faut revenir fur ce qu'on a dit.

L'automate eft fixé, ainfi que le fiege fur lequel il eft placé, à une armoire qui a trois pieds & demi de large, deux pieds de profondeur, deux pieds & demi de haut, & porte fur quatre roulettes, par le moyen defquelles elle eft mue à volonté. On a déja dit que cette armoire ou commode s'ouvre avant la partie, & peut être examinée par tous les fpectateurs ; on voit tout à la fois l'automate à nu, ayant les vêtements retrouffés ; on détaille les leviers, rouages, cylindres & autres pieces qui le font agir.

Lorfque la partie commence, l'automate a le

MÉMOIRES

SECRETS

POUR SERVIR A L'HISTOIRE

DE LA

RÉPUBLIQUE DES LETTRES

EN FRANCE,

DEPUIS MDCCLXII JUSQU'A NOS JOURS;

O U

JOURNAL

D'UN OBSERVATEUR,

CONTENANT les *Analyses des Pieces de Théatre qui ont paru durant cet intervalle ; les Relations des Assemblées Littéraires ; les notices des Livres nouveaux, clandestins, prohibés ; les Pieces fugitives, rares ou manuscrites, en prose ou en vers ; les Vaudevilles sur la Cour ; les Anecdotes & Bons Mots ; les Eloges des Savants, des Artistes, des Hommes de Lettres morts, &c. &c. &c.*

TOME VINGT-TROISIEME.

. . . . *huc propius me,*
. . . . *vos ordine adite,*
Hor. L. II. Sat. 3. ỳ. 81 & 82.

A LONDRES,

CHEZ JOHN ADAMSON.

M. DCC. LXXXIV.

trait. L'inventeur eft à côté de lui à fa gauche,
& quand il doit jouer, il paffe à fa droite. Si
l'automate prend quelque piece, l'inventeur les
va porter dans une boîte placée à quelque diftance du joueur ; elle paroît n'avoir aucune communication apparente avec la machine ; mais il
l'ouvre de temps à autre durant le jeu de l'automate pour regarder dans fon intérieur, & il prétend que fans elle l'automate ne pourroit pas
jouer.

La machine ne peut jouer que dix à douze coups
fans être remontée. L'auteur affure que le magné-
tifme n'eft pour rien dans fon invention ; du
moins il permet de placer fur la machine l'aimant
le plus fort & le mieux monté, fans que les opérations en puiffent fouftrir la moindre altération.

Ces détails font pris des *Lettres de* M. *Gottlieb*
de Windifch fur le joueur d'échecs de M. *de Kem-*
pelen, écrites en allemand & traduites en françois, publiées par Chrétien de Mechel, membre
de l'académie impériale & royale de Vienne. Elles
font accompagnées de trois gravures qui repré-
fentent le fameux automate.

12 *Juin*. Depuis qu'on a parlé du projet du
fieur de Beaumarchais de faire jouer à la cour
fa farce du *Mariage de Figaro*, fuite du *Barbier*
de Seville, il s'en eft fait douze à quinze répétitions aux menus, & c'eft fur le théatre de cet
hôtel que la repréfentation doit avoir lieu demain
par les comédiens françois. Tous les grands, tous
les princes, tous les miniftres, toutes les jolies
femmes font averties par des billets, avec une
figure gravée de Figaro dans fon coftume, &
l'auteur fe flatte que la reine même honorera le
fpectacle de fa préfence. Du refte, il eft fi attaché

A 3

à fon ouvrage , qu'il n'en veut rien retrancher , qu'il y veut conferver toutes les ordures les plus groffieres dont elle eft remplie. Elles doivent à fon gré en faire le fuccès , & au jugement des connoiffeurs impartiaux , elles fatigueront enfin par la longueur exceffive de la piece , dont la repréfentation fera de trois heures au moins.

13 *Juin*. On a parlé il y a déja quelques années d'une tête d'airain exécutée par un abbé Mical, laquelle articuloit quelques fons. M. de Windifch dans fes lettres , nous apprend que M. de Kempelen s'occupe à perfectionner une machine qui parle. Les premiers fuccès lui donnent l'efpérance de réuffir : elle répond déja affez clairement à quelques queftions & forme des phrafes en différentes langues. La voix en eft agréable & douce, il n'y a que l'*r* qu'elle prononce en graffeyant.

Ce parleur n'eft encore qu'une fimple caffette ayant quelques ouvertures dans lefquelles l'inventeur met fes mains pour faire jouer plufieurs mutations, refforts & clapets , fuivant les mots que la machine doit articuler.

C'eft à Paris que M. de Kempelen fe propofe de donner à cet autre automate les apparences d'un enfant de cinq à fix ans, dont la voix a plus d'analogie aux fons que produit cette nouvelle méchanique. L'auteur ne la regarde encore que comme ébauchée.

13 *Juin*. Ce matin , jour auquel on devoit exécuter le *mariage de Figaro* , M. le duc de Villequier a fait fignifier à tous les acteurs de la piece qu'ils euffent à s'abftenir d'y jouer , conformément à un ordre du roi qui défend à tous fes comédiens , foit françois , foit italiens , d'exécuter cette piece en aucun lieu & pour qui

que ce foit, à peine *d'encourir l'indignation de fa
majefté.*

14 *Juin.* Les hautes protections de Mad. le
Brun, dont la maifon, ainfi qu'on l'a dit, eft
aujourd'hui le rendez-vous des feigneurs les plus
aimables & les plus accrédités de la cour, ont
enfin furmonté les obftacles qui s'oppofoient à
fa réception à l'académie, & cette compagnie,
le 31 mai dernier, l'a reçue parmi fes membres.

Mad. Guyard a été admife avec elle. Celle-ci
eft une Dlle. la Bille, fille du marchand de
modes chez lequel Mad. Dubarri a demeuré
dans fa premiere jeuneffe ; ce qui forme un épifode
curieux des anecdotes de cette dame.

14 *Juin.* Le fieur de Beaumarchais eft d'autant
plus fot de fe voir fruftré des applaudiffements
qu'il attendoit, que le roi paroît s'être fait un
plaifir de ne faire connoître fes intentions qu'au
moment même où la piece alloit fe jouer. Sa
majefté s'en étoit réfervé le fecret au point que
M. le comte d'Artois s'étoit mis en route pour
voir le *mariage de Figaro*, dans la plus parfaite
confiance, & n'a appris la défenfe qu'à fon arrivée
à Paris.

Ceux qui ont vu des répétitions affurent qu'il
y a non feulement beaucoup d'ordure, mais encore
des tirades indécentes contre différents corps,
contre la magiftrature, contre les ambaffadeurs.
Ils ajoutent que cette piece, encore plus farce
que le *barbier de Séville*, auroit fait rire dans
quelques endroits, mais le plus fouvent auroit
ennuyé ; qu'elle eft pleine de chofes de mauvais
goût, d'expreffions forgées, de propos burlefques,
de proverbes retournés ; en un mot, que c'eft un
amphigouri, fi jamais il en fut.

A 4

14 *Juin*. Les pamphlets se succedent avec rapidité contre monsieur le garde-des-sceaux, & il en paroît déja plusieurs autres recueillis ensemble.

1°. *Lettre de monseigneur le garde-des-sceaux à M. le Noir.*

2°. *Lettre de monseigneur le garde-des-sceaux au sieur Volange.*

3°. *Seconde lettre de monseigneur le garde-des-sceaux à M. le Noir, datée de Versailles le 1*0 *juin* 1783.

Toutes ces lettres, comme on se l'imagine bien, sont fictives & très-méchantes, à ce que l'on dit ; elles se distribuent toujours *gratis*, & partent vraisemblablement de la même cabale. On en pourra mieux juger quand on les aura lues.

15 *Juin*. La petite piece des *deux Sœurs* avoit attiré fort bonne compagnie *aux Variétés amusantes*, & même beaucoup de femmes intéressées au triomphe de l'auteur. C'est une bagatelle morale, où il n'y a pas le mot pour rire ; mais pleine d'honnêteté, de sensibilité, de naïveté. Le but est de corriger les meres aveugles qui, éblouies par quelques qualités brillantes d'un enfant, le préferent à un autre d'un mérite plus solide, mais plus concentré.

Les deux Sœurs ont été fort applaudies & assez bien jouées. A la fin on a demandé l'auteur. Un acteur est venu annoncer qu'il ne pouvoit répondre aux desirs du public, que c'étoit une demoiselle. Interrogé sur le nom du poëte femelle, il a répondu qu'il s'appelloit mademoiselle *de Saint-Léger*, connue déja dans la littérature par divers ouvrages.

16 Juin. Le projet du canal de Bourgogne qui doit joindre l'Océan à la Méditerranée par la Loire & par la Saône, à travers le Charolois, est très-ancien, puisqu'il avoit été proposé dès avant François premier : agréé ensuite par ce prince, il resta sans exécution ; on le commença sous Henri II, & il fut discontinué : Henri IV eut dessein de le reprendre, & sa mort ayant mis obstacle à l'exécution, l'estimation, les devis & l'adjudication en furent faits sous Louis XIII. Tout cela étoit dans l'oubli : ce sont deux freres, MM. *de Raguet-brancion*, qui, par des recherches & des travaux faits à leurs frais, ont retrouvé l'ancien projet, en ont constaté la possibilité & montré les avantages.

Le projet de ce canal semble en nécessiter un second pour la jonction du Rhône au Rhin, par la rivière du Doux, qui a son embouchure dans la Saône. On donne la préférence au Doux sur la Mozelle pour opérer cette jonction, parce qu'elle paroîtroit à plus d'inconvénients, & ouvriroit la correspondance la plus courte & la plus directe entre les différentes parties du royaume, avec les pays étrangers circonvoisins, pourroit même étendre la navigation par le Danube, jusqu'aux extrémités de l'Europe.

Au mois de septembre dernier, les états de Bourgogne, lors de leur présentation au roi, lui offrirent le projet de ces deux canaux, qui furent agréés de sa majesté.

Depuis il a paru un édit en date du mois de janvier dernier, qui autorise les états de Borgogne à entreprendre le premier canal, qui prescrit les conditions & formalités, qui leur concede certains

A 5

privileges , exemptions & droits , foit pour ;
foit après la confection.

MM. de Raguet - Brancion ont obtenu une
penfion annuelle & viagere de 3,000 liv. , à commencer du 1 janvier , reverfible au furvivant,
laquelle fera portée à 10,000 liv. & de même
reverfible , du moment où ce canal fera navi-
gable dans tout fon cours.

16 *Juin.* Les amateurs de mufique font défef-
pérés du départ de madame Mara qui va en Angleterre , & fe difpofent à jouir des derniers mo-
ments de madame Todi, qui fe rend en Ruffie,
d'autant que l'engagement de celle - ci avec ce
royaume eft très-long : quant à la premiere, elle
pourra s'échapper & venir de temps en temps fe
faire entendre à Paris.

On s'entretient de nouveau d'elles , & n'ayant
plus rien à dire fur la nature de leur organe, fur
leur talent bien conftaté & bien différencié , on
recherche tout ce qui les intéreffe.

Madame Todi eft née en Portugal ; elle eft
éleve d'un David Perez , l'un des derniers fou-
tiens de la bonne école en ce royaume Ses premiers effais furent en Angleterre , où elle chanta
d'abord dans les opéra bouffons ; mais bientôt on
a fenti que le genre de fa voix , de fa figure,
de fon chant étoit beaucoup plus propre à l'opéra
férieux , & c'eft aujourd'hui à la tragédie qu'elle
eft confacrée.

Madame Mara eft née en Saxe ; elle en eft
fortie fort jeune , & a été élevée en Angleterre
par le fignor Paradiffi , nom tout-à-fait inconnu.
Elle fut appellée à Berlin , d'où elle nous eft venue,
déja précédée de la réputation qu'elle n'a point
démentie.

Toutes deux chantent le françois ; madame Mara excelle sur-tout dans les chansons françoises, malgré un foible accent dont elle tire même parti pour donner plus de graces à son chant. Quant à madame Todi, comme elle parle à merveille notre langue, point de doute qu'elle n'y réussît. On ajoute que toutes deux ont infiniment d'esprit dans la société.

16 *Juin*. Le *Philoctete* de M. de la Harpe, joué hier, a eu tout le succès qu'il pouvoit lui desirer. C'est une piece sans amour, sans femme, sans intrigue, admirable par cette féconde simplicité des Grecs, plus attachés à remuer le cœur qu'à frapper les yeux. Le premier acte sur-tout a paru très-beau; il y a de superbes choses aussi dans le second ; mais le troisieme est plus foible, & Hercule qui vient pour le dénouement, moyen excellent chez un peuple dont les idées religieuses s'assortissoient fort avec cette intervention miraculeuse, n'est chez nous qu'une machine d'opéra.

On se rappelle qu'en 1755 Châteaubrun donna un *Philoctete* qui eût beaucoup plus de succès que n'en aura celui-ci, quoique d'un coloris foible, d'une versification lâche, parce qu'il opéroit le retour du héros malheureux d'une façon plus frappante, plus analogue au caractere d'Ulysse, dont l'éloquence victorieuse entraînoit enfin son ennemi ébranlé, touché, convaincu.

Cette traduction, au surplus (car M. de la Harpe ne donne cette tragédie que comme telle) fera toujours beaucoup d'honneur à son auteur. On y remarque un académicien d'un goût sûr & sévere, un poëte sage qui a su sentir les beautés de *Sophocle*, & les faire passer dans notre langue avec beaucoup de noblesse & de précision en

A 6

général ; car on peut lui reprocher quelquefois de la foiblesse & peu de justesse dans l'expres- sion.

17 *Juin*. Depuis la chanson , Malborough est devenu le héros de toutes les modes ; tout se fait aujourd'hui à la Malborough. Il y a des rubans, des coëffures, des gilets, mais sur-tout des chapeaux à la Malborough , & l'on voit toutes les femmes aller dans les rues, aux pro- menades, aux spectacles , affublées de ce gro- tesque couvre-chef , sous lequel elles se plaisent à enterrer même leurs charmes ; tant la nouveauté a d'empire sur elles.

17 *Juin*. Le couvent des religieuses de Saint- Mandé a long-temps été le théatre de scenes scandaleuses données par le fanatisme , sous M. de Beaumont. Il a fait parler de lui l'année derniere par une aventure galante qui a causé beaucoup de bruit ; voici une nouvelle anecdote qui n'en produit pas moins en ce moment.

Vers le milieu de la semaine derniere, à l'en- trée de la nuit , une religieuse s'est échappée, & l'on s'en est bientôt apperçu : on en est venu avertir la supérieure qui étoit encore avec ses re- ligieuses ; elle s'est écriée qu'il falloit arrêter cette fugitive ; & à l'instant ses ouailles, entraî- nées par leur zele , prennent pour elles cet or- dre , qui ne concernoit que les domestiques, se font ouvrir les portes & courent après leur ca- marade ; celle-ci avoit de l'avance, elle arrive à la barriere de Saint-Antoine la premiere. Les au- tres crient aux commis de fermer la barriere , que c'étoit une apostate. Les commis ne voyant dans cette évasion rien qui les concerne, au- cune contrebande, aucun paquet, sans égard pour

la réclamation des béguines, la laiffent paffer ;
& au contraire, touchés de fon fort, ne ferment la barriere qu'à celles qui la pourfuivoient.
Elles haranguent en vain pour qu'on la leur ouvre, elles font obligées de s'en retourner, d'apprendre à la fupérieure l'inutilité de leurs foins,
& fe trouvent grondées pour furcroît, de s'être
ainfi hafardées à remplir une commiffion qui ne
les regardoit pas.

Cependant on conduit l'échappée toute trem-
blante au directeur, qui la raffure & l'interroge
fur fon projet. Elle répond que pour une légere
faute qu'elle a commife, il y a plus d'un an,
on la tenoit enfermée très-rigoureufement, au
pain & à l'eau ; qu'ignorant quand finiroit ce
fupplice qu'elle ne pouvoit plus fupporter, & ayant
trouvé l'occafion de s'échapper, elle n'a pu réfifter à la tentation. Qu'elle alloit demander afyle
à la premiere honnête perfonne qu'elle rencontreroit, jufqu'au lendemain matin où elle iroit
fe jeter aux pieds de M. l'archevêque. La naïveté
de cette réponfe touche le directeur, il fait venir
fa femme, il l'engage à faire préparer un lit pour
cette pauvre fille, & à la préfenter le lendemain
à M. de Juigné.

Le prélat a accueilli la religieufe avec beaucoup de douceur & de charité, lui a témoigné
fon étonnement de la dureté qu'on exerçoit envers elle, mais a ajouté qu'il falloit entendre
les deux parties. Il a en même temps ordonné
qu'on difpofât un appartement dans fon palais
pour la religieufe, afin qu'elle y pût refter dé-
cemment jufqu'à ce qu'on eût inftruit fon affaire,
& lui a promis du refte que dans tous les cas
elle ne retourneroit pas dans un couvent qu'elle

avoit ſi fort en horreur. Voilà où en ſont les choſes, & l'on attend les ſuites de l'aventure dans laquelle juſqu'à préſent le prélat s'eſt comporté avec autant de prudence que d'humanité.

18 *Juin.* On a parlé d'une *relation* imprimée *de deux voyages dans les mers Auſtrales & les Indes, &c.* par M. *de Kerguelen.* Cet ouvrage étoit muni d'un privilege expédié & ſcellé en chancellerie le 28 août 1782. Cependant il paroît aujourd'hui un arrêt du conſeil en date du 23 mai, qui le ſupprime; qui enjoint à l'imprimeur Knapen de faire tranſporter en la chambre ſyndicale de Paris tous les exemplaires de cet ouvrage, volume in-8°. pour y être mis au pilon, & à tous ceux qui en ont des exemplaires, de les remettre au greffe du conſeil; fait défenſe à tous imprimeurs, libraires, colporteurs & autres de le vendre à peine de punition exemplaire.

Ce diſpoſitif rigoureux eſt motivé ſur ce que l'auteur s'eſt permis des critiques indécentes ſur le gouvernement & ſur le jugement du conſeil de guerre, qui eſt intervenu contre lui en 1775; des invectives contre pluſieurs perſonnes, & d'y rapporter des lettres qui compromettent ceux qui les ont écrites; en un mot, ſur ce que cet ouvrage porte tous les caractères d'un libelle, eſt également contraire au reſpect dû à ſa majeſté & attentatoire à ſon autorité, & qu'il eſt eſſentiel de prévenir les impreſſions qui en pourroient réſulter.

Le ſingulier c'eſt que les fâcheux caractères de cet ouvrage aient été reconnus ſi tard, & qu'on n'ait infligé aucune peine à l'écrivain, ni même à ſon cenſeur.

19 *Juin.* Dans la première *Lettre de monſei-*

gneur le garde-des-sceaux à M. le Noir , on lui
fait adresser au lieutenant de police sa *Réponse à
Jeannot* , en preuve qu'il n'est point du tout
fâché contre cet histrion , & afin qu'elle soit
rendue bientôt publique. On prend de-là occasion de lui faire supposer qu'on a imprimé sa
vie pour se plaindre qu'on y ait glissé des faits
faux , & sous prétexte de les rétablir dans leur
vérité pour lui faire faire des aveux burlesques
& honteux , & révéler jusqu'à une hernie qui
doit le rendre désagréable au beau sexe. On
entre ensuite dans des détails sur la maniere dont
il est parvenu à la premiere présidence du parlement de Rouen , à la dignité de garde - des-
sceaux , & l'on lui reproche une ingratitude
énorme envers M. de Boines , l'auteur de sa fortune & son prôneur.

La réponse qu'on fait faire au sieur Volange
par M. de Miroménil , n'est pas à beaucoup
près aussi gaie que la requête ; on continue à
y supposer qu'il amuse madame de Vergennes
par toutes sortes de bouffonneries , & que les
mauvaises plaisanteries sur ses crispinades ne l'ef-
farouchent p s ; puis des horreurs affreuses; on
le fait s'accuser lui-même de *duplicité* , *d'hypocrisie* ,
de méchanceté, de *finesse de renard* , de *basse intrigue*.

Enfin, la seconde *Lettre de monseigneur le garde-
des-sceaux à M le Noir* traite un nouvel objet.
Il est question de l'affaire des quinze-vingts. On
dévoile ses liaisons avec M. le cardinal de Rohan ,
les dispositions favorables où il est envers cette
éminence , & son projet de bouleverser plutôt
tout le conseil que de laisser succomber le grand-
aumônier.

On assure que dans le fait M. le garde-des-

sceaux rit de tout cela, & il a raison. Ses ennemis s'y prennent d'une maniere si acharnée, si
grossiere & si atroce, qu'ils décelent leur passion
& décréditent même les vérités qui pourroient se
mêler parmi tant de calomnies.

1e *Juin.* Les partisans de M. Linguet & les
admirateurs de ses feuilles commencent à dé-
sespérer de les voir circuler en France. On sait
qu'il avoit pris la tournure de vouloir établir
pour son correspondant M. le baron d'Oigny, en
sa qualité d'intendant des postes, & qui lui avoit
en conséquence adressé les premiers ballots de ses
nouveaux numéros. Les ordres du ministre ont empêché vraisemblablement M. d'Oigny de les garder,
même de les recevoir, & il paroît que les souscripteurs n'ont plus que le recours dérisoire que
leur offre le journaliste en les renvoyant pour leur
indemnité au gouvernement, qui, attendu que
la perte vient de son fait, doit, suivant monsieur Linguet, avoir l'équité de rembourser les
souscripteurs frustrés.

On s'attendoit aussi à voir le sieur le Quesne
répondre aux accusations graves de M. Linguet:
il avoit annoncé à différentes personnes qu'il se
disposoit à se défendre; mais rien ne paroît,
soit qu'il n'ait pu trouver de défenseur, soit que
le gouvernement s'y soit opposé, soit qu'il se
sente réellement coupable au point de n'avoir rien
de bon à dire.

10 *Juin.* Les jansénistes ont toujours reproché
à feu M. de Beaumont, de n'avoir fait aucune visite
de son diocese pendant trente-quatre ou trente-cinq
ans qu'il a occupé le siege de Paris. M. de Juigné
regardant cette fonction comme une des plus es-
sentielles de son ministere, vient de commencer

ſa tournée par la Brie. Comme il ne néglige pas en même temps ſes autres devoirs , il revient ſouvent à Paris pour s'en acquitter , puis il ſe remet en route. Il compte aller & venir ainſi juſqu'à noël. Il recommencera de la ſorte au printemps de l'année prochaine , & il dôit être quatre ans avant d'avoir fini complétement ſes voyages. Les peuples de la campagne qui , de mémoire d'homme , n'avoient point vu d'évéques, n'en connoiſſoient point les auguſtes fonctions , ſont enchantés du pompeux & nouveau ſpectacle que leur offre celui-ci.

21 *Juin.* On a déja parlé du docteur Barthès comme d'un roué du premier ordre. Une accuſation grave intentée contre lui pour viol , ne fait que confirmer ſa réputation à cet égard. Il paroît que par le ſecours de quelque entremetteuſe , il a fait engager une jeune fille âgée de dix à onze ans à venir chez lui , & qu'il en a abuſé au point que , revenue chez ſon pere , qu'on dit être un portier de maiſon , elle s'eſt trouvée malade. Elle a raconté ce qui lui étoit arrivé ; on a fait venir un chirurgien pour conſtater le délit. Plainte au criminel en conſéquence Ce vieillard impudique , car il n'eſt rien moins que jeune , a voulu appaiſer l'affaire avec de l'argent ; mais on lui demande 100 mille francs.

D'un autre côté , on accuſe les docteurs Meſmer & Deſlon , qui viennent de ſe réunir , d'abuſer étrangement de leur prétendu magnétiſme ; de tenir école de libertinage ; & tandis qu'ils endorment les vieilles avec leur art , de cauſer aux jolies femmes des titillations délicieuſes , de façon à s'en faire prôner & rechercher.

22 *Juin.* On n'a pas manqué de plaiſanter auſſi

les nouveaux maréchaux de France , qui ne prêtent pas moins que les précédents à la raillerie. On a fait une requête en vers de M. le marquis de Sennecterre l'aveugle , par laquelle il demande au roi cette dignité, dont il se croit autant susceptible que les promus ; cette facétie est courte , vive & très-épigrammatique.

Comme à tant d'autres , daignez, Sire ;
M'accorder un de ces bâtons :
Non moins adroit qu'eux , à tâtons ,
Je défendrai bien vôtre empire.

22 *Juin.* M. Drou , avocat aux conseils ; vient de mourir précisément au moment où ses infirmités l'obligeoient de penser à la retraite. Il n'est aucun de ses confreres qui ait été aussi fréquemment interdit , & c'est son plus grand éloge. C'est qu'il se chargeoit volontiers de la cause des opprimés , des foibles, des pauvres, & qu'il ne ménageoit jamais les puissants adversaires contre lesquels il écrivoit. Plusieurs de ses mémoires font des chef - d'œuvres d'éloquence & de logique.

22 *Juin.* Dans les œuvres de l'abbé de Voisenon, il se trouve un opéra comique, intitulé *l'Art de guérir l'esprit*, qui n'a jamais été représenté. M. Després en a fait le cannevas d'une comédie en un acte & en vers : elle a pour titre *l'Auteur satirique.* On doit la jouer incessamment aux Italiens.

23 *Juin.* Dans le *Mariage de Figaro*, il y a une tirade contre les princes qui donnent à jouer, qui font des courses , & elle est si sensible que M. le

le duc de Chartres, qui étoit à la répétition, fut regardé par toute l'assemblée, & en quelque sorte décontenancé de voir tous les yeux se fixer sur lui.

Il est aussi des portraits satiriques de nos jeunes seigneurs, & l'on veut que le comte de Lauraguais se soit reconnu dans un.

En conséquence, il paroit une facétie contre le sieur de Beaumarchais, qu'on attribue à ce seigneur, aussi méchant que lui, & ayant encore plus de gaieté & de vivacité dans l'esprit.

Il répand un *Prospectus de la vie de Beaumarchais* en quatre volumes, où il parodie celui de cet éditeur prétendu des œuvres de Voltaire d'une façon non moins ingénieuse que piquante.

23 *Juin.* Mad. Billioni, de la comédie italienne, vient de mourir. C'est une grande perte pour ce théâtre, où elle auroit pu briller encore long-temps, n'étant âgée que de trente-deux ans.

24 *Juin.* Dans ce siecle de merveilles, en voici encore une à laquelle on ne s'attendoit pas. Il n'est personne qui ne connoisse le sieur Comus, ou n'en ait entendu parler comme un des plus adroits escamoteurs, même comme d'un physicien habile, qui avoit tourné toutes ses connoissances à l'amusement du public. Aujourd'hui c'est encore un médecin qui va l'emporter sur tous les autres, & guérir des maux regardés jusques-là comme incurables. Ce sont les maladies nerveuses, les vapeurs, l'épilepsie, la catalepsie, qui éprouvent son action irrésistible & lui cedent, & l'électricité est son agent, qu'il appelle le *fluide universel.*

Dans l'assemblée de la faculté de médecine, dite du *prima mensis,* tenue au mois d'avril dernier, il a été lu un rapport de messieurs Cosnier, Maloët, Darcet, Philips, le Preux, Desessarts & Paulet, tous docteurs-régents, sur les avantages reconnus de la nouvelle méthode de ce Comus (qui reprend aujourd'hui son vrai nom, & s'appelle le sieur le Dru) d'administrer l'électricité dans les maladies susdites.

Ce rapport étoit précédé de l'apperçu du système de l'auteur sur l'agent qu'il emploie, & des avantages qu'il en a tirés.

Les premiers essais en ce genre du sieur le Dru, dit Comus, lui ayant réussi, il en a fait part à M. le duc d'Orléans, au comte de Vergennes, & à M. le Noir; il a par leur protection obtenu la permission de réitérer & confirmer ses expériences sur des sujets épileptiques, tirés des hôpitaux, en présence des sept commissaires indiqués ci-dessus.

Treize épileptiques ont été électrisés suivant la nouvelle méthode, & il résulte du rapport des médecins témoins,

1°. Que l'électricité, administrée à la manière du sieur Comus, rend d'abord les accès d'épilepsie plus fréquents, ensuite plus rares, & finit par les faire disparoître.

2°. Qu'employée dans l'accès même, elle en diminue l'intensité & la durée, au point qu'un accès qui, sur un sujet, auroit duré & duroit ordinairement un quart d'heure ou une demi-heure, ne dure, sous la commotion électrique, que quelques minutes, & souvent même se dissipe entièrement au premier coup d'électricité, effet qu'on observe journellement.

3°. Que les accès qui, par l'effet du traitement suivi & continué, deviennent plus rares, s'affoi-

bliffent graduellement au point de changer , avant
de ceffer , en fimples reffentiments.

4°. Que l'électricité favorife en général toutes
les fecrétions & excrétions, & en particulier l'érup-
tion ou le retour des évacuations périodiques chez
les femmes.

5°. Qu'elle réveille , ranime & fortifie le mouvement mufculaire.

6°. Enfin que , quoique fortement adminif-
trée , elle n'a produit aucun accident fâcheux,
& qu'en général tous les fujets ont gagné du
côté des forces de l'eftomac , de l'intelligence
même.

D'après ces faits , les commiffaires conviennent
de l'excellence de la méthode du fieur le Dru ;
ils fe réfervent cependant à prononcer définitivement après qu'un laps de temps fuffifant aura confirmé les guérifons.

Depuis le fieur le Dru a entrepris le traitement de foixante perfonnes des deux fexes ; &
les mêmes docteurs promettent d'en rendre
compte.

Ces malades font traités gratuitement dans
une maifon deftinée par le gouvernement à ces
fortes d'expériences, & il eft autorifé à recevoir
tous ceux qui fe préfenteront , moyennant certaines formalités.

Le fieur le Dru eft affifté de fon fils, qu'il a
initié aux mêmes myfteres.

24 *Juin*. Extrait d'une lettre de Bordeaux , du
17 juin. . . . Il n'eft point vrai , comme on vous
l'a dit à Paris, qu'il y ait eu deux mutins de jugés
& de condamnés: au contraire , le jeune homme
qui avoit été arrêté , a été relâché fans autre
punition. Des députés du parterre vinrent le ré-

clamer auprès d'un jurat. Celui-ci leur répondit,
qu'il ne pouvoit pas leur accorder cette grace,
qui ne dépendoit pas de lui ; que M. de Fumel
en ayant eu connoissance, avoit le prisonnier à sa
disposition, & pouvoit seul le faire sortir ; que,
pour leur témoigner sa bonne volonté, il con-
sentoit à aller intercéder pour lui chez ce commandant ; que s'il vouloit venir avec lui, ils
seroient témoins de son zele pour ses concitoyens.
Les députés lui dirent qu'ils ne demandoient pas
mieux que de l'accompagner, mais témoignerent
quelque crainte. Le jurat les rassura, leur donna
sa parole d'honneur qu'il ne leur arriveroit rien
tant qu'ils seroient avec lui.

Ils furent donc chez M. de Fumel, qui mit
d'abord beaucoup d'humeur dans sa réception,
& parut envisager comme un acte de sédition
la démarche des députés. Le jurat prit fait &
cause pour eux, insista très-vivement sur la nécessité de rendre le prisonnier, afin de calmer les
mécontents : il l'obtint, & le jeune homme fut
élargi.

Il ne s'est rien passé depuis ce temps de contraire au bon ordre ; seulement personne de la
ville ne va à la comédie, sauf quelques capitai-
nes étrangers ou autres. . . .

25 Juin. On a parlé du dérangement de M. le
duc de la Trémouille, qui l'oblige de quitter
Paris & de vivre dans ses terres. On l'a proposé
au roi pour être cordon bleu à la nomination de
la pentecôte. On a représenté à S. M. qu'il seroit
honteux qu'un si grand seigneur n'eût pas cette
décoration, qu'il n'y en avoit en ce moment aucune de cette espece dans sa maison, que du reste
il se rangeoit ; il commençoit à payer ses dettes,

Le roi eſt demeuré inflexible, & a répondu que quand le duc de la Trémouille les auroit payées entiérement, il ſeroit temps de ſonger à lui.

25 *Juin.* Tous les ans, jour de la petite fête-dieu, il y a une expoſition de tableaux à la place Dauphine, qui décorent les environs d'un magnifique repoſoir qu'on y conſtruit. C'eſt là où les jeunes gens qui ne ſont encore attachés à aucune académie viennent s'aſſayer & preſſentir le goût du public. Celle-ci a été plus nombreuſe que de coutume, & par une ſingularité rare, il y avoit des morceaux de neuf éleves du ſexe, de madame Guyard, toutes très-jolies & annonçant du talent ; ce qui n'a pas peu contribué à attirer la foule.

Cette dame Guyard eſt celle qui a été reçue depuis peu de l'académie royale, & dont on a déja parlé.

26 *Juin.* Quoique l'intrigue de l'*Auteur ſatirique* joué avant-hier, ſoit forcée, qu'elle ſoit même aſſez baſſe, qu'il y ait encore moins de mérite à l'avoir arrangée d'après un autre, cependant la piece a été très-applaudie. Il y a des détails très-agréables. L'auteur a eu le talent de conſerver tous ceux qui ſe trouvent dans l'ouvrage primitif de l'abbé de Voiſenon, ſans qu'ils ſentent ſa maniere, & il en a remplacé pluſieurs de fort mauvais goût par des traits ingénieux & piquants.

26 *Juin.* La chanſon ſur la comteſſe de Châ****, née d'And*** & P****** par ſa mere devient publique ; ce n'eſt au ſurplus que la malignité des courtiſans qui l'y reconnoît. Elle n'y eſt déſignée que ſous le nom de *Liſe*, & le duc de Coi*** ſous celui de *Damis*, ce qui pourroit indiquer tous autres perſonnages.

CHANSON.

Sur la comtesse de Châ***, née Dand*** &
d'une mere Po*******.

Air : Malborough s'en va-t'en guerre.

Lise entra dans le monde
Avec joli pied, gorge ronde,
Lise entra dans le monde ;
Mais Lise n'avoit rien.

Mais Lise n'avoit rien,
Plaire étoit tout son bien ;
Elle enflammoit le monde
Avec joli pied, gorge ronde,
Elle enflammoit le monde ;
Mais en mourant de faim.

Mais en mourant de faim ;
Peut-on aimer sans pain ?
A la fin son cœur gronde,
Malgré joli pied, gorge ronde ;
A la fin son cœur gronde,
Il cherche du secours.

Il cherche du secours
Dans le sein des amours ;
Chacun vient à la ronde
Fêter joli pied, gorge ronde ;
Chacun vient à la ronde,
Un seul est accepté.

Un

Un feul bien préfenté
Suffit à la beauté.
Damis (1) que tout feconde,
Saifir joli pied, gorge ronde;
Damis que tout feconde,
Prend trefor pour trefor.

Prend tréfor pour tréfor,
Life compte de l'or;
Elle fait dans le monde
Briller joli pied, gorge ronde;
On vante dans le monde
Sa fortune & fon cœur.

Sa fortune & fon cœur,
Life croit au bonheur:
Faut-il qu'un cœur fe fonde
Sur un joli pied, gorge ronde,
Faut-il qu'un cœur fe fonde
Sur un amant trompeur!

Quoi! Damis eft trompeur?
Oui, Damis eft trompeur:
Pour la plus trifte blonde
Il fuit joli pied, gorge ronde,
Oui la plus trifte blonde
Lui dicte un trait fi noir.

_____

(1) Le duc de Coigny.

Lui dicte un trait si noir.
Lise est au désespoir ;
Dans sa douleur profonde,
Adieu joli pied , gorge ronde ;
Et sa douleur profonde
Est mise dans l'oubli.

Dieux ! quel mal que l'oubli !
Il fait naître l'ennui :
Lise veut fuir le monde,
Cacher joli pied , gorge ronde,
Mais vivre sans le monde,
Il faudra succomber.

Pour ne pas succomber,
Lise veut y rentrer :
Le plaisir la seconde,
Conduit joli pied , gorge ronde ;
Le plaisir la seconde,
Et dirige ses yeux.

Et dirige ses yeux ;
Il en sort mille feux.
On revient à la ronde
Baiser joli pied , gorge ronde.
On revient à la ronde ;
Tout le monde est content.

Chacun pour son argent
A le titre d'amant.

En trompant tout le monde
Avec joli pied , gorge ronde ,
Lise aime tout le monde ,
Tout Paris est content.

26 Juin. C'est sur-tout l'hiver dernier qu'on
s'est apperçu plus que jamais de la nécessité de
rétablir les charges sur les ports. Une partie de
ces officiers s'appelloit *Mesureurs de bois* , & diri-
geoit cette distribution ; leurs fonctions étoient
d'empêcher que le public ne fût trompé , de
veiller à ce que le bois eût la mesure fixée par
les réglements , & d'appaiser les différentes querelles pouvant s'élever à ce sujet.

Un des premiers soins de M. d'Ormesson en
entrant en place , a été de s'occuper de cet
objet. Il a envoyé chercher les anciens de ces
officiers pour en conférer. Comme ils ne demandoient pas mieux que d'être rétablis , & que le
nouveau contrôleur-général en a grande envie,
il sembleroit qu'il n'y auroit rien de si aisé. Point
du tout, il se présente un obstacle de la nature
de celui qui s'oppose également à la suppression
ou même diminution des épices.

Ordinairement la consommation annuelle de
bois pour Paris est de six cents mille voies; cette
année , comme les marchands ne donnoient que
trois quarts de voie pour la voie, il en a résulté
une consommation apparente de 800,000 voies;
or, comme le droit du roi est d'un écu par voie,
il s'en est suivi pour le fisc une perception de deux
cents mille écus de plus. Dans la détresse où il est,
tout accroissement est très-bien reçu , toute
diminution est à rejeter: telle est , à ce qu'as-

furent les officiers des ports, la feule objection qu'on ait pu faire contre leur rétabliffement, & l'on ne fait fi, malgré l'honnêteté de monfieur *d'Ormeffon*, une crainte pareille ne fera pas avorter fes bons deffeins.

27 *Juin.* M. d'Aguesseau, le doyen du confeil, a eu une attaque de goutte fi violente à la tête, qu'il en avoit perdu la raifon. Elle eft revenue, mais foiblement, & quoique fon phyfique foit auffi en meilleur état, on ne regarde que comme momentané fon rétabliffement apparent : il eft dans une inertie abfolue. Ç'a toujours été jufqu'à préfent un Perrin Dandin, voulant juger à quelque prix que ce foit : il a même perdu cette manie & n'a de goût pour rien. Tout annonce en ce vieillard l'affaiffement de la machine.

27 *Juin.* Tout devient reffource & moyen de fortune entre les mains d'un intrigant. C'eft ainfi qu'un aventurier, nommé *Collenot*, fils d'un bourreau, après avoir été recruteur, s'eft transformé en homme de lettres, en inftituteur de la jeuneffe ; & profitant de l'engouement général pour les mufées, a tenté d'en établir un ; puis ne pouvant réuffir, a voulu s'affocier à celui de Paris, dans l'efpoir de s'y pouffer au premier rang par fes cabales, & de faire plus facilement des dupes.

Il a d'abord été foutenu dans ce projet par l'abbé *Cordier de Saint-Firmin*, brûlant de zèle pour acquérir fans ceffe de nouveaux fujets à fon établiffement ; mais cet honnête agent ayant reconnu l'indignité du candidat, bien loin de plus travailler à fon admiffion, s'eft efforcé de lui ôter toute envie de réuffir en le démafquant aux yeux de fes confreres.

Le sieur Collenot furieux , a prétendu que
c'étoit une diffamation , & , comme ce sont ordinairement ceux qui ont le moins de réputation
à perdre qui font le plus d'éclat en pareille
matiere, il a traduit en justice & au criminel
l'abbé Cordier de Saint-Firmin.

Il s'est trouvé un jeune avocat, nommé *Giroux*,
qui a cru avoir par-là une occasion de se faire
connoître. Il s'est imaginé qu'en attaquant un
des fondateurs du musée de Paris , il s'associeroit
en quelque sorte à la célébrité de cette académie,
& acquerroit tout d'un coup beaucoup de réputation. Il a donc fabriqué un mémoire scandaleux,
où il a peint l'abbé Cordier des plus noires
couleurs.

Ce qui indique combien cet orateur est encore
étranger au langage du barreau & aux devoirs
de sa profession, c'est qu'il semble n'avoir composé son mémoire qu'afin d'y amener une déclaration d'amour à une madame Bernier, veuve
d'un médecin de Rheims, qui a une assez jolie
voix & a débuté à l'opéra le 29 septembre 1783.
Assurément cette nymphe n'avoit pas besoin là;
& ne pouvoit s'attendre à figurer en pareille
affaire.

Quoi qu'il en soit , l'attaque de M. *Collenot*
a obligé l'abbé Cordier de se défendre & de
publier une réponse.

En général , les gens de lettres font leurs
mémoires beaucoup mieux qu'un avocat. Mais
il faut avouer qu'en cette occasion l'abbé Cordier
n'a pas répondu à ce qu'on attendoit d'un
membre distingué du musée de Paris. On y
trouve bien toute la candeur, toute l'ingénuité
d'un accusé innocent , mais rien de cette logique

B 3

preſſante, de cette éloquence vigoureuſe qu'exigeoit une pareille philippique. Le fonds du procès n'eſt pas encore jugé.

28 *Juin.* M. Senac, ancien fermier général, ſe meurt. On peut ſe rappeller la vie luxurieuſe qu'il menoit, les mauvais exemples qu'il donnoit à ſa femme, & qu'elle n'a que trop ſuivis; l'éclat ſcandaleux qui en a réſulté & leur ſéparation. M. Senac étoit en outre un philoſophe moderne. c'eſt-à-dire, croyant peu en Dieu. Il étoit devenu aveugle depuis quelques années. & cette affliction ne l'avoit pas rendu plus religieux. Le curé de St. Euſtache a jugé ce grand pécheur digne de tous ſes ſoins, & il en eſt venu à bout, du moins à l'extérieur. Il a commencé par remettre l'union entre la femme & le mari, qui a pardonné à la premiere & l'a laiſſé rentrer dans ſa maiſon. Quant au reſte, on pourra juger de la ſincérité de cette converſion par un propos du meribon, toujours très-cauſtique. « Allons, mon cher paſteur, a-t-il dit, je conſens à être adminiſtré, faites moi venir demain le bon dieu, mais de grand matin & ſans cérémonie, afin de ne pas faire jaſer le quartier. »

29 *Juin.* Il court dans les rues un nouvel air à la mode chez le peuple, dont le refrein eſt *changez moi cette tête.* Un chanſonnier l'a trouvé propre à un vaudeville ſatirique. Il l'a compoſé en onze couplets, dont pluſieurs ne manquent pas de ſel. Les perſonnages les plus connus qui y figurent ſont, MM. *de la Lande, l'abbé de Lille, la Reyniere, Meſmer, Deſlen, Francklin,* &c. Enfin le poëte termine par ſe ſatiriſer lui-même.

29 *Juin.* Les comédiens italiens jouent demain

Blaise & Babet, ou *la suite des trois Fermiers*, comédie nouvelle en deux actes & en vers, mêlée d'ariettes. Les paroles sont toujours du sieur *Monvel*, & la musique du sieur *Desaides*. Comme le premier est à Stokholm, il a dû s'en rapporter au musicien sur les changements qu'il pourroit y avoir à faire, & la liaison établie aujourd'hui entre celui-ci & M. de Sauvigny, fait présumer que c'est ce poëte qu'il aura choisi pour correcteur du sieur Monvel.

29 Juin. Il paroît une réponse de la comédie françoise à la lettre de Mad. Mignot du Vivier, bien digne de ces histrions, fort gauchement tournée & tout-à-fait insolente.

Ils racontent que M. Gerbier, un de leurs avocats, vint en 1780 à l'assemblée leur dire qu'il savoit que M. Houdon avoit fait en marbre la statue de Voltaire; qu'il étoit instruit que, si la comédie vouloit en orner son foyer, madame Denis en feroit avec plaisir un présent au théâtre françois: ils n'ont donc point fait en quelque sorte les avances, suivant eux, & en demandant cette statue, ils n'ont point entendu solliciter des entraves & des loix.

Ces histrions soutenant aujourd'hui plus hautement leur prétention, que nous avons déja relevée, par la prééminence qu'ils ont jugé à propos de donner à Molière, persistent à laisser la statue de Voltaire où ils l'ont placée, dans une piece qui n'est ni leur chambre, ni leur salle d'assemblée, mais un sallon destiné à tenir les séances extraordinaires, les états comiques, lorsque nosseigneurs les gentilshommes de la chambre jugent à propos de les convoquer.

Du reste, ils n'acceptent point l'alternative de

Mad. du Vivier, & fans acquiefcer à fa demande,
ne parlent pas du tout de lui rendre ce bienfait.

30 *Juin.* Mad. la comteffe du Nolftein eft
une jeune & jolie femme attachée à Mad. la
duchefle de Chartres, & dont le mari eft
colonel du régiment de ce prince, infanterie. Il
eft connu que S. A. en a été amoureufe & en a eu
les bonnes graces. Le marquis de la Fayette,
qui en étoit épris dans le même temps, ne
pouvant réuffir auprès d'elle, de dépit paffa chez
les infurgents, & elle devint indirectement le
principe de fa fortune & de fa gloire. La premiere fois qu'il revint d'Amérique, fa paffion
n'étant point éteinte, mais bien celle du duc
de Chartres, Mad. du Nolftein fut moins cruelle,
& l'on ajoute qu'il en furvint un enfant. Quoi
qu'il en foit, elle a depuis mené une vie très-dé-
bordée; on prétend que, pour s'amufer, elle fe
laiffoit raccrocher le foir au Palais-Royal, &
quelquefois mettoit les aventures à bien. On lui
reproche des infamies encore plus grandes,
comme de voler dans les boutiques des marchands;
enfin, elle eft groffe de nouveau, & l'on veut
que ce foit d'un laquais.

Ce qu'il y a de conftant, c'eft que Mad. de
Barbantanne, fa mere, a écrit à Mad. la duchefle de
Chartres, pour lui repréfenter que fa fille étoit
déformais indigne de fes bonnes graces & même
d'approcher de fa perfonne: qu'en conféquence
elle lui demandoit la permiffion de la faire
enfermer pour mettre un frein à fon libertinage,
à fes efcroqueries, & empêcher qu'elle ne défho-
nore plus long-temps fa famille & fon nom.

Tel étoit hier le bruit général de l'opéra & du
Palais-Royal. Du refte, elle jouoit l'hypocrifie au

point que l'an paffé, où *les Liaifons dangereufes* parurent , elle faifoit femblant de n'ofer les lire, comme un livre qu'une honnête femme devoit s'interdire.

30 *Juin*. La pièce de *Blaife & Babet* a eu le plus grand fuccès aujourd'hui. On y a reconnu facilement les auteurs de l'opéra comique des *Trois Fermiers*. Mais à la fin on a paru l'ignorer & l'on les a demandés avec fureur. Un acteur eft venu annoncer que celui des paroles n'étoit pas en France, & que le muficien venoit de fortir. Le parterre a infifté pour favoir le nom du dernier, qui eft M. *Defaides* , & a eu la gaucherie de ne pas demander celui du premier; ce qui auroit pû embarraffer davantage le répondant , & fournir lieu à d'autres queftions plus difficiles à réfoudre.

1 *Juillet* 1783. Voici le vaudeville dont on a parlé , devenu plus public.

VAUDEVILLE.

Air : *Changez - moi cette tête.*

Momus , prend la férule ;
L'hydre du ridicule
Demande un autre Hercule ;
Pourfuis de rue en rue
La folâtre cohue
Qui va choquer ta vue,
En chantant le refrein ,
Changez-moi cette tête ,
Cette grotefque tête ;
Changez-moi cette tête ,
Tête de mannequin.

B ç

Courtisan très-solide,
Robin simple & timide,
Colonel intrépide,
Qui bravez les sifflets,
Docte encyclopédiste,
Honnête journaliste,
Amusant nouvelliste,
Brochurier à pamphlets :
Changez toutes ces têtes ,
Ces intrigantes têtes ;
Changez toutes ces têtes
Têtes à camouflets.

Un petit astronome (1),
A figure de Gnome,
Veut devenir grand homme,
On ne sait pas par où ;
Il rate la comète,
Dérange la planète,
Et tout Paris répète,
En lui-faisant , hou, hou :
Changez-moi cette tête,
Cette hargneuse tête ;
Changez-moi cette tête
Tête de Sapajou.

Un poëte à front blême ,
Donne à certain poëme

---

(1) M. de la Lande.

Sa fécherefle extrême
Et fon air minaudier :
Maint badaud imbécille
Va criant par la ville :
Meffieurs, place à Virgile ;
Mais il entend criez :
Changez-moi cette tête,
Cette plagiaire tête ;
Changez-moi cette tête,
Tête de grimacier (1).

La libertine Orphife,
Coquette à tête grife,
Etend fur fa peau bife
Trois couches de carmin :
Mais fa gorge tombée
Et fa face plombée
Et fa taille bombée
Font peur, même à Jafmin:
Changez-moi cette tête,
Cette lafcive tête :
Changez-moi cette tête,
Tête d'une catin.

Diogene moderne (2),
Un fou que chacun berne,

---

(1) L'abbé de Lille.
(2) M. Grimod de la Reyniere.

Croit tenir la lanterne
Et tranche du Caton,
Contre la raillerie
Sa cervelle aguerrie
Affiche la folie
Et prêche la raison.
Changez-moi cette tête,
Cette grimaude tête ;
Changez-moi cette tête,
Tête de hérisson.

Un corps antique & grave
Et des formes esclave,
Assemble son conclave
Pour réformer ses loix ;
Mais à son avarice
La mode de l'épice
Fut toujours trop propice
Pour en céder les loix.
Qu'on me change ces têtes,
Ces formalistes têtes ;
Qu'on me change ces têtes,
Toutes têtes de bois (1).

Un tudesque empirique (2),
Au bout d'un doigt magique,
Fait naître la colique
Ou la chasse à l'instant.

(1) Le Parlement.
(2) M. Mesmer.

Son Don Quichotte affure (1) :
Que la mort en murmure
Et cite mainte cure,
Dont il eft feul garant :
Changez-moi ces deux têtes ,
Ces magnétiques têtes ;
Changez-moi ces deux têtes ,
Têtes de charlatan.

Un prétendu mufée ,
A la tourbe abufée ,
Débite profe ufée
Et grands & petits vers ;
La bourgeoife caillette,
La pédante en lunette ,
Rimailleur & foubrette
Loue à tort à travers.
Qu'on me change ces têtes ,
Ces métromanes têtes ;
Qu'on me change ces têtes ,
Têtes à bonnets verds (2).

Neftor de l'Amérique (3) ,
Prife la voix publique

---

(1) M. Deflon.
(2) Le mufée eft à la veille de faire banqueroute , & l'on fait que le bonnet verd eft l'enfeigne
des banqueroutiers.
(3) M, Franklin.

Du monde politique
Et du monde favant :
Mais dédaigne l'hommage
Dont le peuple volage,
Sans refpect pour ton âge,
T'ennuie à chaque inftant.
Conferve bien ta tête,
Ta vénérable tête ;
Conferve bien ta tête,
Mais fans la montrer tant.

Un rimeur fatirique,
Dans fon humeur cauftique,
Des fots qu'il mord & pique,
Fait un portrait hardi ;
De fa plume maligne
La pétulance infigne
Aux mafques qu'il défigne
Le joint lui-même ici.
Changez-moi cette tête,
Cette fantafque tête ;
Changez-moi cette tête,
Tête d'un étourdi.

> Juillet 1783. On a parlé d'une tête d'airain
conftruite par l'abbé Mical, qui articuloit quelques mots & qu'il avoit brifée, parce qu'il n'en
oit pas content, en 1778.

Le 2 de ce mois il a écrit à l'académie des
fciences pour lui demander des commiffaires afin
d'examiner le méchanifme de deux têtes auto-

mates de fon invention , qu'il a exécutées lui-
même, & qui prononcent diftiuctement les phrafes
fuivantes.

La premiere dit : « Le roi vient de donner
» la paix à l'Europe. »

La feconde répond : « La paix couronne le
» roi de gloire. . . . »

La premiere réplique : « Et la paix fait le
» bonheur des peuples. »

Enfuite en pouffant un peu le cylindre mo-
teur , la premiere tête reprend , en s'adreffant
à fa majefté : « O roi adorable , pere de vos
» peuples , leur bonheur fait voir à l'Europe la
» gloire de votre trône ! »

On ne fait point encore ce que l'académie en
corps prononcera ; mais avant d'invoquer fon fuf-
frage , M. l'abbé Mical avoit fait voir le 18
juin ce chef-d'œuvre de méchanifme à deux membres de cette compagnie, meffieurs Franklin &
de Milly , & à deux de la société royale de Londres, actuellement à Paris, meffieurs de Faujas
& de Blayden , & l'on affure que ces favants,
après avoir vu & entendu les deux automates
interlocuteurs, en ont paru auffi fatisfaits qu'étonnés.

2 *Juillet* Extrait d'une lettre de Remiremont
en Lorraine, en date du 15 juin 1783. . . . .
Parmi les droits anciens , il y en a d'onéreux ,
& encore plus de finguliers , de ridicules, d'indécents même. En voici un qui n'eft que puéril. . . .
Le village de Fourgerolle , qui avoifine cette abbaye , doit lui fournir tous les ans à la pentecôte de la neige , & à défaut de neige deux bœufs.
Vous fentez bien qu'on préfere toujours la premiere. La température trop douce de l'hiver n'ayant
pas permis aux habitants de ce hameau de pren-

dre les précautions néceffaires pour payer fa redevance en neige , & le prix des deux bœufs.
qui devoient la remplacer étant une charge trop
forte pour la pauvre communauté , ils ont tenu
une affemblée afin d'avifer aux moyens d'y remédier , & ils fe font tirés d'affaire par une de
ces tournures fpirituelles & gaies qui réuffiffent.
toujours une fois & jamais deux.

Ils ont préfenté au chapitre un plat d'œufs à la
neige avec les vers fuivants, adreffés à l'abbeffe
comme le repréfentant :

> Daignez, Madame , accepter pour hommage
> Ce fimple mets , par les gourmets vanté :
> D'un tribut dû c'eft la trop foible image ;
> Mais la figure , aux yeux trompés du fage ,
> Vaut fouvent mieux que la réalité.

L'abbeffe a trouvé la défaite ingénieufe & a agréé
la redevance , avec la réferve cependant que ce feroit fans tirer à conféquence.

2 *Juillet.* L'académie royale de mufique annonce des *Après-Soupers* , fêtes compofées de fé-
rénades fuivies d'un bal : on aura la liberté d'y
venir mafqué. Elles auront lieu dans la falle du
bal , & commenceront à onze heures du foir.

3 *Juillet.* Extrait d'une lettre d'Arras, du 26
juin..... Le procès du *Paratonnerre,* auquel vous
vous intéreffez & dont vous connoiffez les détails par la mémoire de Me. Buiffart, qui peut être
regardé comme un traité de phyfique intéreffant fur cette matiere, a été plaidé ici durant
trois audiences folemnelles par un M. de Robef-
pierre, jeune avocat d'un mérite rare ; il a dé-

...ploté dans cette affaire, qui étoit la cause des sciences & des arts, une éloquence & une sagacité qui donnerent la plus haute idée de ses talens. Il a triomphé. Le 31 mai dernier, le conseil supérieur de ▓▓▓▓ ville a rendu un jugement qui infirme ce▓▓▓▓▓ échevins de Saint-Omer, & permet à M. ▓▓▓ry de Boisvalé de rétablir son *Paratonnerre*.

Ce jugement fait beaucoup d'honneur aux magistrats de notre tribunal, qui s'est élevé au dessus des préjugés de l'ignorance, & autorise le premier un usage salutaire, qui sera vraisemblablement bientôt adopté dans toute la province.

3 *Juillet*. Extrait d'une lettre de Cadix, du 13 juin. . . . Voici le détail que vous desirez sur le sort du baron de Pirch, colonel-commandant du régiment royal de Hesse Darmstadt, mort & enterré au camp de Sainte-Marie, près de cette ville.

Les soldats de son régiment l'ont tous accompagné au tombeau, les yeux baignés de larmes. Les officiers, tant françois qu'espagnols, ainsi que le gouverneur & plusieurs officiers généraux, ont assisté à cette pompe funebre. M. le comte d'Estaing, pour lui témoigner ses regrets & sa haute estime, a voulu que les deux régiments qui campoient avec celui de Hesse-Royal Darmstadt fournissent chacun un détachement de cent hommes, qu'on ne donne ordinairement qu'à un colonel qui est brigadier.

Comme M. de Pirch étoit protestant, son corps a été inhumé derriere sa tente au centre du régiment, qui a fait élever sur sa fosse un monument avec l'inscription suivante :

« Sous cette tombe gît Jean Ernest, baron

» de Pirch , colonel-commandant du régiment
» royal de Hesse-Darmstadt , chevalier de l'ordre
» du mérite & de Saint-Sébastien , chanoine de
» Magdebourg , mort le 20 février 1783 , dans
» la trente-neuvieme année de son âge. Né en
» Prusse , il apprit l'art de la guerre sous Frédé-
» ric ; passé en France , il fut par ses talents &
» par ses vertus l'exemple de l'armée. »

» Ce simple monument fut élevé à la posté-
» rité , en marque de reconnoissance & de re-
» grets , par son régiment. »

Quoi qu'il fût hérétique , le roi d'Espagne lui
faisoit l'accueil le plus distingué & se plaisoit à
s'entretenir avec lui. A son exemple les courtisans
s'empressoient de témoigner à cet étranger , qu'ils
détestoient intérieurement , combien ils faisoient
de cas de ses talents militaires & de son mérite
personnel.

4 *Juillet*. Depuis quelque temps il s'est élevé
un *Club* , sous le nom de *Société philantropique*:
elle est composée de citoyens de tous les ordres de
l'état ; mais comme il faut être très-riche pour
en être , elle compte sur-tout beaucoup de financiers parmi ses membres. N'ayant point encore
de lieu fixe pour s'assembler , elle se réunit dans
une des salles du *Musée de Paris*.

Pour premier acte de bienfaisance publique , elle
se propose d'accorder un secours annuel à douze
ouvriers octogénaires de cette capitale. Les aspirants sont astreints à certaines conditions qu'elle
prescrit.

A mesure que les fonds augmenteront , cette
société étendra ses secours sur un plus grand nombre d'infortunés de la même espece , & elle espere pouvoir fonder un jour un établissement

propre à les recevoir. Mais , après la diffolution de la fociété libre d'émulation , qui avoit déja une toute autre confiftance, quel fond faire fur de tels établiffements chez une nation auffi légère que la nôtre.

4 Juillet. M. *de Champcenets*, dont il eft trop fouvent queftion , revient fur le tapis. On raconte qu'avec un autre étourdi comme lui , il a déterminé deux jeunes demoifelles très-bien nées à fe laiffer enlever pendant la nuit ; qu'elles ont été conduites dans une petite maifon où elles fe font fort amufées & ont couché ; que dans la nuit ces meffieurs ont eu la fantaifie de changer de moitié ; & que raffafiées de plaifir , les demoifelles font rentrées. On ajoute que l'une d'elles s'étant trouvée groffe , les parents ont fommé M. *de Champcenets* de l'époufer ; mais qu'il a répondu qu'au moyen du troc, il ne pouvoit favoir fi elle étoit groffe de lui. On a eu recours à fon camarade qui a dit la même chofe ; & l'on en eft réduit à faire faire fourdement les couches de la jeune perfonne & à enfevelir l'aventure dans le filence , s'il eft poffible.

Juillet. Extrait d'une lettre du Cap-Français , du 30 avril . . . . Le prince *William* , troifieme fils du roi d'Angleterre , embarqué fur l'efcadre commandée par le contre-amiral *Hood* , qui étoit devant notre ifle , à la premiere nouvelle de la paix , a voulu fatisfaire fa curiofité de voir la ville. Il s'eft rendu ici le 5 avril, fans qu'on l'ait prévenu. Il a été reçu par M. de *Bellecombe* avec toutes fortes d'honneurs militaires. Les rues qu'il a traverfées étoient bordées de troupes , & à fon entrée le parc d'artillerie & l'arfenal l'ont falué de vingt-un coups de canon.

Ce prince est allé à la comédie le soir où il a été accueilli avec tous les applaudissements possibles, & où l'on a récité des vers à sa louange. Un anonyme a répandu ceux-ci dans l'assemblée, & ils ont paru les meilleurs.

Prince, qui t'arrachant à la cour d'un grand roi,
Dans ces climats lointains, témoins de ta vaillance,
As cru trouver en nous, vrais enfants de la France,
      Des ennemis dignes de toi ;
Heureux si nous avons mérité ton suffrage !
Aujourd'hui que tu viens au doux nom de la paix,
Sous le casque de Mars, nous faire voir un sage,
En goûter parmi nous les plaisirs, les bienfaits,
Puisse ce peuple aimable & folâtre & fidèle
Te faire desirer qu'une union si belle
      Se cimente & dure à jamais !

Après le spectacle son altesse royale retourna au gouvernement, où l'on lui servit un souper splendide, & auquel se trouverent toutes les femmes & personnes de distinction de la ville. Ce repas fut suivi d'un bal magnifique, où le prince dansa avec madame de Bellecombe, madame de Galvez & la vicomtesse de Fontanges.

Le lendemain à la pointe du jour, la garnison étant de nouveau sous les armes en haie dans les rues, & les principaux officiers ainsi que toute la noblesse s'étant rendus à l'hôtel du gouvernement, le prince, accompagné de M. de Bellecombe, de M. de Galvez, le général espagnol, & d'une suite nombreuse, fut conduit au bord de la mer, où il s'embarqua au bruit une salve d'artillerie pareille à celle qu'il avoit déja reçue.

5 *Juillet*. Extrait d'une lettre de Rennes, du 19 juin.... Les ingénieurs & académiciens, chargés par le gouvernement de prendre connoissance des traveaux à faire, pour creuser des canaux navigables dans cette province, paroissent convenir unanimement, que l'exécution d'un canal de Rennes à Saint-Malo est très-facile par la jonction de la Vilaine avec la Rance: ils n'estiment pas la dépense au-delà de cinq à six cent mille livres.

En conséquence les états ont arrêté de rembourser les terreins sur lesquels on empiétera sur le pied du denier trente; mais tout cela n'est qu'un apperçu: les plans, devis & estimations des ouvrages qu'on se propose de donner ne sont pas encore faits.

Malgré les travaux avancés à Cherbourg, les mêmes députés iront à Saint-Malo pour examiner s'il ne seroit pas possible d'y faire une rade & un port pour la marine royale.....

6 *Juillet*. Extrait d'une lettre de Besançon, du 25 juin.... Le père Élisée, carme-déchaux, est mort le 11 juin à Pontarlier, petite ville de Franche-Comté. C'est celui qui s'étoit fait une grande réputation par ses sermons à Paris; mais qui ne plaisoit pas autant dans la province, parce qu'il peignoit plus les mœurs du grand monde que celles du peuple, & qu'il mettoit dans ses discours plus d'esprit que d'éloquence. D'ailleurs, il faut aussi de l'onction pour le commun des auditeurs, & le père Elisée n'en avoit aucune. Il est vrai que sa seule figure, macérée comme celle d'un vrai cénobite, parloit pour lui,

& que fa voix éteinte annonçoit un homme ex-
ténué du jeûne, de la priere & de la pénitence
qu'il préchoit.

Le pere Elizée n'avoit que cinquante-cinq ans:
fon corps a été tranfporté ici & inhumé le 12 dans
l'églife du couvent que les carmes de la réforme
de Sainte-Thérefe y ont.

6 Juillet. Quoique l'opéra comique de *Blaize
& Babet* ne confifte guere au fond que dans
les détails d'une querelle trop longue entre les
deux amants, & dans ceux de leur raccommode-
ment un peu niais, & d'ailleurs bien ufé au théâtre, cet ouvrage n'ennuie point; il plaît, il at-
tache même par le talent qu'a eu l'auteur de conferver à chacun fon caractere connu, & dont la
vérité fe développe de plus en plus. L'enfemble
de la piece eft auffi plus foutenu dans fa fran-
chife, & nul mélange de romanefque, ainfi que
dans *les Trois Fermiers.*

La mufique bien adaptée aux paroles, fait fur-
tout valoir cet ouvrage; il y a beaucoup de naturel, d'agrément, de fraîcheur: peut-être cependant, l'enthoufiafme n'eût-il pas été porté auffi
loin fans le jeu des acteurs. Mad. Dugazon, qui
a le premier rôle, le fait valoir avec une fupé-
riorité marquée.

On a profité de livreffe du public pour lui
préfenter un acteur d'une nouvelle efpece, un
enfant à la mamelle qui eft venu joindre fes
cris à la mufique; car, quoique ce bambin ne
fût qu'une poupée, on a jugé à propos d'en
faire imiter les mugiffements dans la couliffe,
& ils ont été accueillis comme les morceaux de
chant les plus mélodieux.

6 Juillet. Il paroît un fecond *Mémoire à con-*

fulter & Confultation pour Mad. la marquife de Valory, contre Me. Courtin, avocat en la cour. Celui-là fait une grande fenfation à caufe de fon auteur, qu'on prétend être un homme de lettres fort bouillant, fort amer, fort cauftique : c'eft M. l'abbé Royou.

La confultation eft du 4 juin, & fignée Maultrot. Comme dans le préambule & à la fin du mémoire à confulter il y a une tirade violente contre l'ordre des avocats qui, au nombre de quatre cents, faifant ligue en faveur de leur confrere, ont tous refufé leur miniftere à madame de Valory, Me. Maultrot, quoique le mémoire ne foit pas figné de lui, eft cité devant l'ordre pour n'avoir pas fait rayer ces paragraphes injurieux à fon corps, & pour les avoir même approuvés indirectement par une phrafe de la confultation qui femble confirmer un fait auffi faux qu'injurieux.

Le fonds de l'affaire, au furplus, doit être jugé avant les vacances.

7 Juillet. M. de Sauvigny, pour s'excufer, quoiqu'un peu tard, d'avoir fait un auffi mauvais opéra que *Péronne fauvée*, dit aujourd'hui que les paroles ont été faites pour la mufique que M. Defaides avoit déja compofée pour un autre opéra, intitulé *le Patriotifme*, qui devoit être donné aux Italiens. Diverfes circonftances ayant fait retirer cette piece du théatre italien, le muficien follicita ce poëte de l'aider à tirer parti de la mufique.

8 Juillet. On parle d'une nouvelle rapfodie, intitulée *le Porte-feuille de Mad. Gourdan.* On dit que c'eft une brochure dans le goût de la *Caffette verte*, auffi remplie d'anecdotes fauffes & absurdes , & écrites d'un style aussi plat; mais le nom de l'héroïne lui donne de la vogue.

8 *Juillet*. On attendoit d'un jour à l'autre la seconde partie annoncée du mémoire de M. de Sainte-Foy ; mais M. le garde-des-sceaux a fait donner à l'avocat une défense de l'envoyer à l'impression.

9 *Juillet*. Les conseils des princes freres du roi paroissent s'être réunis pour aviser aux moyens de dégager leurs maisons de l'embarras où elles se trouvent par une dépense toujours plus forte que la recette. La premiere étant sans doute trop difficile à réduire , on a cherché les moyens d'augmenter l'autre , & l'on s'est concilié à faire un mémoire commun roulant sur trois objets principaux.

Le premier seroit de faire liquider & revenir à ces princes la part qu'ils ont droit de répéter des successions à eux échues en commun avec *Louis XVI*, telles que celles du roi *Stanislas*, de la feue reine , de madame la dauphine leur mere , &c.

Le second , de se faire donner par S. M. ou plutôt par l'état , le supplément d'apanage qu'ils ont également droit de répéter pour compléter le revenu qui leur est annexé , & dont M. de Sainte-Foy , dans son précédent mémoire , a fixé le montant.

Le troisieme enfin , pour compenser ces jouissances dont ils ont été frustrés jusqu'à présent , de supplier le roi de vouloir bien payer leurs dettes; justice , plutôt que grace , que S. M. semble leur devoir.

Les agents de ces conseils ont d'abord eu recours au contrôle-général pour avoir les renseignemens

seignements nécessaires à la confection & justesse
du mémoire, pour y mettre la forme convenable, & engager M. le contrôleur-général à en
faire son affaire.

Les hommes de confiance auxquels ont été
donnés à examiner ces mémoires, très-secrétement communiqués, ont fait dessus des observations dont il a résulté que c'étoit au roi en personne qu'il falloit s'adresser, même pour les demandes de justice rigoureuse à former, attendu
que l'administration du fisc public ne s'immisçoit
pas dans ces comptes particuliers, dans ces discussions de la famille royale.

On a tiré ainsi M. d'Ormesson de l'embarras où
l'auroient pu jeter ces questions délicates, s'il fût
devenu en quelque sorte l'intercesseur de leurs
altesses royales, au lieu d'en rester le juge, au
cas où il plairoit au roi de soumettre leurs demandes à son examen.

10 *Juillet.* On assure que Me. Maultrot, cité
devant l'ordre, a déclaré aux avocats qu'ils ne
comparoîtroit point, & qu'ils étoient maîtres de
faire tout ce qu'ils voudroient contre lui.

10 *Juillet.* M. d'Aguesseau, l'avocat-général
qui devoit porter la parole dans l'affaire des Montesquiou, craignant de se faire des ennemis puissants, s'est tiré adroitement de ce pas délicat : il a
profité de la maladie de son pere, pour prétexter
qu'il ne lui étoit pas possible de suivre les audiences.

Quoi qu'il en soit, on a jeté les yeux sur
M. Seguier, qui, sentant aussi le danger de se
charger d'une pareille affaire, a hésité quelque
temps, & ne s'est déterminé, à ce qu'on assure,
que sur une lettre de *Monsieur.*

10 *Juillet.* M. l'abbé de Fontenay, le rédac-

teur des *affiches de province*, a reçu depuis peu
une lettre en date du 21 juin, & signée *l'abonné de
Tours* : elle contient une déclamation aussi violente qu'originale contre l'abbé Raynal & un
distique latin des plus satiriques.

« Vous avez parlé dans votre feuille, Monsieur,
» avec toute l'indignation qu'il méritoit, d'un
» auteur justement proscrit par les premiers ma-
» gistrats du royaume, que nos peres eussent cer-
» tainement fait *ardre* avec son ouvrage volu-
» mineux en place de Greve, & qui pourroit en-
» core chez nos voisins, prétendre aux honneurs
» de *l'auto-da-fé*; mais il n'en paroît pas curieux :
» il se tient éloigné de ces contrées brûlantes :
» il erre çà & là dans le nord de l'Europe, où,
» après avoir abjuré religion, patrie, état &
» profession, ce philosophe fugitif, ce cosmopo-
» lite fier de sa disgrace, & tout rayonnant de
» gloire à ses propres yeux, contitue d'endoctri-
» ner l'univers : il a donné l'année derniere au
» public le précis de ses œuvres sous ce beau titre :
» *Esprit & Génie de l'abbé Raynal*, avec cette
» touchante & sublime épigraphe. „ L'image auguste de la vérité m'a toujours été présente. O vérité sainte ! C'est toi seule que j'ai respectée : si
mon ouvrage trouve encore quelques lecteurs dans
les siecles à venir, je veux, qu'en voyant combien j'ai été dégagé des passions & des préjugés,
ils ignorent la contrée où j'ai pris naissance, sous
quel gouvernement je vivois, quelles fonctions
j'exerçois dans mon pays, quel culte je profes-
fois ; je veux qu'ils me trouvent tous leur con-
citoyen & leur ami !

» *Nec civis, nec homo es, sed scriptor turgidus, audax,*
» *Pravi cui mores, pejus & ingenium.*

« Voilà dans une langue universelle & au
„ nom de la postérité , à laquelle je tiens par
„ ma jeunesse ; voilà , dis-je , une courte réponse
„ au nouveau docteur des nations & des siecles
„ à venir. „

11 *Juillet.* Les *Après-Soupers* , fêtes composées
de sérénades , suivies d'un bal , qui ont commencé
cette nuit sous ce titre ridicule , sont un spectacle
très-plat ; pauvre musique , point de voix , & un
air étouffé & empesté d'odeur au lieu de l'air pur
& frais d'une belle nuit , que semble annoncer
le mot *Sérénades :* voilà tout ce que c'est. Il y
avoit assez de monde , parce qu'il y a toujours
des curieux & principalement des filles empressées
de se montrer , qui attirent du monde à leur
suite , & que d'ailleurs l'administration de l'opé-a
a eu le bon esprit de ne mettre les billets qu'à
3 livres.

11 *Juillet.* La perte de mademoiselle Laguerre ,
qui brilloit dans le rôle de Sangaride d'Atys , &
le faisoit valoir infiniment , avoit dégoûté de
revoir cet opéra. Cependant on s'est hasardé depuis peu de le reprendre & de confier le même
rôle à mademoiselle Maillard.

Cette jeune actrice , qui donne des espérances
très-grandes , & qu'un travail assidu ne peut
manquer de réaliser , a fait entendre dans tous
ses morceaux une voix agréable , flexible & pleine
de sensibilité.

Mademoiselle Maillard sort des petits comédiens du bois de Boulogne , dont on a parlé ,
école où il s'est formé d'excellents sujets , qui
étoit principalement de la fondation & sous la
direction de M. Bertin des parties casuelles. Cet
amateur cultivoit mademoiselle Maillard avec

C a

tout le foin qu'infpiroit un talent naiffant réuni à une très-jolie figure.

12 *Juillet*. Trois femmes de la cour, mefdames comteffe de Châlons, marquife de Coigny, & comteffe d'Andlau ont voyagé en Angleterre depuis la paix, & ont émerveillé les Anglois au point de s'en attirer des éloges dans leurs papiers publics, lefquels ont été répétés dans le mercure qui les a recueillis avidement. De-là la chanfon fuivante où ces dames font affez bien peintes. Il eft malheureux que le refrein qui pouvoit être piquant ne foit que plat ou ordurier.

Châlons féduit par fon ton
Et par fon allure :
Sa taille & fon pied mignon
Au cœur font bleffure.
L'Anglois qui s'y connoît bien,
Voyant fon joli maintien,
L'a mife au mercure,
O gué,
L'a mife au mercure.

D'Andlau par fon agrément,
Et non fa parure ;
Au cœur de plus d'un amant
Fait égratignure.
L'Anglois très-publiquement
L'avouant ingénument,
L'a mife au mercure,
O gué,
L'a mife au mercure.

Coigny, par fon air fripon,
 Sans nulle lecture
Parle comme un Cicéron,
 Plaît par la nature.
L'Anglois en confomption,
 Tout en admiration,
  L'a mife au mercure,
   O gué,
  L'a mife au mercure.

Belles, qui voyagerez,
 Prenez le mercure ;
Et certes vous y lirez
 La preuve très-fûre
Qu'on plaît généralement
 Quand on fait utilement
  Se mettre au mercure,
   O gué,
  Se mettre au mercure.

13 *Juillet.* M. *de Fer*, ancien capitaine d'artillerie, de l'académie de Dijon, continue à faire parler de lui & à entretenir le public de fes grands projets.

Le mémoire qu'il lut le 16 mars dernier à l'académie des fciences fur la poffibilité de conduire la Loire & la riviere d'Eure à Verfailles, & de fubftituer à la Seine un canal de navigation depuis Paris jufqu'à Rouen, canal qui pafferoit par Verfailles, & rendroit cette ville une des plus floriffantes du monde, ayant excité la curiofité des membres de cette compagnie, ou plutôt n'ayant pu vaincre leur incrédulité, il revient fur cet objet, & écrit une lettre à M. de la Lande pour mieux développer fes idées, & dont le réfultat eft que l'exécution de ce projet dans fa maniere ne reviendroit pas à douze millions.

Du refte, M. de Fer prétend qu'on ne pourra jamais établir un fyftême général de navigation dans l'intérieur du royaume, qu'en fubftituant des canaux à toutes les rivieres dont le cours eft rapide.

Il perfifte à reftreindre à un million la dépenfe du projet de l'Yvette, eftimée par MM. *Perronet* & *de Chezy* à huit millions; & il ajoute qu'en faifant ufage de fes moyens on peut économifer plus de dix millions fur la conftruction du grand canal de Bourgogne.

14 *Juillet.* Comme le *profpectus* des mémoires fur la vie du fieur *de Beaumarchais* n'eft que gravé, qu'il en a été tiré feulement une petite quantité d'exemplaires que le comte de Lauraguais a envoyés à fes amis, qu'il ne s'en vend point, il eft fort rare, & les amateurs l'ont fait copier. En voici les principaux articles.

De cet ouvrage divifé en quatre volumes, le premier contiendra, 1°. une notice fur fa famille; 2°. quelques anecdotes fur les reffources qu'il comptoit tirer de la force de fon corps & de fon adreffe à efcamoter, lorfque fon pere le chaffa de la maifon paternelle; 3°. plufieurs détails fur l'induftrie qui le fit exifter jufqu'à l'époque du marché qui lui fait acheter à rentes viageres la charge de contrôleur de la bouche du roi, du fieur *Franquet*, dont il n'a jamais payé un fou par la mort très-prompte du vendeur, comme quoi il époufa la veuve qui lui fit une donation

de tous ses biens , qui mourut peu de temps
après aussi ; & comme quoi il commença sa fortune avec ces dépouilles ; 4°. l'historique de ses
intrigues à Versailles , qui finirent par l'en faire
chasser avec ordre de vendre sa charge.

On trouvera dans le second , 1°. l'historique
du voyage de Beaumarchais en Espagne , & la véritable aventure de Clavico ; 2°. un recueil de ses
lettres qui jettera un grand jour sur ses talents ,
sur son caractere & sur la mort de sa seconde
femme , madame l'Evêque.

Le troisieme contiendra , 1°. des détails curieux
sur sa liaison avec le feu prince de Conti ; 2°. un
précis de ses ouvrages ; 3°. plusieurs faits singu-
liers sur l'origine de son procès contre Goësman ;
4°. des copies des premieres épreuves de plusieurs
morceaux écrits par Beaumarchais dans son second & troisieme mémoire , totalement changés
par différentes personnes ; 5°. anecdote sur la
fâcheuse rencontre de Beaumarchais chez . . . .
avec M. Dumourier, qui le menaça de coups de
bâton s'il ne lui rendoit pas six louis qu'il avoit
prêtés à sa sœur, qu'il célébroit & laissoit mourir
de faim ; 6°. Beaumarchais ruiné, blâmé & mené
en Angleterre , par qui, pour quoi, ce qu'il y
fait, en attendant qu'il joue le rôle que les circonstances lui préparoient déja ; 7°. ses projets
sur le personnage alors connu sous le nom du
chevalier d'Eon. 8°. Le chevalier d'Eon se moque
de Beaumarchais. 9°. Anecdote sur un coffre de
fer que Beaumarchais porte à Versailles. 10°. Son
histoire avec Morande & fragment d'un incroyable mémoire qu'il envoya de Londres à M. *de
la Borde*, sur les services essentiels qu'il avoit rendus à madame Dubarri. 11°. Détails très-curieux

fur les raifons qui lui font concevoir le projet
d'aller à Vienne. L'impératrice l'y fait mettre au
cachot jufqu'à fon retour à Paris. Anecdote fur
fon prétendu affaffinat. Si l'on avoit pu accufer
juftement Beaumarchais de la moindre indiferé-
tion fur ce voyage, il auroit dû craindre Bicêtre
pour jamais ; s'il avoit gardé le fecret fur lequel
on comptoit, il perdoit le fruit qu'il fe promettoit de la célébrité de l'aventure. Comment trahir
ce fecret fans être puni pour l'avoir révélé. Il fe
donne quelques coups de rafoir, prétend avoir
été affaffiné, & de-là il faut bien apprendre que
fans une boîte d'or qu'il portoit à fon cou,
parce qu'e le renfermoit une lettre pour l'impératrice, il eût été poignardé. Rapport de cette
fourbe à l'exil de M.... & de M. le D....

12°. Il retourne en Angleterre, où la fatalité
des circonftances force M. le comte de Vergennes de le rendre l'agent d'un grand événement,
parce que M. le comte de Maurepas ne veut pas
avoir l'air d'y prendre part. 13°. Véritable époque de la fortune qu'il acquiert en devenant
l'ufurier de la France & de l'Amérique. Anecdote
fur fes premiers armements, fur fon miftérieux
voyage au Havre, où il ne fait cependant pas
moins afficher qu'il y étoit, & fur l'ordre d'arrêter M. *du Coudray*. 14°. Fragments de fa correfpondance avec le congrès. 15°. Détails fur fes
fpéculations de commerce. Il porte fon avidité
pour l'argent jufqu'à l'impudence de redemander,
au nom du congrès, l'argent que le congrès avoit
fait remettre aux officiers françois qui devoient
paffer en Amérique. Réponfe accablante de M.
Franklin fur la réclamation de M. de Ribour-
delle. 16°. Anecdote fur ce qui détermine Beau-

marchais à faire son manifeste contre milord Stormont. 17°. Incroyable motif qui engage M. le comte de Maurepas à se contenter de supprimer par un arrêt du conseil le barbare galimatias de ce manifeste, dans lequel Beaumarchais avoit porté cependant l'insolence & l'ignorance au point d'insulter, par un fait faux & supposé vrai, la mémoire du feu roi & son ministère.

Le quatrieme volume sera consacré au résumé des trois autres, d'où naît la comparaison qu'on établit entre Beaumarchais, mademoiselle d'Eon, & M. de Paradès, afin de pouvoir comprendre les revers de mademoiselle d'Eon, la disgrace de M. de Paradès & la fortune de Beaumarchais. L'on verra que les plus grandes qualités, les prodigieux talents, le mérite très-rare qui rendirent mademoiselle d'Eon un personnage si extraordinaire, & qui donnerent nécessairement une influence momentanée si dominante à M. de Paradès, les destinoient également à devenir importants & malheureux. Tout cela s'explique en faisant comprendre pourquoi les gens honnêtes, mais foibles, ont peur de Tartufe, & pourquoi les sots & les fripons aiment les fourberies de Scapin.

Cette édition paroîtra sous les sérénissimes auspices du prince de Nassau, auquel on en a fait l'hommage dans une épître dédicatoire, dans laquelle cependant les amis les plus distingués de Beaumarchais partagent avec le prince la gloire de protéger ses petits talents, ses grands vices & les spéculations politiques & mercantilles du sieur Caron de Beaumarchais.

14 *Juillet.* Extrait d'une lettre de Bordeaux, du 8 juillet..... La fermentation, quoique ras-

fife en apparence', pourroit fe rallumer aifément
& s'eft en effet rallumée depuis peu.

A un combat de taureau , fpectacle qu'on nous
donne ici de temps en temps , un jeune homme
ne trouvant point de place , s'en alloit & vouloit ravoir fon argent qu'on refufoit de lui rendre.
Pendant la conteftation paffe M. *de Maffif* , un
des deux jurats gentilshommes , celui déja hué
par les mécontents , qui a porté plainte au parlement , & dans l'affaire duquel on informe. Il
ordonne au jeune homme de ne point infifter &
d'avancer. Le plaignant l'inftruit du motif qui
l'oblige de fortir ; M. *de Maffif* le maltraite de
parolles, l'appelle petit foutriquet. Le jeune homme
lui répond que c'eft lui qui eft un grand J. F.
depuis les pieds jufqu'à la tête. Le jurat ordonne
aux gardes d'arrêter cet infolent ; à l'inftant une
foule de jeunes gens préfents livrent le paffage à
leur camarade , & font pleuvoir fur M. *de Maffif*
& fa cohorte une grêle de cailloux qui les dif-
perfe. Par un hafard fingulier un de ces cailloux
eft tombé fur la croix de Saint-Louis du jurat
& la lui a brifée : il a été obligé de fe retirer
tout honteux , & va fans doute joindre cette
nouvelle plainte à la premiere.

14 *Juillet.* Un nouveau pamphlet fait beaucoup
de bruit au palais ; c'eft une *requête à Thémis.*
On ne parle encore que du titre.

15 *Juillet.* Ce n'eft point à l'avocat même de
M. de Sainte-Foy , mais c'eft à l'imprimeur qu'il
eft venu un ordre de M. *Camus de Néville ,*
comme chef de la librairie , défendant de rien
imprimer dans cette affaire jufqu'à ce que la
défenfe fût levée.

Les avocats s'étant affemblés le 10 juillet ,

M. le bâtonnier a été chargé de la part de l'ordre de se retirer pardevers M. le garde-des-
sceaux , & de se plaindre d'une défense qui at-
taquoit la liberté des fonctions de l'ordre.

M. *de Miroménil* a très-bien accueilli le bâtonnier; il lui a dit combien il estimoit l'ordre
dont il se faisoit gloire d'être membre lui-même;
combien il étoit pénétré de la noblesse , de l'utilité , de la nécessité de ses fonctions; que l'intention du roi n'étoit nullement de les troubler
ou gêner en rien ; mais que comme l'affaire dont
il s'agissoit pouvoit intéresser le secret de l'administration intérieure de la maison du comte
d'Artois , il étoit essentiel que l'orateur apportât
beaucoup de réserve & de circonspection dans ce
qu'il écrivoit.

En conséquence , le garde-des-sceaux est convenu qu'on s'en rapporteroit à M. le premier
président , qui savoit là-dessus les intentions de
la cour. On est allé au premier président , qui a
répondu n'avoir pas voulu se charger de l'examen
de ce mémoire & des autres qui devoient paroître dans l'affaire , & qu'il suffiroit que lui bâtonnier le fît.

Celui-ci doit rendre après-demain à l'ordre assemblé , compte de sa mission.

15 *Juillet*. M. le duc d'Orléans , instruit du
crime du docteur *Barthès* , l'a menacé de le chasser , s'il n'arrangeoit l'affaire , en sorte qu'il a
donné beaucoup d'argent.

On raconte que ce vieillard impudique a chez
lui un fauteuil à ressorts où il fait asseoir les
personnes dont il veut abuser; qu'à l'instant on
se trouve pris & dans l'attitude la plus favo-

E 6

rable pour qu'il puiffe fans effort affouvir fa bru-
talité.

15 *Juillet*. Quelques gens qui difent avoir lu
la *Requête à Thémis*, affurent qu'elle roule principalement fur les friponneries des procureurs,
friponneries tolérées en partie par MM. les
grands-chambriers , qui ont befoin d'eux à leur
tour pour commettre fans réclamation leurs
extorfions.

16 *Juillet*. « Quatre cents jurifconfultes , qui
„ du moins en portent tous le nom , ligués contre
„ la marquife *de Valory* , même avant d'avoir
„ connu fa caufe ; qui ont mieux aimé troubler ,
„ par leurs cris tumultueux , le fanctuaire de la
„ juftice, que d'attendre en filence fes oracles ,
„ croient la gloire de leur ordre intéreffée plutôt
„ à déguifer les fautes avérées d'un confrere ,
„ qu'à le punir ; qui ont affiégé les magiftrats ,
„ fait retentir de leurs injuftes déclamations les
„ lieux publics, les cercles , les tribunaux , les
„ cabinets des juges ; parmi lefquels aucun ,
„ dans cette ligue redoutable, n'eft affez coura-
„ geux pour prendre en main la défenfe publique
„ d'une caufe dont plufieurs dans les converfa-
„ tions particulieres , & quelques-uns par écrit ,
„ ont reconnu la juftice. Telle eft la pofition de
„ la marquife.

Tel eft le paragraphe du mémoire attribué à
l'abbé *Royou*, qui a fcandalifé l'ordre. Il reproche
à Me. *Maultrot* d'y avoir mis fa confultation & de
l'avoir adoptée fpécialement par cette phrafe.
« Tel eft le fpectacle qu'offre au public la caufe
„ de Me. *Courtin* ; fon fyftême eft cependant
„ foutenu par une foule de jurifconfultes. La
„ marquife *de Valory* ne peut au contraire avoir

„ de défenfeur , & elle eft réduite à fe faire
„ nommer un avocat par arrêt. *O Tempora* !
„ *ô mores !*

C'eft Me. Babile qui a cru devoir faire la
dénonciation ; mais comme l'accufé ne femble
pas difpofé à répondre , qu'il eft vieux & infirme , on croit qu'on ne donnera pas de fuite à
l'affaire.

16 *Juillet.* Il paroît des *Obfervations* fur la
relation que Me. *Linguet* a donnée de fa détention à la Baftille. Comme cet ouvrage fe vend
publiquement , on ne doute pas que l'auteur
n'ait écrit fous l'influence du miniftere.

16 *Juillet.* Il paroît décidément que les membres de la nouvelle adminiftration des quinze-
vingts, ont eu des lettres de cachet qui leur
ordonnent d'accepter les fonctions dont ils font
chargés, & qu'en conféquence, après avoir fait
leurs proteftations, ils doivent obéir.

17 *Juillet.* La commiffion des réguliers, lorfqu'elle a cru l'objet de fa création rempli , &
qu'elle a demandé ou paru demander fa fuppreffion,
a attefté à S. M. que par l'effet de fa furveillance,
les congrégations religieufes avoient un corps de
conftitutions , ftatuts & réglements rédigés avec
clarté & précifion , & revêtus de l'autorifation
néceffaire par le concours des deux puiffances ;
que par ce moyen il étoit facile aux fupérieurs d'y
maintenir l'ordre & la difcipline , d'éviter par
une exacte obfervation des regles tout ce qui
pourroit introduire le relâchement, & de rendre
les ordres religieux de plus en plus utiles. Tels font
les compliments que fe faifoient faire les prélats
réformateurs , dans l'arrêt du confeil du 19 mars
1780, qui les fupprime.

Cependant il paroît aujourd'hui un arrêt du conseil en date du 21 juin 1783, pour la convocation d'un chapitre extraordinaire de la congrégation de St. Maur, à St. Denis, auquel doivent préfider les archevéques de Narbonne & de Bordeaux, sous prétexte de décider les contestations qui agitent cette congrégation, & d'y rétablir l'ordre & l'harmonie. C'est le mardi 9 septembre que doit s'ouvrir l'assemblée.

Cet arrêt du conseil a alarmé la congrégation ; son supérieur général & les assistants ont en conséquence présenté au roi de très-humbles & très-respectueuses représentations, qu'on dit bien faites, vraiment énergiques, & dont le rapport doit être fait incessamment au conseil des dépêches.

17 *Juillet.* On parle d'un nouvel ouvrage très-piquant par son titre, *la Chronique scandaleuse.* Il est à craindre malheureusement qu'il n'y ait que cela de bon, sur-tout s'il sort, comme on l'assure, d'un café du Palais-Royal, nommé *le Caveau,* réceptable de beaucoup d'oisifs, de libertins, de gens qui, concentrés en ce lieu, ne voient point assez de monde pour faire la récolte nécessaire à la formation d'un pareil recueil.

18 *Juillet.* La congrégation de St. Maur tient tous les ans au mois de mai une diete pour la manutention de l'ordre & de la discipline réguliere ; cette assemblée, par sa nature, est peu propre à intéresser l'état. Quelle a donc été la consternation de la congrégation lorsqu'on lui a intimé la défense de tenir celle qui devoit avoir lieu au mois de mai dernier ?

Presque dans ce temps il a été répandu avec affectation dans Paris & dans les maisons de la congrégation, un bref du pape daté du 23 avril 1783, où l'on voyoit que deux prélats, qui avoient été membres de la commission des réguliers, s'étoient fait donner à Rome, sous le nom du roi, une commission pour convoquer, hors le temps marqué par les constitutions des bénédictins, & sous telle forme qu'ils jugeroient convenable, un chapitre général de la congrégation : que cette commission qui devoit durer deux ans, leur conféroit les plus amples pouvoirs pour interpréter ou réformer les loix de l'ordre, pour décerner tous les décrets qu'ils croiroient convenables, tant au temporel qu'au spirituel ; pour statuer sur la validité des actes & décrets du chapitre général de 1781, pour déposer les supérieurs majeurs, & les faire remplacer par des élections qui auroient la même force que si elles étoient l'ouvrage du chapitre ordinaire, qui doit se tenir en 1784. Le bref imposoit, du reste, à tous les membres de la congrégation, aux supérieurs comme aux simples religieux, l'obligation étroite de la plus entiere obéissance, sous des peines très-graves. Le seul prétexte de ces étonnantes dispositions étoit de pacifier les troubles & les contestations dont on supposoit la congrégation agitée & déchirée, à l'occasion de l'assemblée provinciale de Normandie, qui avoit précédé le chapitre général de 1781.

La congrégation, par la réunion de ces deux coups d'autorité, a facilement conçu la raison de la suspension de la diete, & le despotisme des prélats commissaires qui vouloient réserver à l'assemblée tenue sur leur influence, toutes les opérations qui étoient du ressort de la diete.

Cependant la congrégation se rassuroit en ce que le bref du pape n'étant point enrégistré, ne pouvoit avoir de force dans le royaume, & que la jurisdiction attribuée par ce rescrit aux prélats commissaires, tomboit avec lui. En effet, ceux-ci ont renoncé à en faire usage par l'impossibilité sans doute qu'ils ont trouvé de faire recevoir le décret dans les tribunaux ; mais sans se départir de leur plan de domination, ils ont surpris à la religion du roi l'arrêt du conseil qui fait aujourd'hui l'objet de la réclamation des religieux.

18 *Juillet*. La France vient de faire une recrue de vingt-quatre carmélites autrichiennes, provenant des couvents détruits par l'empereur. Ces religieuses ne voulant pas absolument se soustraire à l'empire de leur regle, ont demandé à leur souverain la liberté d'aller la remplir hors de ses états, & elles l'ont obtenue. Ces bonnes filles sont sous la conduite d'un carme, d'un prêtre séculier, & du pere de l'une d'elles. Il y en a quelques-unes nobles, qui doivent aller à St. Denis ; le surplus se répandra dans les couvents de Paris.

19 *Juillet*. Les *très-humbles & très-respectueuses représentations du supérieur-général de la congrégation de Saint-Maur & de ses deux assistants*, adressées au roi, ont été motivées en effet par la signification qui leur a été faite le 23 juin, de l'arrêt du conseil du 21. Leur objet est de démontrer la surprise faite à S. M. & de développer le plan despotique des prélats commissaires qui l'ont dicté pour suppléer au bref dont ils ne pouvoient faire usage.

Les auteurs des représentations disséquent cet arrêt avec autant de sagacité que de force, &

dans fon préambule & dans fes difpofitions. Ils en font voir & l'inutilité & le danger.

Du refte, ils rappellent à fa majefté les marques de bonté & de protection qu'elle-même & fes auguftes prédéceffeurs ont donnees à la congrégation de Saint - Maur. Pour lui faire voir qu'elle n'en eft pas plus indigne qu'auparavant, ils remettent fous fes yeux, d'une part, les travaux immenfes auxquels elle s'eft livrée pour l'églife & pour l'état dans le temps du calme où elle vivoit en fécurité fous l'empire de fes loix ; & de l'autre, les violentes & continuelles fecouffes qu'elle a éprouvées depuis 1765. On lui a fait tenir des affemblées extraordinaires ; il y a eu des commiffaires dans prefque tous fes chapitres : on l'a obligée de rédiger en 1769 un nouveau corps de conftitutions, fous la direction de ces commiffaires, & elle s'eft foumife à tous les changements qu'ils ont exigés. La commiffion elle-même a rendu juftice à l'état de révivification où l'ordre fe trouvoit, à la pureté, à la vigueur, à la ftabilité de fon régime. Quelle inquiétude peut-on tout-à-coup concevoir de la fuffifance de fes loix ? Pourquoi, par une affemblée vraiment extraordinaire, expofer la congrégation à des dépenfes & à des agitations qui la vexent & qui la troublent ? Quel befoin peut-elle avoir de nouveaux réglements, de nouvelles ordonnances pour fon adminiftration & fon gouvernement? Une funefte expérience n'a que trop appris les maux qu'entraînent ces révolutions & ces mouvements inattendus. Les bons religieux s'alarment & fe découragent, les foibles fe dégoûtent d'un état qu'ils croient fans ceffe compromis & incertain ; les autres ne font que s'affermir dans l'état d'indépendance & de relâchemens.

C'est par cette péroraison vigoureuse & pathétique qu'est terminée la requête vraiment digne de la savante congrégation, au nom de laquelle elle est présentée.

19 *Juillet*. Depuis long-temps on se plaint que Paris, malgré tant de nouveaux bâtimens propres à l'embellir, ne sera jamais tel qu'il pourroit être, faute d'un plan fixe & régulier. On se plaint sur-tout du défaut des rues, la plupart trop étranglées, & des maisons dont la hauteur n'étant point réglée n'avoit de mesure que la cupidité des propriétaires. De-là un défaut de circulation d'air très-funeste dans une ville aussi peuplée & aussi mal-propre. Une *Déclaration du roi* donnée à Versailles le 10 avril 1783, registrée en parlement le 8 de ce mois, *concernant les alignemens & ouvertures des rues de cette capitale*, a pour objet de remédier à ces inconvéniens.

1°. Il ne pourra plus être ouvert, sous quelque prétexte que ce soit, aucune rue nouvelle qu'en vertu de lettres-patentes.

2°. Ces rues nouvelles ne pourront avoir moins de trente pieds de largeur.

3°. A l'égard de celles qui existent & qui ont moins de trente pieds, elles seront élargies successivement & à mesure des reconstructions.

4°. Il sera déposé au greffe, tant du parlement que du bureau des finances, les plans généraux de toutes les rues de Paris, & ceux particuliers des reconstructions projetées.

5°. Les propriétaires des maisons ou murs de clôture situés sur les rues, contribueront aux frais desdits plans au *prorata* de la quantité des toises dont ils font propriétaires : favoir, de cinq fous par toife pour les maifons ; trois fous pour les murs de clôture , & la moitié feulement pour ceux des plans déja formés & dépofés , & qui feront feulement recollés. Les établiffements publics & les propriétés des hôpitaux font exceptés de cette taxe.

6°. La hauteur des maifons fixée par la même déclaration , eft pour les rues de trente pieds de largeur & au deffus à foixante pieds , lorfque les conftructions feront faites en pierres & moëllons , & à quarante - huit pieds lorfquelles feront en bois. Dans les rues depuis vingt-quatre jufques & compris vingt-neuf pieds de largeur , la hauteur des maifons fera de quarante-huit pieds , & dans toutes les autres rues de trente-fix pieds feulement , y compris les manfardes , attiques & autres conftructions au deffus de l'entablement. Toutes faillies , foit en maçonnerie , foit en charpente , font également fupprimées , le tout à peine d'une amende défignée.

10 *Juillet*. M. *patras*, l'auteur du *Fou raifonnable*, qui a eu tant de fuccès aux *variétés amufantes* & étoit digne d'un plus noble théâtre, va s'effayer au théâtre italien par une piece ayant pour titre l'*Heureufe Erreur ,* comédie en un acte & en profe qu'on doit jouer après demain ; ceux qui ont vu les répétitions affurent que l'auteur n'y dément pas les efpérances qu'il avoit fait concevoir, & que le fujet de la piece , fous un titre modefte & commun , eft vraiment piquant & neuf.

10 *Juillet.* L'*ambargo* mis fur les mémoires qui devoient paroître dans l'affaire de M. de Sainte-Foy , dont le rapport n'eft pas encore com-

mencé , mais aura certainement lieu mardi prochain, n'a abouti à rien & est levé. Le sieur *le
Bel* est allé à Versailles pour se plaindre sur la
suspension que le sien éprouvoit, a si fort crié
qu'il a eu la liberté de le publier. Il y a des
choses très-fortes contre M. de Sainte-Foy , des
paragraphes parfaitement bien frappés Le reste
est hérissé de calculs nécessaires , à l'instruction ,
mais fort ennuyeux.

M. *Tronçon du Coudray* , qui a également permission de distribuer la seconde partie, differe
vraisemblablement pour répondre au mémoire de
le Bel.

2 1 *Juillet*. Après avoir lu les trois nouveaux
volumes de *l'Espion Anglois* qui commencent à percer, on est bien rassuré contre la crainte que
la continuation ne fût pas de l'auteur des premiers. On y retrouve la même maniere absolument. Comme ils roulent sur les événements de
l'année 1777 , temps où la rupture avec la cour
de Londres s'approchoit , ils deviennent très-
curieux sur cet objet, & l'on y lit trois ou quatre
lettres introductives à l'histoire de la guerre, qui
inspirent une grande envie de voir l'écrivain en
traiter la suite par une foule de détails sur la
marine, qui ne se trouvent nulle part ailleurs. Il
est à remarquer que nous sommes très - pauvres
en cette partie , & qu'à commencer par les mémoires de *Dugué-Trouin* , si intéressants pour le
fonds & si ennuyeux pour la forme , on ne peut
lire qu'avec le plus grand dégoût tout ce qui est
écrit sur cette matiere.

2 2 *Juillet*. Mad. *Billioni* , dont on a annoncé
la perte , mérite une notice plus détaillée. Elle
étoit née à Nanci en 1751 , de danseurs de corde,

& avoit pour pere celui du fameux Placide &
de la demoiselle *Spinacuta* , dont le nom n'est pas
moins renommé dans ce genre de talent. Confiée
au sieur *Veroneze* pere par ses parents , obligés
de voyager sans cesse , elle montra pour la danse
& pour la musique vocale des dispositions si dé-
cidées qu'il lui donna des maîtres à l'âge de quatre
ans.

Depuis huit ans jusqu'à douze la jeune *Buffa* ,
c'étoit son nom de famille , se distingua comme
danseuse au théâtre italien , & elle exécuta un pas
de deux pour le service de la cour avec mademoiselle *Guimard*.

A l'âge de douze ans elle joua & chanta les
premiers rôles à Bruxelles , & étoit également
la premiere danseuse au spectacle de cette ville.

Après son mariage avec le sieur *Billion* , dit
Billioni , ancien maître des ballets de l'opéra comique & de la comédie italienne , elle revint à
Paris en 1767 , & y débuta dans l'emploi des amou-
reuses italiennes : alors elle renonça totalement à
la danse. Elle doubla bientôt les premieres chan-
teuses du théâtre italien , devenu plus intéressant
par les succès de ses opéra comiques du grand
genre.

La voix de Madame *Billioni* ne parut point
indigne du concert spirituel , ce théâtre si redoutable aux débutantes , & elle y chanta comme
cantatrice italienne pendant la quinzaine de 1771.

Elle étoit excellente musicienne ; elle unis-
soit à la justesse & à la finesse de la voix beaucoup
de précision & d'adresse dans le chant , & dans
le jeu de ses différents rôles une grande intelligence de la scene. Elle avoit pu d'autant mieux

développer toutes ces qualités, qu'elle étoit très-bien servie par sa mémoire excellente.

Elle s'étoit attachée au sieur *Clairval*, & cette passion l'a précipitée au tombeau : son extrême sensibilité la faisoit veiller avec le plus grand soin, avec l'inquiétude la plus vive sur cet amant très-dérangé & très-infidele. Il étoit joueur; il passoit souvent la nuit dans les tripots, & on la voyoit à la porte guetter dans une voiture le moment où il sortoit. Sa foible santé n'a pu résister à des épreuves aussi multipliées & aussi propres à la déranger.

22 *Juillet.* C'est sur la déclaration faite par le bâtonnier au premier président, au procureur-général, & ensuite à M. le garde-des-sceaux, qu'il ne pouvoit ni ne devoit se charger d'être le censeur de ses confreres, de ses égaux, n'ayant jamais été soumis à cette formalité, qu'a été levée la défense qui empêchoit d'imprimer ou publier les mémoires dans l'affaire de Sainte-Foy, qui n'auroient pas été approuvés par le premier président & M. le procureur-général. En conséquence, outre celui de *le Bel*, on en a de *Pyron*, de *Nogaret*, &c. &c.

Comme le premier, c'est-à-dire celui du sieur *le Bel* contient des paragraphes violents contre M. de Sainte-Foy, Me. *Tronçon du Coudray*, ayant de distribuer la seconde partie de la justification de ce client, a voulu y joindre une réponse à son adversaire.

23 *Juillet.* Les partisans de M. Radix de Sainte-Foy, qui ne laissent pas que d'être en grand nombre, sont très-scandalisés d'un paragraphe du nouveau mémoire du sieur le Bel, où l'on le peint ainsi :

« Le sieur de Sainte-Foy doit la sorte de ré-
» clamation assez vive qui s'est formée depuis
» quelque temps en sa faveur, aux amis de cour
» qu'il s'est fait par les bienfaits du prince, amis
» assidus autour des puissances pour parer les
» coups, & ardents à solliciter des déclarations
» aux gens de bonne compagnie qui ont reçu des
» politesses de lui, & qui sont fâchés d'avoir une
» maison de moins ; à tous les ordres de société,
» à la cour & à la ville, enchaînés par lui dans
» un cercle varié de fêtes & de plaisirs, animés
» sur-tout par la réunion & la liberté des deux
» sexes.

» De-là ces masses de crédit & de considéra-
tion dont la réunion imposante forme un co-
losse de protection & de faveur.... »

On sait que ce mémoire, qui n'est signé que
de le Bel & de son procureur, est l'ouvrage de
plusieurs avocats, entr'autres de Me. *Blondé*.

23 Juillet. On attendoit trois nouveaux volumes de la suite du *Tableau de Paris*, promis par
son auteur, M. *Mercier*. Ils ont tardé beaucoup
à paroître ; mais les amateurs de l'ouvage en sont
dommagés par une plus grande abondance,
puisque les colporteurs distribuent aujourd'hui
quatre volumes au lieu de trois ; fécondité rare
digne du peintre.

Ce livre, d'abord prohibé, se vend publiquement aujourd'hui.

A la fin de l'ouvrage, M. *Mercier* place une
note par laquelle il annonce qu'il travaille aussi
à seconder son *rêve de l'an deux mille quatre cens
quarante*, & qu'il fera si bien que d'un volume
en portera à trois.

Ensuite, pour prendre congé de la compagnie,

il terminera par un dernier ouvrage très-énergi-
que, & qu'il appelle son *bonnet de nuit*.

23 *Juillet.* Le goût des calembours gagne
même nos princes les plus graves, & l'on en
rapporte un du duc d'Orléans à l'occasion du duc
de Chartres, son fils. On sait qu'il n'a jamais
approuvé la cupidité sordide qu'on reproche à
celui-ci, & dont il paroît que cette altesse cal-
culante sera punie ; car on veut qu'elle n'ait pas
encore à beaucoup près trouvé les souscriptions
qu'elle desiroit pour ses nouveaux bâtiments. C'est
à cette occasion qu'on fait parler son auguste
pere.... Je ne sais pas, dit-il, d'où vient l'acharnement du public contre mon fils ; j'y vois de
plus près que les autres, & je puis assurer que
tout est à louer chez lui.

24 *Juillet.* La piece de M. *Patras*, jouée hier,
a répondu à la bonne opinion qu'en avoient
donné ses partisans, & *l'Heureuse Erreur* a été
fort accueillie.

21 *Juillet. Mémoire pour le sieur de Sainte-Foy,
ancien surintendant de M. le comte d'Artois ; contre M. le procureur-général : seconde partie ; faits
étrangers au procès.*

Il est précédé d'une note où Me. *Tronçon du
Coudray* parle du nouveau mémoire du sieur *le
Bel*, qu'il traite de fougueux accusateur. Il annonce qu'il a cru devoir en relever les écarts &
les indiscrétions dans un appendix, intitulé *le sieur
le Bel dévoilé, ou plan de la défense en ce qui
concerne le sieur de Sainte-Foy.* Ce morceau est
précieux, parce qu'il y est question d'un trait
ancien assez semblable à l'affaire de M. de Sainte-
Foy, & qu'il donne lieu à une discussion historique vraiment intéressante.

Du

Du reste, le mémoire est enrichi de tableaux qui servent à jeter un grand jour sur l'administration des finances de M. le comte d'Artois, & sur la situation de ses affaires.

Le tout est terminé par une consultation en dix lignes , en date du 19 juillet , où les mêmes jurisconsultes qui se sont déja occupés de la défense de M. de Sainte-Foy, le déclarent non-seulement *innocent* , mais irréprochable.

24 Juillet. Extrait d'une lettre de Versailles , du 20 juillet.... Les grandes chaleurs qu'il a fait & qu'il fait encore , ont mis à la mode ici un divertissement fort innocent, fort tranquille , & par-là très-convenable à l'inaction où nous réduit la saison ; c'est la pêche à la ligne. C'est un spectacle charmant de voir au coucher du soleil la reine, *Madame*, Mad. la comtesse d'Artois , Mad. *Elisabeth*, toute la famille royale & des grouppes de dames de leur suite , le long du canal & à l'entour de la piece d'eau des Suisses, dans cette attitude.

Ce genre de plaisir a fait sortir de son obscurité un poëme qu'on ne connoissoit guere. C'est celui de *l'agriculture*, dédié au roi par M. le président *de Rosset* : il en a donné une seconde partie qui contient trois nouveaux chants. Le premier a pour objet, *les plantes & le potager* ; le second, *les étangs & les viviers* ; le troisieme, *les bosquets & les jardins chinois & anglois*. Il y a dans la seconde une description de la pêche à la ligne, que tout le monde veut avoir ; car vous savez que les bourgeois singent toujours les grands. Ce morcean au surplus n'est pas mal fait.

Sur un riant gazon assis près du rivage ,
Vous ferez de la ligne un agréable usage.

Dans l'onde elle eſt jetée ; auſſi-tôt l'hameçon
Préſente un mets trompeur au crédule poiſſon.
Gardez un long ſilence & que l'appât perfide
Invite le poiſſon affamé , mais timide ;
Toujours ſaiſi de peur , ſenſible au moindre bruit,
Il écoute , il s'arrête , il ſe méfie , il fuit....

25 *Juillet.* Le ſuccès de l'*Heureuſe Erreur* s'eſt
ſoutenu aujourd'hui à la ſeconde repréſentation ,
& la pièce mérite en effet qu'on en donne une
notice détaillée. En voici le ſujet.

Une veuve très-aimable , ayant pris les hommes en averſion , & ne voulant plus avoir aucune liaiſon avec eux , s'eſt retirée dans une de
ſes terres , où elle a formé le projet ridicule de
ne recevoir que des femmes. Une de ſes voiſines,
nommée *Sophie* , qui , malgré ce travers , deſire,
pour les qualités précieuſes qu'elle a d'ailleurs,
lui faire épouſer ſon frere , jeune homme entré
depuis peu dans le monde , cherche à l'introduire
auprès d'elle , & y réuſſit par le moyen d'une
femme de chambre. Celle-ci perſuade à ſa maîtreſſe , que le jeune homme qu'on va lui préſenter , eſt une femme déguiſée , qui , en fei-
gnant de l'aimer , ne veut que s'amuſer à ſes dépens. La veuve piquée , & voulant ſe venger du
tour qu'elle croit qu'on lui joue , feint de partager la tendreſſe de cet amant , qu'elle eſt bien
éloignée de prendre pour ce qu'il eſt. Celui-ci,
qui ignore le ſtratagéme de ſa ſœur , enchanté
de ſe voir traité avec une familiarité qu'il n'avoit
pas lieu d'attendre , veut terminer ſur le champ
par le mariage. La veuve , toujours dans l'er-

reur, consent à tout : le contrat se signe, &
Sophie alors vient débrouiller le mystere.

On conçoit par cette analyse, combien il
peut résulter de comique d'un pareil fonds.
L'auteur, qui entend à merveille *l'imbroglio*,
en a tiré un excellent parti. Il est facheux
qu'oubliant qu'il n'étoit plus à la foire, il se
soit permis des équivoques un peu trop fortes pour la scene où il se transporte aujour-
d'hui.

25 *Juillet*. Un suicide remarquable qui vient
d'arriver dans cette capitale, c'est celui de
M. *le Bas de Lyerville*, conseiller honoraire au
parlement de Rouen, qui s'est brûlé la cervelle
avec la plus grande présence d'esprit. Il étoit très-
âgé & infirme ; il y a apparence que, fatigué
de souffrir, il a voulu y mettre fin. Il a fait
appeller ses domestiques, il leur a dit que dans
l'état où il étoit, il pouvoit passer d'un instant à
l'autre, & ne pas avoir le temps de les récom-
penser comme il le desiroit ; en conséquence il
leur a donné manuellement & en argent comptant
une gratification convenable ; il les a écartés ensuite sous différents prétextes, & a consommé son
sacrifice.

25 *Juillet*. Il est décidé que le nouveau mémoire pour M. de Sainte-Foy ne peut avoir aucun crédit en justice, pas plus que le premier.
Un texte précis de l'ordonnance, qui défend d'ad-
mettre même une requête d'aucun contumace,
ne permet aux juges d'accueillir ni l'un ni l'autre, fussent-ils aussi justificatifs qu'ils le sont
peu.

Dans celui-ci l'avocat prétend qu'après avoir
trouvé qu'on impute au sieur de Sainte-Foy des

délits dont il eſt innocent, il va faire voir qu'on lui reproche en outre des faits qui ne préſentent pas même l'apparence de délit.

26 *Juillet.* Ces jours-ci l'on a eſſayé ſur le théâtre lyrique un grand opéra, intitulé BAYARD. Les paroles ſont de M. *Duroſoy* & la muſique d'un nommé *Froment*, violon de l'orcheſtre On étoit aſſez diſpoſé à l'accueillir favorablement; mais M. *Garat*, qui y aſſiſtoit, & qui acquiert un grand crédit dans le comité lyrique, a jugé que c'étoit déteſtable & l'a fait rejeter. On va remettre *Orphée*, & y joindre un ballet pantomime en deux actes, de la compoſition du ſieur *Gardel*, l'aîné.

26 *Juillet.* Grand'chambre & tournelle aſſemblées, ce ſoir il en eſt en effet ſorti l'arrêt dans l'affaire du ſieur de Sainte-Foy. En voici les principales diſpoſitions.

Le Bel, hors de cour.

Radix de Sainte-Foy, un plus amplement informé defini, & il reſtera toujours en état de décret de priſe de corps.

Piron, un plus amplement informé de ſix mois, & il reſtera toujours en état de décret d'ajournement perſonnel.

Ruel, défenſes de récidiver, & ſous peine de punition exemplaire.

Cavier, hors de cour.

Goranflo, déchargé d'accuſation.

Nogaret, déchargé d'accuſation. Permis à lui de faire imprimer & afficher l'arrêt en ce qui le concerne.

Tous les actes & regiſtres, &c. à lui rendus.

M. le procureur-général s'eſt réſervé à ſe pourvoir contre tous les actes du Berry & du

Poitou , faits par ledit Sainte - Foy, ainſi que contre la vente du terrein de la Pépiniere , faite audit Sainte-Foy.

27 *Juillet*. Extrait d'une lettre de l'Orient , du 20 juillet.... L'accident dont on vous a parlé comme arrivé ici n'eſt que trop vrai. Il eſt du 27 mai dernier : il n'a pas cauſé le bruit qu'il auroit dû produire , parce qu'on a empêché par politique qu'il ne fût inſéré dans les papiers publics ; on a craint la contagion, & il y a à parier que cet exemple ne contribuera pas peu à faire tomber en déſuétude un genre de punition auquel les ſoldats françois ne ſe peuvent habituer.

M. le baron *de la Porte d'Anglefort* , lieute-nant - colonel d'artillerie , au département des colonies, exerçoit ſa troupe aux manœuvres d'in-fanterie ſur la place du port de cette ville & en plein midi. Il donna un coup de plat d'épée à un ſoldat qui n'obéiſſoit pas ; ce ſoldat ſe re-tourna & il traverſa de part en part cet officier d'un coup de bayonnette qui étoit alors au bout de ſon fuſil. Celui-ci en eſt mort depuis peu ; il avoit eu la généroſité de demander la grace de ſon aſſaſſin , & ne put l'obtenir.

M. *d'Anglefort* n'avoit que trente ans : il étoit déja connu par ſes talents militaires, par ſon ſang-froid & ſa bravoure. Le 19 mai 1779 , lors de l'affaire de Cancale , il ſe propoſa pour aller ſur le bâtiment du roi *l'Ecluſe* , éteindre le feu que les Anglois y avoient mis en l'aban-donnant. Il fut aſſez heureux pour réuſſir. Il obtint la croix de Saint-Louis à cette époque , à la recommandation du prince de Naſſau, qui lui avoit confié le commandement de l'artillerie de ſa légion.

D 3

27 *Juillet*. Le *musée de Paris*, à peine formé, est à la veille de se dissoudre par ses propres membres, entre lesquels on a semé la discorde.

Jeudi dernier, dans une assemblée très-tumultueuse, une cabale ameutée vraisemblablement par *Colleaut*, contre l'abbé *Cordier*, l'a expulsé; & pour y mettre cependant quelque honnêteté apparente, l'a invité de donner plutôt sa démission, ce qu'il a eu la foiblesse de faire.

En outre, M. *Caillhava d'Eslandoux*, parvenu à se faire élire président dans une assemblée illégale, redoutant M. *Court de Gebelin*, nommé président honoraire perpétuel, intrigue sourdement pour susciter des affaires à celui-ci, sous prétexte qu'il a mal administré les fonds de la société, qu'il l'a endettée au point qu'elle est dans l'impossibilité de payer.

Les querelles de ces messieurs sont devenus si graves, qu'ils en ont référé à M. le lieutenant-général de police. Ce magistrat, qui sent les avantages dont cet établissement littéraire seroit susceptible, voudroit bien le conserver; mais la désunion est si grande, qu'on doute qu'il puisse réussir.

28 *Juillet*. C'étoit déja sans doute une merveille bien édifiante dans ce siecle de trouver un auteur, un baron, M. *Joseph de Luzec*, qui a consacré son talent à composer *les litanies de la Providence*; mais une seconde encore plus grande, c'est de voir un jeune poëte, voué jusqu'ici aux graces & à la galanterie, quitter sa lyre aimable & folâtre pour prendre le ton austere du langage de la religion, & commenter les pieuses rêveries de son modele. Ce disciple du baron est M. *Sylvain Marechal*.

28. Juillet. Non - seulement les repréſentations
du général des bénédictins n'ont pas été accueil-
lies au conſeil, mais, malgré le ton de raiſon,
de modération & de ſageſſe qui y regne, elles
ont été ſupprimées par arrêt du conſeil.

29. Juillet. On n'avoit vu depuis long - temps
ſur le théatre de l'opéra, aucun de ces ballets
pantomimes mis à la mode par M. *Noverre*, &
dans leſquels il excelloit. Celui de *la Roſiere*,
qu'a imaginé le ſieur *Gardel*, a attiré beaucoup
de monde aujourd'hui qu'il s'eſt exécuté pour la
premiere fois. La reine l'a honoré de ſa préſence.
Il a plu généralement, malgré des longueurs qui
embarraſſent l'action, & des répétitions qui la
font languir, & néceſſaires cependant pour éclaircir l'obſcurité qui en réſulteroit ſans cela. Peut-etre
faudroit - il réduire en un les deux actes entre
leſquels il eſt partagé.

Tous les principaux coriphées de la danſe, au
nombre de quatorze, brillent dans cette pantomime, & y déploient reſpectivement leur talent.
Mlle. *Guimard* & le ſieur *Veſtris* y excellent ſur-
tout, & ne laiſſent rien à deſirer dans leur jeu
plein de gaieté, de grace & de fineſſe.

*29. Juillet. La Chronique Scandaleuſe, ou
mémoires pour ſervir à l'hiſtoire de la génération
préſente.* Tel eſt le titre du livre qu'on a annoncé,
& qui doit n'être pas ancien puiſqu'on y trouve
des anecdotes très-nouvelles, & ſur-tout la relation d'une ſcene arrivée le 3 avril dernier au
caffé du Caveau.

L'auteur dans ſon *avertiſſement* ſe plaint que
nous ayons beaucoup de recueils d'anecdotes,
ſans qu'aucun puiſſe donner une idée juſte de nos
mœurs. C'eſt là le but qu'il ſe propoſe, à ce

qu'il dit, ainsi que d'amuser les lecteurs, dût-ce
être un peu aux dépens de ses concitoyens. On
voit que l'aveu est sinon honnête, au moins franc.
Du reste, il convient qu'un volume est peu pour
une matiere aussi ample ; aussi dans le cas où
celui-ci plairoit, il continuera de mettre de sem-
blables tableaux sous les yeux du public.

Quant au fonds de l'ouvrage, le recueil roule
ou sur des choses triviales & connues, ou sur
des aventures peu intéressantes. Quelquefois elles
sont dénaturées absolument ou tout-à-fait fausses.
D'ailleurs, le compilateur d'anecdotes est souvent
d'une circonspection à laquelle on ne s'attendroit
pas. Il a l'attention de ne point nommer les mas-
ques, & leur ôte par-là le seul mérite qu'elles
pourroient avoir. La forme n'est pas non plus
fort piquante ou fort agréable. Le style est sans
noblesse & sans correction. Quoi qu'il en soit,
ce recueil pourra plaire à un certain monde, &
amuser principalement nos courtisannes, qui ne
laissent pas que s'y figurer en grand nombre.

On ne connoit point l'auteur du recueil. Tout
ce qu'on peut juger en lisant le livre, c'est qu'il
n'est pas ami de M. *de la Harpe*, dont il donne,
sous le nom de Psalterion, l'histoire très-suivie
depuis sa naissance jusqu'à son admission à l'académie.

30 *Juillet*. Les comédiens françois ont joué
aujourd'hui pour la premiere fois, une comédie
nouvelle, en cinq actes & en vers, intitulée :
les Marins, ou *le Médiateur mal-adroit*. Cette
piece n'a eu qu'un succès de tolérance, & n'en
méritoit aucun.

D'abord le titre n'influe en rien sur le fonds
de l'action, & les personnages pourroient être

autres que des marins, sans être obligé d'y rien changer. Seulement, l'un d'eux y jette un jargon tiré de sa langue habituelle, qui en rend le style souvent inintelligible pour le grand nombre des spectateurs, & sur-tout pour les femmes, & qui fait quelquefois rire ceux qui l'entendent, par des équivoques plaisantes, mais indignes de la bonne comédie.

Ensuite, le principal personnage, le médiateur mal-adroit, qui est le pivot de l'intrigue, un ami outré de la paix, qui, en voulant la mettre par-tout, met par-tout la discorde, est absolument calqué sur *l'officieux* ; mais n'emploie que des moyens bêtes, & dont il ne résulte qu'un imbroglio proportionné, sans finesse, sans gaieté, du moins plus convenable au drame qu'à la vraie comédie.

Enfin, le pathétique, les grands sentiments que les acteurs développent à la fin de la piece, n'étant ni préparés, ni motivés, ne produisent pas l'effet qu'ils devroient opérer sur le spectateur.

On juge facilement que le poëte est encore loin des principes de l'art, qu'il ne les a pas assez étudiés, & qu'il auroit grand besoin de les méditer long-temps avant de prendre le pinceau de *Thalie.*

Cet auteur est le sieur *Desforges*, le pere de Tom-Jones, drame joué aux Italiens l'an passé. Il a été quelque temps auteur de la troupe de Bordeaux, & c'est vraisemblablement dans ce port qu'il a appris le jargon marin, qu'il a trouvé plaisant d'introduire dans la nouveauté d'aujourd'hui.

30 *Juillet.* C'est demain que M. l'avocat-général *Seguier* doit porter la parole dans l'affaire

des *Montesquiou* ; il seroit superflu de rendre
compte de la foule de mémoires qui ont paru
depuis peu des deux côtés, mémoires très - ennuyeux au fond, parce que des détails & des
discussions de généalogie ne peuvent être amu-
sants. Il n'y a que les digressions, les anecdotes, les sarcasmes qui puissent égayer la matiere
& la rendre piquante. Il faut avouer qu'en ce
genre les défenseurs de messieurs *de la Boulbenne*
ont infiniment plus beau jeu, & que Me. *Pol-
verel* sur-tout déploie en leur faveur avec tout
le succès possible, l'art merveilleux pour l'ironie
qui le faisoit valoir au barreau de Bordeaux, &
lui a attiré plus d'une fois l'animadversion des
magistrats, prétendant qu'il s'écartoit de la sé-
vérité, de l'austérité de son ministere.

M. *de Montesquiou*, dont les avocats ne peuvent avoir le même avantage, s'en tient à une
piece importante qu'il répand depuis peu en pro-
fusion & qui, sans prouver la vérité de son origine, prouve du moins victorieusement que celle
de ses adversaires est controuvée de leur propre
aveu.

Ce sont des *Lettres intéressantes de l'abbé de la
Boulbenne pour la maison de Montesquiou, contre
les sieurs de la Boulbenne*. Ces lettres ont été écrites en 1776, 1777 & 1778, à l'abbé *de Mon-
tesquiou-Xaintrailles*. Celui-ci piqué que l'abbé *de
la Boulbenne* ne l'ait pas mieux ménagé dans ses
factums, a livré à M. *de Montesquiou* ces pieces
originales au nombre de quatre. On annonce qu'elles
seront déposées après le jugement chez un notaire,
où tout le monde pourra en faire la vérification.

Dans divers passages de ces lettres, l'abbé *de la
Boulbenne* semble en effet convenir de sa mat-

faire foi ; il paroît être convaincu lui-même qu'il n'est pas Montesquiou ; il dit qu'il n'a éprouvé que de bons procédés du marquis de Montesquiou, & qu'il est prêt à quitter son nom usurpé si l'on l'exige.

L'incroyable aujourd'hui, c'est que messieurs de la Boulbenne, sachant qu'il existoit contre eux des aveux aussi décisifs, d'abord aient entrepris un pareil procès, & ensuite aient contraint à force d'excès celui qui en étoit le possesseur à les livrer à leur adversaire.

31 Juillet. M. Seguier a encore reçu hier une lettre de Monsieur, qui lui recommande l'affaire de Montesquiou. Cet avocat-général a porté la parole aujourd'hui, & a annoncé dès le commencement les dispositions les plus favorables pour le protégé du prince. Il s'est élevé avec force contre la cabale en faveur des la Boulbenne, cabale qui s'étoit manifestée de la façon la plus indécente en huant le défenseur de leur partie adverse, qui avoit poussé l'audace jusqu'à écrire à lui avocat-général des lettres anonymes, où l'on lui prescrivoit ses conclusions & où l'on le menaçoit, s'il ne les donnoit pas suivant le vœu du parti. Il ne l'a pas suivi, & après avoir tenu l'audience pendant plusieurs heures, il a conclu pour M. de Montesquiou.

Il est intervenu arrêt qui mettant les deux parties hors de cour sur l'appel, &c. défend aux sieurs de la Boulbenne de prendre le nom & les armes de Montesquiou, de se dire issus par mâles de cette famille ; qui permet au marquis de Montesquiou de faire rayer le nom de Montesquiou sur tous les actes où les la Boulbenne l'auroient pris ; qui supprime leurs mémoires ; qui

D 6

lui permet de faire afficher l'arrêt à ses dépens, & condamne au surplus aux dépens ses parties adverses.

Du reste, il est donné acte au procureur-général de ses réserves & protestations contre les nom & qualité *de Fezenzac* & comté *d'Armagnac*, que prend le marquis de Montesquiou, sans que néanmoins il lui soit défendu de porter ce nom ou de prendre cette qualité, &c.

Dès ce soir *Monsieur* a témoigné au marquis de Montesquiou la part qu'il prenoit à son triomphe, & a soupé chez lui.

31 *Juillet.* Le jeudi 17 de ce mois, il a été lu à l'académie françoise un mémoire remis au marquis *de Condorcet* avec une somme de 600 liv. Il s'agit encore d'un anonyme qui invite dix-neuf autres particuliers à se joindre à lui, & à compléter une souscription dont il résulteroit un fonds de douze mille francs à placer sur le roi.

Du revenu de ce capital, l'auteur du mémoire desireroit qu'il fût fondé un prix d'éloquence pour l'année où il ne s'en décerneroit point en ce genre.

Il souhaiteroit encore que l'académie proposât tous les ans un prix d'éloquence pour un ouvrage de prose.

En conséquence, sans prétendre gêner l'académie, le souscripteur indique de son chef quinze sujets différents, tous fort compliqués, fort obscurs & d'un choix très-bizarre.

Quoi qu'il en soit, le projet de l'anonyme a mérité les suffrages de la compagnie. Elle desire beaucoup qu'il réussisse.

M. *de Condorcet* gardera les 600 livres pendant les six derniers mois de la présente année; & si la foufcription ne fe remplit pas, l'anonyme les retirera au 1 janvier prochain.

1 *Août* 1783. Les comédiens italiens annoncent pour aujourd'hui la premiere repréfentation de *Caffandre Méchanicien*, opéra comique nouveau, en un acte & en vaudevilles. On prétend que c'eft un perfiflage fur le cabriolet volant de M. *Blanchard*. La piece eft d'un M. *Goulard*, qui a donné au même théatre, l'an paffé, la parodie *d'Agis*.

2 *Août*. C'eft aujourd'hui du ballon de M. de *Montgolfier* qu'on s'occupe. C'eft un globe creux, recouvert de toile, monté fur des cerceaux. Son diametre eft de trente-cinq pieds. L'auteur y a laiffé un petit trou & fait brûler au deffous des matieres très-combuftibles ; peu-à-peu la fumée a rempli ce globe & l'a fait confler. Se trouvant plus léger que le volume d'air qu'il occupoit, il a monté avec rapidité & s'eft élevé à une très-grande hauteur, d'où il n'eft retombé que peu-à-peu.

Le procès-verbal de cette expérience a été envoyé par les états du Vivarais à l'académie des fciences, qui a jugé l'expérience affez importante pour s'en occuper. En conféquence on affure qu'elle va faire conftruire un globe fur les mêmes dimenfions, aux dépens de fa majefté, & que l'afcenfion de la machine aura lieu devant tous les témoins qui voudront y affifter.

3 *Août*. *Caffandre méchanicien* ou *le bateau volant*, a parfaitement réuffi avant-hier. Le public a reconnu facilement l'allufion & en a goûté la critique. Il y a dans cette bagatelle écrite en ftyle épigrammatique, des couplets très-bien faits

& pleins de gaieté, qui en tempèrent l'amertunie, & l'ont fait généralement applaudir.

3 Août On ne peut qu'applaudir à la nouvelle manière établie pour quelques places d'imprimeurs, & vraisemblablement c'est une suite du système de M. de Néville pour l'amélioration de l'art typographique en France ; il est facheux que tous ses règlements n'aient pas été aussi goûtés.

La place d'imprimeur en la ville de Sédan , rétablie par arrêt du conseil d'état du roi du 14 février 1781 , sera mise au concours le 13 de ce mois à Châlons sur Marne , conformément aux ordres de M. le garde-des-sceaux , & les aspirants sont avertis de se faire inscrire dans la chambre syndicale de cette ville , & d'apporter les titres dont ils peuvent avoir besoin , tels que leur brevet d'apprentissage.

4 Août. Il règne une fermentation générale dans toutes les provinces pour l'amélioration du commerce , en ouvrant de nouvelles routes de communication & sur-tout des canaux. MM. les administrateurs généraux & intéressés au canal de Provence , désirant faire continuer & conduire à sa perfection cette grande & utile entreprise , invitent en conséquence les gens de l'art à se proposer.

4 Août. Il n'est personne qui ne regarde comme une exagération, comme une hyperbole la comparaison usitée souvent chez les poëtes anciens & modernes , qui, pour exprimer la rapidité d'un coursier, disent qu'il va plus vîte que le vent, velocior euro , & cependant il s'en trouve des exemples. On a vu en Angleterre le fameux cheval Childers, le meilleur qu'ait produit ce royaume,

fi renommé pour ces animaux , courir un mille en
une minute : on cite à cette occasion M. *de la Con-*
damine , qui avoit calculé que cette vîtesse étoit
supérieure à celle du vent.

On prétend aujourd'hui qu'il est des chiens sur-
passant à la course le cheval le plus habile , &
M. le duc *de Chartres* a fait avec un gentilhomme anglois , très - grand chasseur , un pari
propre à constater cette expérience : le pari est
qu'*un levrier parcourra cinq cents vingt-huit pieds*
en six secondes. Ce qui cependant ne donneroit
que cinq mille deux cents quatre-vingts pieds par
minute , & n'égaleroit pas encore la vîtesse de
Childers, qui en couroit six mille.

C'est jeudi 7 de ce mois, dans la prairie auprès du pont de Saint-Maur, à midi précis, que
ce spectacle aura lieu.

4 Août. Extrait d'une lettre de Bordeaux, du
29 juillet 1783.... *Honores mutant mores.* C'est ce
qu'on remarque à l'égard de M. *Dupaty* , que les
humiliations qu'il a éprouvées auroient dû rendre
modeste & honnête, & qui au contraire affecte
une dureté, une morgue, une insolence qu'on ne
lui connoissoit pas. Il vient de se brouiller avec
deux corps entiers qui pourront lui susciter beaucoup de tracasseries ; d'abord avec les procureurs,
par la manière dont il a vexé l'un d'eux, qui ne
se trouvoit pas à l'audience, lorsqu'il a fait appeller une de ses causes ; & ensuite avec les avocats, pour avoir gourmandé l'un des plus anciens
de l'ordre, parce qu'il n'avoit pas paru devant lui
au palais dans le costume de son état.

5 Août. On ne cesse de se déchaîner contre
M. le duc *de Chartres* , & ses ennemis distribuent encore une chanson des plus atroces &

des plus calomnieufes, qu'on chante jufques dans le Palais-Royal. Elle eft fur *l'air de la marche du roi de Pruffe.* On apoftrophe fon pere.

Monfeigneur d'Orléans ,
Vos prétendus enfants
Sont l'objet du mépris
De tout Paris.
Votre fille eft une catin ,
Votre fils un lâche, un vilain :
L'une fait fon mari cocu ;
L'autre à Oueffant tourne le cul,
Et s'en vient comme un fichu menteur
Dire qu'il étoit vainqueur.
Depuis que d' vos bienfaits
Il tient tous fes palais ,
Il les met fans deffus deffous ,
Pour ôter à fes voifins
L'afpect de fes jardins.
Il a fait élever devant eux
Un nouveau cloître de chartreux.
Le *Profpectus* de fon emprunt ,
N'a pas l'ombre du fens commun,
Ce n'eft qu'en mourant vîte & tôt
Qu'on y peut efpérer un lot ;
Car il veut que fon bâtiment
En lui rendant beaucoup d'argent
Lui rapporte au moins la valeur
De ce qu'il a perdu d'honneur.
Convenez que ce monfieur de Melfort
Qui vous fit père eut grand tort,

5 Août. Les phyficiens appellent *gaz inflam-mable* l'efpece d'air raréfié dont le ballon de M. *de Mongolfier* s'eft rempli. Il ne pefoit, fuivant fon calcul, que mille foixante-dix huit livres, & le poids du volume d'air ordinaire occupé par le globe étoit de deux mille cent cinquante-fix liv. ; en forte que le ballon, malgré fon poids fpécifi-que de cinq cents livres à ajouter, s'eft trouvé encore plus léger de cinq cents foixante-dix-huit l. ce qui, dès qu'il a été libre, l'a forcé de s'éle-ver à perte de vue. Il eft redefcendu dix minu-tes après, à mefure qu'il a perdu du gaz qu'il renfermoit.

C'eft M. le contrôleur-général qui a envoyé à l'académie des fciences, le 2 juillet, le procés-verbal qui conftate le fait, & c'eft fans doute de concert avec ce miniftre qui fournit les fonds, que cette compagnie doit procéder à la vérifica-tion de l'expérience, pour en déduire enfuite des corollaires qui pourroient être plus avantageux pour s'élever dans les airs que le bateau volant de M. *Blanchard.*

5 Août. On a parlé de l'audace avec laquelle Me. *Maultrot* a bravé les menaces de fon ordre & a provoqué lui-même fa radiation, comme l'événement le plus glorieux qui pût lui arriver en cette occafion. L'ordre n'a ofé paffer outre ; & cependant pour ne pas revenir honteufement fur fes pas, a remis à délibérer à ce fujet après l'arrêt rendu dans le procès de Me. Courtin.

Me. Maultrot n'en a pris que plus de vigueur, & l'on voit trois lettres imprimées de cet avocat au bâtonnier de l'ordre, où il maltraite ce corps & fait voir que c'eft lui qui a perdu tout principe d'honneur, de jurifprudence & de raifon.

5 *Août*. Extrait d'une lettre de Metz, du 1 août..... M. le maréchal *de Broglio*, voulant sans doute rendre plus solemnelles & plus nombreuses les fêtes qu'il se propose de donner à *Monsieur*, attendu incessamment dans cette ville, avoit fait afficher une ordonnance qui portoit défense à tout citoyen de s'absenter, & lui ordonnoit de se vêtir le plus honnêtement qu'il pourroit : on a fait sentir à notre général la bêtise de pareils ordres ou défenses, & ils ont été convertis en une simple invitation. . . .

6 *Août*. Extrait d'une lettre de Bordeaux, du 2 août. ... La délibération de la communauté des procureurs à l'occasion de l'insulte faite à l'un d'eux par le président de tournelle, non-seulement en l'envoyant chercher par des archers, mais en lui tenant des propos durs & humiliants, a été vive, & ils sont convenus de ne point paroître à la tournelle, qu'ils n'eussent eu satisfaction. Quelques membres du parlement se sont mêlés de la pacification, & M. *Dupaty* est convenu qu'il témoigneroit aux syndics de la communauté qu'il étoit fâché de sa vivacité.

Les syndics ont eu l'imprudence de ne point assembler les membres de la communauté pour leur rendre compte de cet arrangement & demander s'il leur convenoit, en sorte qu'il en a résulté un mécontentement, sur-tout des jeunes qui ont désavoué la démarche de leurs chefs, & ont persisté dans leur première délibération.

M. *Dupaty*, pour punir le corps de cette espece de révolte, a fait passer le guichet aux syndics qui sont restés vingt-quatre heures en prison.... Voilà où en sont les choses.....

6 *Août*. On étoit bien surpris que M. le comte

d'Eftaing tolérât, fans répliquer, la diatribe violente dont on a parlé, comme inférée dans un
mémoire évidemment émané du parti du comte
de Graffe. On fait aujourd'hui que plufieurs écrivains avoient entrepris la defenfe de ce vice ami-
ral, entr'autres M. *Hilliard d'Auberteuil*, déja
connu par quelques ouvrages relatifs à la guerre
derniere; mais il eft furvenu un ordre de M. le
garde-des-fceaux aux fyndics de la communauté
des imprimeurs & libraires de Paris, portant défenfe de ne rien imprimer dans cette affaire; &
l'on ne doute pas que les mêmes ordres n'aient été
envoyés dans tout le royaume.

7 Août. La fciffion établie entre les divers
membres du *Mufée*, ou pour mieux dire, entre
les chefs, a eu des fuites fâcheufes. Les diffidents
ayant déchiré dans l'affemblée du jeudi 24 juillet,
l'acte d'union avec M. *Court de Gebelin*, au nom
duquel la maifon eft louée, celui-ci, lorfqu'ils
font venus pour fe rendre à celle du jeudi 31,
s'étant emparé des lieux avec fes affidés, leur a
refufé la porte, fous prétexte qu'ils n'étoient plus
membres de la fociété, qu'ils avoient déclaré ne
vouloir plus contribuer aux frais de l'établiffement actuel, les laiffer abfolument à fa charge,
même ceux de l'habitation qui étoit devenue la
fienne, & dans laquelle il étoit maître par conféquent de ne les plus recevoir.

M. *Cailhava*, le préfident, étoit dehors comme
les autres. Ils ont voulu recourir à plufieurs commiffaires pour dreffer procès-verbal du refus, &
faire enfoncer les portes; aucun n'a voulu leur
prêter fon miniftere, & ils ont été obligés de fe
retirer pour confulter & former quelque acte judiciaire capable d'engager un procès; on dit qu'en

effet il y a une affignation donnée. On attend avec impatience l'affemblée de ce foir, qui doit être fort importante.

7 *Août*. Il s'eft rendu aujourd'hui beaucoup de fpectateurs à la courfe qui devoit s'exécuter dans la prairie auprès du pont de Saint-Maur. Mais tout le monde a été attrapé ; quelque effort que le gentilhomme anglois ait fait pour faire partir fon levrier & remplir fon pari contre le duc de Chartres, il n'a jamais pu en venir à bout. Monfeigneur eft allé dîner avec les feigneurs qui étoient à fa fuite, M. de *Fitz-James*, M. *de Conflans*, M. *de Naffau*, M. *de Lauzun*, l'Anglois, un ingénieur, &c. Ces meffieurs fe font mis en gaieté au point qu'après le repas, lorfqu'il a été queftion de revenir à Paris, ils ont trouvé plaifant de traverfer la riviere à cheval; ils s'y font engagés, mais ont eu beaucoup de peine à s'en retirer, & deux ont penfé fe noyer. M. le duc de Chartres, plus prudent, étoit refté fur le bord & leur a fait adminiftrer les fecours dont ils avoient befoin. Tel eft le fpectacle par lequel ils ont dédommagé les curieux, dont grand nombre étoient reftés dans l'efpoir que la courfe auroit lieu l'après-midi.

7 *Août*. Depuis que les conférences ont repris entre les magiftrats au fujet des réformes à faire dans la maniere de rendre la juftice, elles ont été prefque toutes avffi vaines qu'auparavant. On fait qu'il y a deux partis, les *Zélanti* & les *Epiciers*. Ceux-ci pouffés dans les derniers retranchements, ont pris la tournure de fe rapprocher des autres & de leur repréfenter qu'ils étoient dupes de quelques ambitieux qui avoient moins en vue d'opérer le bien, que de faire du bruit, de fe

rendre recommandables & de fixer les regards du public. Les *Zélanti* ont ouvert les yeux , ont reconnu qu'ils n'étoient que des machines qu'on mettoit en mouvement ; & il se formoit une coalition entre les deux partis , lorsque les dénonciateurs , à la veille de perdre tout le fruit de leur intrigue , ont imaginé de faire intervenir l'autorité. Dans une réponse du roi au parlement au sujet des quinze-vingts , ils ont fait insérer un *retentum* , par lequel S. M. les invite à accélérer leur besogne , & leur dit qu'elle compte recevoir d'ici à pâque prochain les mémoires dont elle a besoin pour concourir de son autorité au grand ouvrage dont ils s'occupent. Ce coup de fouet a forcé les commissaires à y travailler sérieusement. Malgré cela , l'on s'accordoit peu , lorsque quelqu'un a proposé d'en référer aux chambres assemblées le mardi de chaque semaine ; de demander à la compagnie de quel objet on s'occuperoit, pour lui en rendre compte à la huitaine. Cet avis a presque passé. Les Epiciers ont senti qu'ils étoient perdus s'ils se laissoient porter ce coup - là , & qu'il falloit décidément s'exécuter.

M. *Damecourt* , magistrat lumineux lorsqu'il veut l'être , a proposé pour base certaine qu'il falloit examiner quels étoient les abus provenants de l'omission de la loi ; quels étoient ceux provenant de la loi mal dirigée ou mal interprétée. Le remede au premier point étoit facile ; c'étoit de remettre la loi en vigueur : le second consistoit à dresser un mémoire bien circonstancié , bien clair , pour invoquer le secours du législateur.

Tout le monde est tombé d'accord de cette division. Ensuite on est convenu qu'il falloit décidément s'exécuter soi-même avant de songer aux subalternes.

On parle déja d'un réglement fait concernant les arrêts de défense, qu'on dit être un chef-d'œuvre. On attend qu'il paroisse pour en juger.

8 Août. C'est dans une assemblée de la députation des avocats du 3 juillet, qu'il a été arrêté de donner un *veniat* à Me. Maultrot, & dès le 5 juillet cet avocat écrivit une première lettre à Me. le Camus d'Houlaise, le bâtonnier de l'ordre, pour se défendre & déclarer qu'il ne répondroit pas autrement au *veniat*.

Le 7, Me. Maultrot en écrivit une seconde au même, où il développe davantage les motifs de son refus de paroitre.

Du reste, il n'a fait que répéter dans sa consultation ce que M. l'avocat du roi avoit dit au chatelet, sur le refus presque unanime de l'ordre de se charger de la cause de la marquise *de Valory*, unanimité non moins constatée par la maniere dont Me. Basquillon, le jeune, avocat qui a eu le courage de plaider pour la marquise, a été persiflé, bafoué, injurié par une foule de ses confreres.

Il avoue que c'est lui qui a facilité l'impression du mémoire de la marquise, non-seulement contre Me. Courtin, mais contre l'ordre, parce que l'ordre entier est coupable envers elle, les uns pour avoir formé cette ligue active, dont elle a éprouvé les funestes effets; les autres pour l'avoir souffert.

Tout cela est très-fort : mais on assure que la troisieme lettre, qui n'est pas encore bien répandue, l'est davantage, & qu'on y trouve du nerf, dont on ne croiroit pas capable un vieillard septuagénaire.

8 *Août*. Samedi dernier les commiffaires du confeil, nommés par le roi pour former l'adminiftration des quinze-vingts, fe font affemblés pour la premiere fois en vertu des lettres de cachet qu'ils avoient reçues à cet effet ; mais toute la féance s'eft paffée en proteftations.

Il eft à obferver qu'à ceux déja nommés il faut joindre *Péguilhan de Larbouft* , confeiller d'état, le plus récalcitrant, & qui avoit même donné la démiffion de fa place, & ne l'a gardée que par lettre de cachet.

Le feul M. *de Tolozan* continuoit à faire fciffion avec fes confreres ; mais en a été fi vigoureufement hué , qu'il a été obligé d'adhérer à leur démarche.

Depuis, tous les membres du confeil ont pris fait & caufe pour ces meffieurs; ils fe font affemblés & ont rédigé des repréfentations au roi très-bien vues, fur le refus qu'ils ont fait & qu'ils font encore d'occuper des places dont n'ont pas voulu des magiftrats refpectables & dignes en tout d'être imités.

On affure que leur chef, M. le garde-des-fceaux, défapprouve fort cette démarche, que non-feulement il n'a point voulu y participer en rien, & fe charger de leurs repréfentations ; mais qu'il leur a déclaré qu'il regardoit leur affemblée comme illégale, qu'ils ne faifoient point un corps, & n'avoient droit de fe réunir que lorfque fa majefté daignoit les appeller auprès de fa perfonne pour les différentes fonctions dont ils étoient chargés.

9 *Août*. On a tiré au clair l'aventure de monfieur *de Champcenets* & celle de fon camarade. Celui-ci eft M. *Teluffon*, étourdi comme lui. Les

héroïnes sont deux demoiselles *Vieles*, filles d'un homme employé à la loterie royale de France. Elle s'est terminée, comme on a dit, avec de l'argent. Et les jeunes personnes n'ayant plus désormais de mesures à garder, sont entrées dans le monde galant, & y figure avec beaucoup de succès.

9 Août. L'assemblée du jeudi 7 a en effet été très-violente au *musée* contre les dissidents, qui n'y ont pas paru. Afin de les exclure à jamais, on a pris la tournure de proposer une délibération, suivant laquelle tous ceux qui n'auront pas été présents à la séance actuelle, seront obligés de se faire recevoir de nouveau & de passer au scrutin, ainsi que tout étranger qui se présenteroit pour la premiere fois.

Quand on est allé aux voix, M. l'abbé Martin de St. Martin, conseiller clerc au châtelet, s'est levé, & après avoir fait l'éloge du musée & témoigné son attachement à tous les membres, a déclaré qu'il étoit forcé, malgré tout cela, de renoncer à la société, premiérement, parce qu'il avoit l'honneur d'être dans l'état ecclésiastique, & qu'il n'ignoroit pas combien le clergé voyoit de très-mauvais œil le *musée*; en ce que l'on y lisoit souvent beaucoup d'ouvrages propres à corrompre le cœur ou à pervertir l'esprit, & que d'ailleurs il le trouvoit présidé en ce moment par un protestant, M. Court de Gebelin, rentré dans ses fonctions; en second lieu, parce qu'ayant aussi l'honneur d'être membre d'un tribunal où il savoit qu'alloit s'engager une contestation entre les membres présents de l'assemblée & les dissidents, il lui convenoit de rester dans l'impartialité dont ne devoit jamais s'écarter un juge.

En

En conféquence , M. l'abbé Martin de Saint-Martin s'eft retiré , & la délibération a continué & a été formée affez unanimement contre les diffidents.

10 *Août*. On avoit annoncé pour l'affemblée particuliere du *mufée* du 9 août un improvifateur. Après que les affaires particulieres de ces meffieurs ont été réglées , il a paru & s'eft mis fur le théatre propre à jouer fon rôle ; c'eft un italien , petit homme vif , bafané , entendant bien le françois , mais le parlant mal.

On fait qu'on entend par improvifateur , un poëte qui répond fur le champ en vers à toutes les queftions qu'on lui fait. On a d'abord demandé à celui-ci : *Si la concorde & l'harmonie n'étoient pas la bafe effentielle de toute fociété !* il a répondu affirmativement en ftances italiennes de huit vers, qui ont parfaitement fatisfait ceux de l'affemblée entendant cette langue.

On l'a queftionné enfuite fur *Orphée* : *on l'a prié de peindre à l'affemblée l'enthoufiafme des lettres*. Il a repris toujours de la même maniere l'hiftoire d'Orphée, & l'a décrite en très-beaux vers; il s'eft échauffé encore plus vivement fur le fecond point , & l'on a été enchanté de fon talent.

On affure que cet improvifateur , produit par l'abbé *Arnaud* , charlatan très-propre à faire valoir un confrere , doit tenir une affemblée à fon profit, où il développera fon art d'une façon plus étendue & plus merveilleufe.

10 *Août*. Tous les amateurs de l'opéra & entr'autres ceux de la danfe , font dans de grandes alarmes. Mlle. *Guimard* a la petite vérole , maladie toujours dangereufe , mais fur-tout à l'âge

de cette courtisanne, qui n'est plus jeune, & dans son état, où le sang doit être fort mal disposé à cette maligne influence.

Ces amateurs ont une autre frayeur, c'est que les prêtres ne s'emparent de la danseuse & ne la déterminent à quitter le théatre. Cependant les bulletins sont favorables, & jusqu'à présent il n'est pas question de confesseur.

10 *Août. Le Porte-feuille de madame Gourdan, dite la comtesse, pour servir à l'histoire des mœurs du siecle, & principalement de celles de Paris, seule édition exacte, avec cette épitaphe :* O tempora ! ó mores !

Du reste, ceci semble être une nouvelle édition datée de Spa, du 15 juillet 1783, ce qui annonceroit un ouvrage très-récent. En effet, il y a quelques lettres nouvelles, mais qui ne valent pas mieux que les anciennes. Ce recueil est encore plus pauvre que la *Cassette verte*. Nulle anecdote, nulle polissonnerie même ; rien qui puisse plaire, soit aux gens de lettres, soit aux libertins. Quelle carriere cependant pour l'imagination en tout genre que ce cadre qui reste encore à remplir.

11 *Août.* Extrait d'une lettre de Rome, du 15 juillet...... Quelle gloire pour la France d'avoir produit une merveille qui est venu briller dans la capitale du monde chrétien. Il s'agit d'un pauvre François, nommé *croit - Joseph Labre de Damette,* du diocese de *Boulogne sur mer,* mort ici le 16 avril dernier, âgé de trente-cinq ans, & qu'on croit devoir grossir incessamment le nombre des grands personnages du calendrier. Depuis douze ans il habitoit Rome, vivant d'aumônes & couvert de haillons ; il étoit abject aux yeux

des hommes, mais grand aux yeux de Dieu, qui
a voulu le glorifier après son trépas. Le lendemain
plusieurs personnes charitables, édifiées de ses
vertus, se cotiserent pour lui procurer des obsè-
ques honorables : qu'elle surprise ! lorsqu'on toucha
le cadavre, on le trouva aussi souple & aussi
flexible que s'il n'eût été qu'endormi. Cet événement, qui n'est point du tout naturel, excita la
curiosité de toute la ville. On s'empressa de venir en foule de tous côtés pour vérifier ce phé-
nomene, & on ne cessoit de le toucher.

Le témoignage que rendoient de sa piété ceux
qui avoient vu le défunt continuellement en
priere à l'église, ceux des pauvres avec lesquels
il partageoit les aumônes qu'il recevoit, quelques paroles heureusement échappées à son confesseur, déclarant depuis qu'il ne donnoit jamais
à ce pauvre que la bénédiction, faute de matiere d'absolution, tout cela inspira la confiance,
& on ne tarda pas d'invoquer *Labre de Damette*,
comme un bienheureux.

Pour satisfaire la dévotion & la ferveur publique, on le laissa étendu par terre pendant quatre jours, & le cadavre a toujours conservé la
même sensibilité, la même fraîcheur ; il répan-
doit une odeur très-agréable ; il faisoit cependant
des miracles de droite & de gauche ; il operoit
des guérisons, & les premiers de la ville, &
les cardinaux même voulurent en être témoins,
& s'en revinrent enchantés.

Le quatrieme jour écoulé, comme on ne pouvoit contenir par de fortes gardes la foule qui
croissoit & le jour & la nuit, le saint pere or-
donna que le corps fût inhumé avec les cérémonies ordinaires. On le déposa dans un petit

caveau qu'on venoit de conftruire exprès à l'endroit où il avoit coutume de faire fa prière.

Depuis ce temps, & de Rome & de tous les endroits voifins, le concours eft immenfe fur le tombeau du nouvel ami de Dieu. Jamais le tombeau de votre M. Paris n'a été plus fêté. Il ne cefle d'opérer des miracles. Les aveugles, les fourds, les muets, les perclus, les hydropiques fur-tout, font guéris de leurs infirmités. Le dimanche 4 mai, une pauvre femme dans ce dernier cas, ayant touché la pierre du tombeau, les affiftants virent jaillir de fon talon une eau d'une fort mauvaife odeur.

Les eftropiés, après s'être fait porter fur ce tombeau, en fortent aufli pleins de force que s'ils n'euffent jamais été incommodés. Les ulceres invétérés, les membres caffés, rien n'épouvante le bienheureux, rien n'eft au deffus de fon crédit. Les incrédules les plus opiniâtres ne peuvent fe refufer à l'évidence des faits ; & j'en ai entendu plufieurs s'écrier : ah ! je ne m'en ferois pas douté, je ne pouvois le concevoir, je me rends aujourd'hui.... Je voudrois bien tenir ici vos philofophes de Paris.... Nous verrions s'ils auroient quelques objections à faire....

Au commencement de mai, on comptoit foixante-trois miracles inconteftables ; il y en a bien le double & le triple depuis, ou, pour mieux dire, on ne peut plus les compter. Il paroît aujourd'hui que Damette en opéroit de fon vivant : fon confeffeur attefte qu'ayant un jour acheté de la toile pour donner quelques chemifes à ce pauvre, à fon infu, le vertueux pénitent le vint trouver & lui dit : « Mon pere, je lis » dans vos intentions, fouffrez que je n'accepte

» pas le linge que vous me deftinez ; je vous prie
» de le réferver pour un tel , plus malheureux
» que moi. » Il y a une infinité de traits fem-
blab'es auffi fimples , qui n'en caractérifent pas
moins le grand faint. Voici au furplus ce que
l'on fait de la vie de Damette , qu'on écrira
bientôt quand on en fera mieux inftruit.

De bonne heure Damette avoit eu le goût de
la retraite ; il fe préfenta à la Trape en 1769.
Sa fanté ne lui permit pas d'y refter ; il en fortit
au bout de huit mois, & s'embarqua pour vifiter les faints lieux. Arrivé à Rome , après avoir
fatisfait fa dévotion fur le tombeau des faints
apôtres , il s'y fixa. On croit que fon pere vit
encore ; comme il treffaillira de joie, s'il apprend
jamais qu'il a un fils dans le ciel !...

12 *Août*. On parle beaucoup d'une lettre du
pere *Amyot* , jéfuite miffionnaire à la Chine ,
écrite à M. *Bertin* le miniftre.

Suivant cette lettre très-longue , ayant feize
pages de minute, datée du commencement d'octobre, l'ifle Formofe auroit été abfolument fub-
mergée le 22 mai 1782, avec toute la popula-
tion d'environ huit cent mille ames , & il ne
s'en feroit fauvé que peu de perfonnes.

Le pere Amyot ajoute que l'empereur étant
forti de fon palais pour aller voir par lui - même
ce défaftre, avoit reçu en parcourant fon royaume
les plaintes de fes fujets , & avoit fait fauter la
tête à trois cents mandarins coupables d'abus
d'autorité.

On veut que cette lettre foit authentique, &
que le roi en eût pris lecture.

12 *Août*. On a vu précédemment avec quel zele
le marquis de *Villette* , acquéreur de la terre de

Ferney, y avoit élevé au château un monument
où il avoit déposé le cœur de Voltaire. On en a
lu la description en 1779 ; il faut y ajouter seulement ce vers de la composition du marquis
poëte : *Son esprit est par-tout , & son cœur est ici.*
Il formoit l'inscription mise au dessus de la
chambre de l'ancien seigneur , où son cœur avoit
été placé , renfermé & scellé dans l'intérieur d'une
pierre tumulaire.

Ce qu'on ignoroit , ou du moins ce qui n'étoit
pas extrêmement répandu , c'est que le marquis
de Villette , peu après son acquisition , eût loué
la terre à un Anglois. Il prétend s'être réservé
spécialement la chambre de *Voltaire* , devant rester
dans l'état où elle étoit , & avoir commis auprès
du château une personne chargée expressément d'introduire dans le sanctuaire , les voyageurs honnêtes qui voudroient en adorer le dieu.

Cependant un auteur de *Lettres sur la Suisse*
écrit avoir voulu visiter à Ferney la *chambre du
cœur* , & n'avoit jamais pu y entrer ; il ajoute
qu'on lui avoit dit que le cœur n'y étoit plus ,
& étoit sur une tablette de l'office.

Ce fait excite une réclamation du marquis *de
Villette* , qui ne pourra jamais du moins s'excu-
ser d'avoir loué si promptement ce château. Mais
c'est sur-tout à Mad. *Denis* & à la famille de
Voltaire qu'il faut reprocher d'avoir laissé passer
la terre de Ferney , & plus encore le cœur de
Voltaire en des mains étrangeres.

13 *Août.* Le sieur *le Pot d'Auteuil* , le notaire
le plus riche de Paris , très-fameux par la rapidité de sa fortune , & par quelques aventures
qui l'ont fait citer dans les *Anecdotes de madame
la comtesse Dubarri* , vient de vendre son étude

à un prix dont il n'y avoit point auffi d'exemple : elle eft montée à 324,; e liv.

13 *Août*. M. *Durofoy* avoit donné en 1775 un drame lyrique, intitulé *la Rédi:hon de Paris*, & avoit été fifflé. Il a reproduit hier ce même ouvrage en une efpece de drame, & il a auffi changé le titre. Il porte : *la Clémence de Henri IV*, piece nouvelle en trois actes & en profe. Bien des gens y ont été pris, & ont vu avec étonnement que les comédiens, éblouis par un grand fpectacle, ofaffent reproduire cette piece retournée, & encore plus mauvaife que la premiere fois. Le parterre indigné a fréquemment hué la prétendue nouveauté, jouée au furplus exécrablement.

13 *Août*. C'eft le 19 de ce mois, en effet, que le fieur Luigi Maffari, Romain, pocte improvifateur, membre de plufieurs académies, doit tenir une affemblée publique, où il *improviféra* en vers italiens fur tous les fujets que les affiftants voudront lui propofer. Il chantera ou déclamera les vers fur différentes mefures, au gré des auditeurs.

C'eft toujours dans la falle du mufée de Paris qu'il fera cet exercice, & les billets pour entrez feront de 6 livres.

14 *Août*. Madame la ducheffe *de Malborough*, petite - fille du fameux général de ce nom, qui l'a fait prendre à fon mari, inftruite des farces qu'on faifoit ici depuis un an, qu'on a rappellé la mémoire d'un homme fi funefte à la France, a voulu avoir un recueil de toutes les chanfons & pieces, de toutes les farces, de tous les quolibets & calembours auxquels il a donné lieu.

Elle a en même temps chargé mademoifelle

L 4

Bertin de lui envoyer un essai de toutes les modes imaginées à la *Malborough*, soit à l'usage des femmes, soit à l'usage des hommes.

On sait la nouvelle par les voyageurs qui reviennent de Londres, & parlent de cette Angloise comme très-aimable, comme très-capable d'entendre ces plaisanteries, étant parfaitement au fait de la langue françoise qu'elle parle aussi bien que la sienne. Ils ajoutent que c'est d'ailleurs une femme de beaucoup d'esprit.

14 *Août.* Extrait d'une lettre de Toulon, du 7 août 1783.... M. l'archiduc Maximilien, attendu depuis long-temps ici, y a séjourné peu de jours, y a été reçu avec tout le zele & toute la joie que mérite son auguste personne. Nous avons été fort contents de son honnéteté, de son affabilité; nous ne lui avons pas trouvé la morgue qu'on lui a reproché durant son séjour à Paris, il y a quelques années : il est vrai qu'il n'y avoit point ici de princes du sang & de famille royale avec lesquels son orgueil pût disputer.

Nous ne savons si c'est à cette misérable étiquette qu'il faut attribuer la défense qu'il a eue de ne point aller à Paris & à Versailles; il ne nous en a point fait mystere, & sans nous en dire la cause, nous a témoigné son regret de venir dans les états du roi son beau-frere, sans pouvoir aller voir & embrasser la reine sa sœur. Il est parti pour voyager en Italie.

15 *Août.* La troisieme lettre de Me. *Maultrot* à M. le bâtonnier est datée de Paris le 21 juillet; il y entre dans le fonds de l'affaire & discute les grands principes. Il y reprend les différents mémoires pour Me. *Courtin*, le *Mémoire à consulter* de 1781, les *Observations* de l'accusé à la

même époque ; une *Consultation* délibérée pour lui le 28 juin de la même année ; une autre *Consultation* du 10 mars 1783 ; un autre *Mémoire & Consultation* qui ont paru le 12 mars, signés de Me. *de Milly*, procureur au châtelet, quant au premier ; & des avocats *Tronçon du Coudray & Target*, quant à la seconde.

Le résultat des raisonnements vigoureux de M. *Maultrot* est que Me. *Courtin* a surpris à son profit une obligation sans cause ; qu'il a fait des conventions usuraires ; qu'il a été dépositaire d'un testament, & l'a révélé avant la mort de la testatrice.

Il reproche à vingt-deux avocats, qui ont signé différents mémoires & consultations pour l'accusé, d'avoir corrompu la regle des mœurs & posé des principes dangereux à la société ; d'avoir écrit & signé que le dépositaire d'un testament avoit droit de le publier du vivant du testateur ; d'y puiser des armes contre lui ; que l'obligation du secret, prescrite par le droit naturel, cessoit lorsque le dépositaire avoit intérêt de le violer, & que, soutenir le contraire, c'étoit une these ridicule. Il leur reproche d'avoir écrit & signé que l'usure est une chimere ; que c'est une vaine pratique que d'interposer l'office du juge ; & que la stipulation d'intérêts n'a rien que d'honnête & de licite entre amis : enfin il leur reproche d'avoir écrit & signé des mémoires ou plutôt de ces libelles diffamatoires, si sévérement défendus par les ordonnances.

Du reste, il fait sentir combien il étoit indécent & irrégulier à Me. *Babile* de s'être rendu son dénonciateur auprès de l'ordre, lorsque son nom se trouvant dans les consultations, il devoit se

E 5

; uger indirectement enveloppé dans les reproches
de Me. *Courtin*, & par conséquent sa partie.

Me. *Maultrot* déclare encore que la marquise
de Valory se réserve le droit de rendre plainte en
diffamation contre Mes. *Courtin*, *Tronçon du Coudray*, *Target* & autres.

16 Août. M. *Beaujon*, si renommé pour ses
richesses, a acheté depuis quelques années un
vaste terrein à la grille de Chaillot d'environ
cent arpents, qu'il a fait enclorre pour y former
des jardins à l'angloise. Il y a fait en même temps
construire un petit bâtiment dans le goût de *Bagatelle*, & il appelle cela son *Hermitage*. Son projet paroît avoir été d'en faire un cadeau après sa
mort à *Monsieur*, frere du roi. Depuis quelque
temps le bruit en couroit, on ignoroit si cette
altesse royale l'accepteroit ; on regarde aujourd'hui
comme une espece de prise de possession anti-
cipée de ce lieu, une visite que ce prince y a faite
vers la fin de juillet ; il y est allé avec *Madame*
& leur suite au nombre de quatorze ou quinze
convives, qui ont été traités par M. Beaujon. Le
malheureux n'a pu jouir de son bonheur lui-même,
& étoit au lit pendant ce temps-là. Depuis cette
époque c'est une fureur de voir l'*Hermitage* ; mais
on ne peut y entrer sans un billet signé du
maître.

On n'y observe rien de singulier & de remarquable qu'un lit fait en corbeille au milieu d'une
chambre d'où l'on ne voit que la campagne, &
où tout dans l'embellissement est analogue à cette
idée primitive ; il ne manque qu'une *Flore* ou une
Pomone pour y coucher. Une table en bois d'aca-
jou de vingt-cinq couverts, est encore précieuse,
ainsi qu'un escalier du même bois. Une autre bi-

zarrerie du lieu , quoique effentielle à un hermitage , c'eft une chapelle très-belle. Quant aux
jardins , à la laiterie , à la ménagerie & aux autres détails domeftiques, ils n'approchent pas de
ceux de *Tivoli* de M. *Boutin* , dont on a parlé
il y a douze ou quinze ans.

16 *Août*. Après bien des difficultés , les comédiens françois ont jugé à propos de faire enfin
droit fur la demande de madame *Duvivier* , &
la ftatue *de voltaire* a été placée dans le veftibule
d'en bas, où en effet elle eft expofée aux regards de tous ceux qui entrent à la comédie & en
fortent.

16 *Août*. Les officiers de la marine, toujours
ligués contre le comte d'Eftaing , publient hautement aujourd'hui qu'il attend en vain le baton
de maréchal de France , qu'il n'aura rien, &
que bien loin que la grandeffe foit , comme on
fe l'imaginoit , un exemple de faveur de la cour
d'Efpagne que celle de France ne puiffe fe difpenfer d'imiter, c'eft au contraire le motif du
mécontentement du roi, qui n'ignore pas par
quel artifice ce général eft parvenu à plaire à
fa majefté catholique. Ils racontent que c'eft en
captant la bienveillance du confeffeur par un extérieur cagot & des difcours analogues, que toutes les fois qu'il a été à la cour , il a joué le rôle
de dévot ; il a affecté de fe confeffer , de com-
munier même en quelque forte fous les yeux du
monarque efpagnol , ou du moins avec affez d'éclat
pour qu'il ne pût l'ignorer.

Ces mêmes officiers affurent que tel eft le principe de la froideur que le comte *d'Eftaing* a éprouvée à fon retour de la part de *Louis XVI*, qui

E 6

lui a tourné le dos & lui a marqué son indignation.

17 *Août.* Extrait d'une lettre d'Annonay, le 6 août.... Le 4 juin après midi, les états particuliers & afliette du pays de Vivarais furent invités à afsifter à l'efsai de la machine *aéroflatique* découverte par les freres *Montgolfier* de cette ville, qui devoit avoir lieu le lendemain 5 juin. La plupart des membres de cette afsemblée se rendirent sur la place des Cordeliers, où ils apperçurent un globe de la capacité d'environ 2,300 pieds cubes, confruit en toile, & doublé intérieurement de plufieurs feuilles de papier appliquées les unes sur les autres, fortifié de quantité de cordes & de quelques pieces de bois & de fil de fer.... Ce globe affaiflé d'abord, après s'être enflé infenfiblement, s'eft élevé avec une rapidité progreffive jufqu'à la hauteur de 1,000 toifes, autant qu'on en a pu juger à l'œil ; & après avoir refté en l'air environ dix minutes, il eft redefcendu lentement fur la terre, à la diftance de cinquante toifes du point dont il eft parti.

Le vent étoit fud, les nuages médiocrement élevés, la pluie un peu abondante, mais fans orage.

Nous favons que l'académie des fciences a jugé le procès-verbal digne de fon attention, qu'elle a nommé des commifsaires pour l'examiner, que c'étoient mefsieurs *Lavoifier*, *Defmarets*, l'abbé *Boffut*, & que leur rapport a été favorable, au moins que l'académie veut vérifier l'expérience.

17 *Août.* Outre plufieurs grands opéra que l'académie royale de mufique difpofe de loin pour Fontainebleau, elle en répete particuliérement un nouveau pour cette capitale ; il a pour titre,

Alexandre aux Indes. Les paroles font de M. *Moï-rel*, celui dont on a déja parlé plufieurs fois comme du fubftitut de M. de la Ferté, & comme dirigeant fpécialement aujourd'hui la machine lyrique. La mufique eft de M. *Mereau*, nom qui répond peu à la grandeur du fujet.

18 *Août.* On affure que la relation envoyée à M. *Bertin* par le pere Amyot, du défaftre arrivé à l'ifle de Formofe eft en italien, & que c'eft l'empereur de la Chine lui-même qui l'a faite. On ajoute que le miniftre fe propofe de l'adreffer à l'académie des belles-lettres, qui la fera traduire, & qu'alors elle fera rendue publique par l'impreffion.

19 *Août.* M. l'avocat-général *Seguier*, après avoir rendu compte dans fon plaidoyer des titres de la maifon de Montefquiou depuis *Raimond Aimeri de Montefquiou*, qui vivoit dans le onzieme fiecle, a obfervé que la permiffion de porter le nom de *Fezenzac* n'avoit été donnée que par une lettre du miniftre, écrite au marquis *de Montefquiou* de l'ordre du roi, content des preuves de fa defcendance des comtes de *Fezenzac*, que ce feigneur avoit adminiftrées en 1777 ; mais qu'il n'y avoit pas eu de lettres-patentes au parlement. Tel eft le motif des proteftations & des réferves faites par le procureur-général.

On veut que le marquis *de Montefquiou* occupe actuellement des antiquaires, des généalogiftes, & fur-tout de favants bénédictins à débrouiller ce chaos, ou plutôt à l'embrouiller de maniere à lui mériter des lettres-patentes.

19 *Août.* L'hôtel de M. *Beaujon* eft auffi l'objet de la curiofité du public, & il donne affez vo-

lontiers des billets pour le visiter. La plûpart des
souverains de l'Europe n'ont pas de palais qui
vaillent sa maison.

On y trouve une galerie précieuse par des sta-
tues, des tableaux, par une bibliotheque, réunis
en ce même lieu. Tout le reste des ameublements
répond à la magnificence du maître.

On distingue dans les tableaux, des portraits
du roi, de *Monsieur*, du comte d'Artois, donnés
à M. Beaujon, suivant l'inscription ; & cette faveur n'est pas ce qui inspire le moins d'étonnement en parcourant l'hôtel.

Ses jardins placés dans l'endroit le plus délicieux
des Champs-Elysées, augmentent l'agrément de
l'habitation de ce *Plutus*.

On veut toujours qu'il ait légué son hôtel
après sa mort au prince *de Conti*, & l'on remarque qu'en effet celui-ci lui fait une espece
de cour très-étonnante de la part d'un prince
du sang.

Du reste, M. Beaujon, attaqué plusieurs fois
d'apoplexie, vit misérablement. Pour mieux intéresser le docteur *Bouvard* à sa conservation, il
lui a placé 12,000 liv. de rentes viageres sur sa
tête à lui *Beaujon*.

20 *Août*. M. *de la Blancherie* cherche par tous
les moyens possibles à soutenir son établissement,
qui, faute de fondements solides, est toujours
prêt à s'écrouler. Il a été obligé de transformer
cette fameuse assemblée des savants de toutes les
parties du monde, en concert & en salle de bal,
durant l'hiver dernier ; ensuite il a imaginé d'y
faire une galerie de tableaux. Il a d'abord rassemblé ceux de M. *Vernet*, qu'il a empruntés chez
divers amateurs où il savoit qu'il y en avoit ;

enfin, il a étendu ce projet aux différents maîtres
de l'école françoise ; & comme le but fecret de
fa tentative étoit de recueillir un peu d'argent,
il a compofé ou fait compofer un catalogue rai-
fonné de ces tableaux, l'a fait imprimer & vendre
à fon profit.

Bien loin de tirer de fon projet le lucre qu'il
en efpéroit, il s'eft fait différentes querelles &
attiré de puiffants ennemis D'abord M. *Vernet* a
trouvé très-mauvais que, fans fa participation,
il s'avisât de l'expofer ainfi en public ; en fecond
lieu, fon livret a paru aux artiftes & amateurs
plein de fautes, d'âneries, de balourdifes. L'académie de peinture & de fculpture a donc porté
plainte à M. *Dangiviller* fon chef, contre l'entreprife de M. de la Blancherie, & celui-ci a eu
défenfe d'empiéter fur les droits de l'académie,
ayant feule le privilege de réunir & d'expofer les
ouvrages de ce genre.

20 *Août*. Il paroît un livre nouveau dont le
titre feul eft effrayant : il porte *Erotika Biblion*,
A Rome, de l'imprimerie du Vatican, 1783, volume in-8°. Son objet eft de prouver que, malgré
la diffolution de nos mœurs, les anciens étoient
beaucoup plus corrompus que nous, & l'auteur
le fait méthodiquement & par une comparaifon
fuivie, à commencer depuis les juifs compris, ce
qui s'établit à leur égard par des citations des
livres faints, qui ne font pas fort édifiantes. De-
là une érudition immenfe & les tableaux les plus
licencieux, plus forts que ceux du *Portier des*
Chartreux.

Ce livre eft fort rare ; on prétend qu'il n'y
en a eu que quatorze exemplaires diftribués dans

Paris , & que tout le reste a été saisi par la police.

21 *Août.* Depuis long-temps on parloit de construire un marché à la place de l'église de la culture Sainte-Catherine. On avoit rempli toutes les formalités pour en soumettre le terrein à l'usage profane qu'on en voudroit faire , & la démolir. On avoit transféré les cadavres. Les curieux craignoient qu'un des beaux monuments de sculpture de cette église ne fût dégradé ; c'est le mausolée du chancelier *de Birague* & de sa femme ; il est parfaitement bien conservé & a été transféré à l'église de Saint-Louis , rue Saint-Antoine , où l'on peut l'aller voir.

Enfin , cet établissement qui souffroit des difficultés depuis près de seize ans , & pour lequel il avoit été rendu des lettres - patentes en 1767 , 1777, 1781 & en 1783 , enrégistrées au parlement , est en train & l'on y travaille avec vigueur.

M. le contrôleur-général en a posé la premiere pierre avec le cérémonial accoutumé.

L'architecte du marché est le sieur *Caron* , juge général des bâtiments du roi.

21 *Août.* Le sieur *Luigi Massari* , Romain , célebre improvisateur , qui a déja brillé dans différents royaumes de l'Europe où la langue italienne est en honneur , a improvisé avant-hier au musée de Paris en présence d'une brillante assemblée , avec beaucoup de succès.

Madame la comtesse *de Balby* , dame d'atours de *Madame* , s'est distinguée de son côté dans cette assemblée par les questions spirituelles qu'elle a faites à l'improvisateur.

Indépendamment de celles qui exigeoient de sa

part une grande érudition , il a montré aussi de la présence d'esprit , de la finesse & du goût en répondant à d'autres purement agréables , comme celle-ci : *quelle difference entre le bandeau de l'amour & le bandeau de la justice ?*

22 *Août*. Le programme du sujet du grand prix d'architecture pour cette année étoit conçu en ces termes.

« Une ménagerie renfermée dans le parc d'un » souverain ; l'emplacement sera un carré de trois » cents toises de chaque côté. On placera dans » ce projet un amphithéatre & arene découverts » propres aux combats des animaux , avec des » gradins & loges pour les spectateurs. La me- » sure de cet amphithéatre sera de quarante toises » dans la plus grande dimension extérieure , com- » prenant les gradins & les loges. Les lieux des- » tinés pour les quadrupedes propres aux combats » seront disposés avec des cours assez spacieuses » pour les besoins & pour communiquer avec » commodité dans l'arene. Des volieres étendues » feront aussi partie nécessaire de ce projet ; on » pourra même y placer des masses de galeries » & bâtiments pour la conservation des squelettes » & injections des especes rares d'animaux & » oiseaux ; un pavillon principal pour recevoir » le prince , lequel sera sans appartement de de- » meure , & les services se trouveront dans les » souterrains ; plusieurs autres petits pavillons & » corps de bâtiments pour des concierges , servi- » teurs & portiers. »

Les éleves , sans sortir de l'académie , n'ont eu que douze heures pour faire leur projet.

C'est après demain 24 & le lendemain , que les dessins des concurrents seront exposés aux regards du public dans les salles de l'académie royale d'architecture. Les vrais juges procéderont ensuite à l'examen & décerneront le prix.

22 *Août.* Il paroit que dans l'assemblée des membres du conseil nommés par le roi pour administrateurs de l'hôpital des quinze-vingts, outre les tracasseries dont on a parlé, il y en a eu d'autres encore plus mortifiantes pour M. le grand-aumônier ; que non-seulement ils ont refusé de prêter serment entre ses mains, mais qu'ils lui ont représenté que dans ce moment-ci même, & n'y eût-il pas d'autres difficultés, il n'étoit pas partie compétente pour le recevoir, n'y même pour siéger avec eux, puisqu'il étoit accusé devant le parlement, & ne s'étoit pas justifié.

M. le grand-aumônier, touché de ces reproches, a imaginé un moyen fort extraordinaire ; ç'a été de présenter requête à la grande direction des finances, afin de faire déclarer faux & calomnieux les motifs de démission donnés par les administrateurs précédents.

On alloit aux voix & cela ne paroissoit pas souffrir de difficulté, lorsque M. le baron *de Breteuil* a représenté à ces messieurs que c'étoit bien vite aller en besogne ; qu'il paroissoit de l'équité d'entendre avant les administrateurs démettants.

Cet avis, appuyé aussi par M. *d'Ormesson*, à ce qu'on dit, a prévalu, & l'on a nommé quatre commissaires pour examiner plus à fond la requête du grand-aumônier, & entendre ces messieurs.

Les commissaires nommés sont au nombre de quatre : savoir, MM. *Feydeau de Marville, le Pelletier de Beaupré, Moreau de Beaumont* & *Bertier de Sauvigny.*

Ces commiſſaires devoient s'aſſembler chez M. *Amelot* ; mais la maladie de ce miniſtre a empêché que ce ne fût le mardi 19, jour indiqué.

23 *Août*. Depuis la ceſſation du concert des amateurs, on parle davantage d'un, exiſtant dès ce temps-là, qui maintenant a acquis beaucoup de conſiſtance & paſſe aujourd'hui pour le plus parfait de Paris : c'eſt celui du comte *d'Albaret*.

Le comte *d'Albaret* eſt Piémontois & n'eſt même décoré que d'un ordre étranger : il n'eſt pas exceſſivement riche ; mais il a tant d'arrangement, qu'il tranche des plus grands ſeigneurs, & a une troupe de muſiciens à lui ; il eſt vrai qu'elle eſt peu nombreuſe.

Elle conſiſte ſeulement en trois violons, une baſſe, un joueur de clavecin, une flûte, un chanteur & une chanteuſe. Celle-ci eſt madame *le Clerc*, très-connue, qui chante parfaitement bien l'italien, & a brillé quelquefois au concert ſpirituel.

Les muſiciens de M. *d'Albaret* vivent chez lui comme dans un couvent ; ils y mangent, ils y couchent & ne peuvent s'abſenter pour aller jouer ailleurs ſans ſon agrément ; ce qu'il leur accorde rarement.

Au moyen de l'union qui regne entre ces muſiciens, de l'habitude où ils ſont de vivre & de faire de la muſique enſemble perpétuellement, il réſulte dans leurs concerts un enſemble qui ne ſe trouve pas ailleurs. Du reſte, M. *d'Albaret* les rend très-courts ; il fait jouer des morceaux toujours piquants & peu connus, ſur-tout de l'italien.

La ſeule incommodité, c'eſt que cet ama-

teur se soit placé très-loin , que ses concerts
n'aient lieu que le dimanche & le matin. D'un
autre côté , il arrive que la compagnie est plus
choisie & qu'il y a peu de mélange. On n'y
entre au surplus que par billets , & difficilement.

23 *Août*. On a fait le 12 de ce mois sur la
Seine l'essai d'un bateau , canot ou nacelle , appellé *la Poste par eau*. Ce bateau a dix-huit
pieds de longueur sur six de largeur ; il va par
le moyen d'une grande roue que tourne un seul
homme , & dont le mouvement se communique
à d'autres substituées intérieurement aux rames
ordinaires ; il a fait en peu de minutes le trajet
du Pont-neuf au Pont-royal. Il a été inventé par
M. *de la Rue d'Elbœuf*.

L'auteur prétend que ce bateau remonte pres-
qu'aussi vite , & il se propose d'en doubler encore
la vîtesse , en établissant sur les grandes roues un
second engrenage.

Du reste , ce bateau est exposé à la critique
de tous les curieux , & on peut le voir au passage d'eau des quatre nations.

23 *Août*. La réputation du nouveau Thoma-
turge mort à Rome en odeur de sainteté , ne laisse
pas que de s'étendre. On a envoyé de Rome le
modele de son portrait ; on l'a gravé , & les
dévots s'empressent de le placer dans leur oratoire.

24 *Août*. M. *de Montgolfier* , l'auteur de la
machine aérostatique d'Annonay , est à Paris , &
il paroît que c'est lui qui sera chargé de répéter
cette expérience en présence de l'académie. Comme
tout est mode ici , un sieur Charles , faiseur
d'expérience , a cherché à profiter de la curiosité
du public , pour gagner de l'argent par une sous-

cription ouverte en faveur des amateurs. Il a déjà
raffemblé quantité de gens confians, & il montre
fa machine , beaucoup plus petite que celle de
M. *de Montgolfier* , & qui n'a , dit-on , que douze
pieds de diametre. Il doit inceffamment procurer
le fpectacle de fon afcenfion. D'autres particuliers
s'occupent du même projet, & c'eft de toutes parts
une noble émulation.

M. *Gudin*, phyficien & poëte en même temps,
enchanté de la découverte de M. de Montgolfier,
lui a adreffé une épître à ce fujet, pleine de
chaleur & d'enthoufiafme, où il y a de très-beaux
vers.

25 *Août.* M. l'abbé *Bergier* fe prévaut beaucoup d'une lettre du nonce du pape à Vienne ,
qui lui écrit le 26 juillet dernier : " L'imprimeur
,, Mansje de Venife a déja demandé & obtenu
,, le privilege pour réimprimer la nouvelle ency-
,, clopédie par ordre de matieres ; c'eft votre nom
,, qui l'y a principalement engagé. . . . Il eft affez
fingulier de voir un docteur qui a fi fort écrit
contre les incrédules , les déiftes, les matérialiftes
& les athées, non-feulement devenir le coopéra-
teur, mais le garant & le propagateur d'un pareil
ouvrage ; il ne l'eft pas moins d'entendre le
délégué du fouverain pontife le canonifer, après
que le clergé s'eft fi fort élevé contre fa naiffance
& fa continuation. Quoi qu'il en foit , le libraire,
Pankouke, l'entrepreneur utile, eft tout glorieux
à fon tour, & fait fonner bien haut ces pieux
fuffrages , qui au fond devroient décrier auprès
des philofophes la nouvelle encyclopédie marquée
du fceau des prêtres.

25 *Août.* On ne fait que parler du ballon de
M. *de Montgolfier*, & tout Paris fe porte aujour-

d'hui dans la maison de M. *Charles*, place des Victoires, où l'on peut le voir suspendu : on dit qu'on en a fait l'essai, & qu'il s'est élevé déja de façon à ne pas douter du succès.

C'est M. *Faujas de Saint-Fond*, grand amateur de physique & ayant écrit sur cette matiere, qui a proposé le premier d'ouvrir une souscription pour exécuter une machine semblable à celle de monsieur *de Montgolfier*. Il a bientôt rassemblé des amateurs. On est convenu de donner huit cents billets à un écu, ce qui formeroit une somme de cent louis : elle n'a pas tardé à être complete. On l'a déposée entre les mains du sieur *Dubuisson*, le maître du café du Caveau, lieu de l'assemblée des souscripteurs. On a choisi messieurs *Robert*, jeunes méchaniciens du premier mérite, pour l'exécution, & ces messieurs, éleves de monsieur *Charles* & demeurant chez lui, ont procédé, sous l'inspection de leur maître, qui aujourd'hui voudroit s'attribuer l'invention de la machine, & la conteste même à M. *de Montgolfier*.

25 *Aout. Relation de la séance publique de l'académie françoise tenue aujourd'hui*....Le premier mouvement qu'ait éprouvé l'assemblée avant que les académiciens parussent, a été un mouvement de curiosité vive en remarquant dans la tribune du directeur où l'on avoit vu siéger naguere madame la duchesse *de Chartres*, madame la duchesse *de Bourbon*, madame la princesse *de Lamballe*, M. le duc *de Penthievre*, une femme de trente-cinq à quarante ans, assez laide, vêtue en ouvriere endimanchée, accompagnée d'autres femmes & d'hommes du même genre, grouppés autour comme ses parents, ses amis ou ses camarades, & cependant la faisant distinguer par l'es-

ece de vénération qu'ils lui portoient. Ce n'eft
que dans le courant de la féance que le public
a été pleinement inftruit qui elle étoit & pourquoi
elle venoit. Dès que meffieurs ont été en place,
un autre fentiment a fuccédé à celui-ci: on a
été affligé de voir M. *d'Alembert*, fur le compte
duquel on répand depuis long-temps des alarmes,
les réalifer trop véritablement par fa figure cada-
véreufe, & fur-tout par fon inaction abfolue
dans un lieu & dans des fonctions où il déployoit
ordinairement tant d'ardeur & de vivacité. On
a fu qu'il s'étoit abftenu d'aller aux deux féances
du matin, où il fe trouvoit toujours autrefois,
afin de fe réferver pour celle-ci. Il n'a ouvert la
bouche qu'au commencement, une fois & foiblement pour donner un ordre domeftique (1);
ordre qu'il a fallu que M. *bauzée*, fon fubftitut
en ce moment, répétàt jufqu'à deux fois, & la
derniere avec tant de vigueur qu'il a fait rire
tout le monde.

M. l'archevêque d'Aix, en qualité de directeur,
a annoncé que le prix d'éloquence propofé pour
le meilleur *éloge de Fontenelle* étoit remis à l'année
prochaine, aucun des difcours qui ont concouru
n'ayant entiérement fatisfait l'académie; le prélat
eft parti de-là pour donner des inftructions
aux candidats fur une nature de compofition qui
n'eft pas auffi aifée qu'on le croiroit d'abord. Il
en a fait fentir les difficultés & le mérite confé-
quemment. Le point principal eft de marier les
faits avec les réflexions de maniere à faire difparoître à la fois, & la féchereffe de l'hiftorien

-----

(1) L'ordre aux fuiffes de fermer la porte.

trop auftere, & la rédondance de l'orateur trop
verbeux. Peu de panégyriftes ont l'art de tenir ce
jufte milieu : les uns fatiguent à force de détails
minutieux , les autres ne font que des difcoureurs
perdant continuellement de vue leur héros. Tels
font les deux extrêmes dans lefquels ont donné les
concurrents, & dont l'académie defire qu'ils fe
préfervent déformais.

En général , on a remarqué dans ce petit
difcours du directeur , que, plus habile à fournir
le précepte que l'exemple , il l'avoit fait infiniment meilleur que les autres connus de lui ; d'où
les malins ont conjecturé que , quoiqu'il le lût
très-bien , quoiqu'il parût même le favoir par
cœur & n'avoir fon papier à la main que par
contenance , il n'en étoit pas l'auteur. Au refte ,
rien de neuf , mais de vieux adages de college
bien choifis , rendus dans un ftyle élégant &
préfentés avec une forte de fineffe propre à féduire
le gros du public & à exciter fes applaudiffements.
Il a fur-tout été beaucoup queftion de mouvements
oratoires, fans que M. *de Cuffé* ait défini ce qu'il
entendoit par-là.

Ce directeur n'a pas manqué à la petite attention
ufitée entre ces meffieurs , de citer & exalter fes
confreres : il a défigné très-fenfiblement cinq ou
fix académiciens qu'il regardoit à mefure en
fouriant lorfqu'il leur envoyoit le coup d'encen-
foir ; il a principalement fait connoître monfieur
de Treffan, dont la reconnoiffance a payé le tribut
d'admiration qu'il devoit à Fontenelle , fon
ancien maître ; il a exhorté les candidats à le
prendre pour modele ; lui-même a efquiffé en bref
cet éloge & en a comme tracé les premiers linéa-
ments. Enfin, il a dit que M. *de Condorcet* alloit
lire

lire un éloge hiftorique du héros à célébrer, compofé de fragments laiffés par *Duclos*, & rédigés
par M. *d'Alembert*.

Toute la partie hiftorique du premier, écrite
d'un ftyle animé, vif & pittorefque, a plu davantage ; quant aux alonges mifes par fon fuc-
ceffeur, elles ont paru froides & languiffantes. Il
a cherché à défendre fpécialement fon héros de
cette apathie qu'on lui reprochoit, & que, fuivant
fes détracteurs, il pouffoit jufqu'à une dureté
atroce : fans entrer dans le fond de l'ame de *Fon-*
tenelle, & en convenant même qu'elle n'avoit
pas la fenfibilité des autres, il a prétendu que
cette qualité, fouvent plus à charge à celui qui
la poffede qu'utile aux autres, importe peu aux
malheureux, pourvu qu'ils en reffentent les effets,
& c'eft ce qui leur arrivoit de la part de Fontenelle. Il nous a appris que ce fage avoit toujours
cinquante louis en réferve deftinés à des actes de
bienfaifance.

Cette anecdote eft peut-être la feule ignorée
que le panégyrifte nous ait révélé. En général il
a été tant parlé de Fontenelle, il a vécu fi
long-temps, que fon hiftoire étoit prefque déja
épuifée de fon vivant, & qu'il feroit difficile de
trouver de nouveaux faits fur fon compte. Auffi
le continuateur de *Duclos* a-t-il paru chercher
fpécialement à enrichir ce morceau de ces idées
piquantes & philofophiques qu'il répand avec
tant de profufion dans fes éloges.

Ce qui a paru fingulier, c'eft que M. d'Alembert auquel on l'attribue, étoit le premier à
joindre fes foibles mains & à donner le fignal
des claquements ; fans doute comme l'auteur
d'une piece de théatre, qui, entraîné par fon

enthoufiafme pour l'acteur , l'applaudit à outrance, fans croire manquer à la modeftie , ou plutôt oubliant qu'il s'agit de fon propre ouvrage.

Enfuite on a propofé de nouveau l'*éloge de Fontenelle* pour l'année prochaine 1784. On a rappellé qu'à la même époque on donneroit le prix de poéfie dont les conditions ont été preferites précédemment. Enfin , l'académie voulant laiffer aux auteurs le temps de faire les recherches néceffaires, propofe dès à préfent pour le fujet du prix d'éloquence de 1785 , *l'éloge de Louis XII, roi de France , père du peuple.*

Le directeur a repris alors la parole, & a donné le mot de l'énigme à ceux qui n'étoient point encore inftruits fur le compte de la femme du peuple qui fixoit depuis le commencement les regards de l'affemblée ; il a déclaré qu'elle fe nommoit *Leffalier* ; que c'étoit une garde malade, jugée par l'académie avoir fait l'action la plus vertueufe en rendant à une femme de condition pauvre , alitée, auprès de laquelle elle avoit été appellée , des fervices auffi tendres qu'affidus, & en fe portant même pour elle à des facrifices d'une générofité rare.

De-là le prélat eft entré dans le récit circonftancié de la fondation du prix extraordinaire & annuel propofé par l'académie françoife, appellé *Prix de vertu du peuple*, dont on a parlé dans le temps. Il a rempli le premier une des conditions en prononçant un difcours fur la belle action de la femme *Leffalier*.

Ce difcours a fur-tout confifté dans le détail de chaque action propofée à l'académie comme digne du prix. La première eft d'un nommé *Damefaque,* qui, paffant fur un quai dans l'hiver de 1781,

vit deux enfants enfoncés fous la glace fur laquelle
ils jouoient , s'y précipita tout habillé , & les
retira de la riviere au péril de fa propre vie.

La feconde , d'une portiere mife auffi fur les
rangs pour avoir partagé fa demeure, fon grabat,
& fa fubfiftance avec une femme forcée de fortir
de l'hôpital comme incurable , & qui l'a fi bien
foignée & confolée , qu'elle l'a rappellée à une
fanté parfaite.

La troifieme eft celle de la femme *Menthe* ,
qui , chargée d'une nombreufe famille , a adopté
un enfant délaiffé , & l'a mis au rang des fiens ,
auxquels elle avoit deja peine à donner les fecours
néceffaires.

L'académie a trouvé que le premier trait étoit
ifolé & pouvoit partir d'un moment d'enthoufiafme héroïque , qui n'eft pas toujours le figne
certain d'une ame vertueufe & conftamment ha-
bituée à faire le bien.

Celui de la portiere ne s'eft pas trouvé au
contraire au degré de bienfaifance le plus élevé ;
elle ne donnoit en quelque forte que fon fuperflu ;
d'ailleurs , c'étoit à fon amie qu'elle accordoit
des fecours.

La femme *Menthe* , déja finguliérement exaltée
dans les journaux & enrichie des dons du public , n'a pas paru fufceptible du prix par cette
raifon.

C'eft donc à la nommée *Lefpalier* qu'il a été
décerné. Son action a paru aux juges avoir toutes
les qualités néceffaires pour le mériter. 1°. Elle
l'a exercée envers une inconnue. 2°. Elle l'a exercée long-temps & avec une conftance invincible.
3°. Demandée par des gens qui l'avoient bien
payée , & auxquels elle avoit des obligations ,

elle a résisté à tout ce que la reconnoissance &
son intérêt personnel lui dictoient, parce que
ces personnes étoient en état de se procurer d'autres
gardes-malades, & que la dame auprès de qui
elle étoit, couroit risque de périr sans secours.
4°. Non-seulement elle lui a prodigué son temps
& ses soins, mais même son propre pécule, ache-
tant de son argent les médicaments & douceurs
que la détresse où étoit la malade ne lui permettoit pas de se procurer.

Le directeur a fini par déclarer que l'académie
couronneroit moins une action brillante qu'une
action bonne, moins l'éclat que la persévérance
de la vertu.

La séance s'est terminée par la lecture que
M. le Miere a faite du premier acte de sa tragédie de *Barneveit*.

Cette tragédie, composée depuis long-temps,
devoit être jouée il y a plus de quinze ans;
c'étoit dans le temps que tous les esprits étoient
en fermentation sur le procès de M. *de la Cha-
lotais*; comme ce magistrat étoit alors entre les
mains de différentes commissions contre lesquelles
le public se récrioit, que *Barneveit* fut jugé aussi
par une commission, le gouvernement craignit
l'allusion, & empêcha la piece d'être jouée & de
produire le vif enthousiasme qu'elle auroit causé
probablement par son rapprochement des circonstances.

L'acte que l'auteur a lu aujourd'hui n'a excité
aucun intérêt. Le sujet purement politique a paru
froid, & la versification extrêmement dure &
maussade. Il y a eu si peu d'applaudissements,
que M. *le Miere*, dont le projet étoit de lire aussi
le second acte, a été obligé de s'arrêter & a fait

prudemment : c'eſt le ſeul inſtant où les auditeurs aient témoigné leur ſatisfaction.

26 *Août*. C'eſt aujourd'hui qu'a eu lieu la
premiere repréſentation d'*Alexandre aux Indes*,
opéra en trois actes. Le ſuccès n'a pas répondu
à la grandeur du ſujet. On a trouvé le poëme
médiocre, froid & ſans aucun effet theatral, la
muſique un réchauffé de celle du chevalier *Gluck*,
dont le nouveau compoſiteur paroît abſolument
le ſinge & le plagiaire. Le premier acte a cependant été fort applaudi ; mais le ſecond, quoique
court, n'a produit aucune ſenſation : heureuſe-
ment quelques morceaux du troiſieme ont paru
ranimer le parterre.

Il n'y a aucune danſe qu'au premier acte, encore eſt-elle ſans caractere, & cependant elle devroit en avoir beaucoup, puiſque c'eſt une danſe
religieuſe à la maniere de Indiens.

Il y a un grand ſpectacle, beaucoup de mouvements & d'evolutions de troupes, très à la
mode aujourd'hui, & qui enchantent ſi fort le
maréchal *de Biron*. On ſait qu'il eſt devenu un
des chefs & coopérateurs pour la partie de preſque
toutes les nouvelles pieces du théatre lyrique, où ſon
régiment joue ſouvent un rôle. Il a fourni cette fois
150 hommes employés à la ſcene ſeulement.

Du reſte, l'exécution du côté des acteurs a été
ſi déteſtable, qu'ils auroient fait tomber le meilleur ouvrage ; il n'eſt pas juſqu'au ſieur *Larrivée*
qui a chanté faux & n'eſt plus reconnoiſſable. On
a confié le rôle de femme à une Dlle. *Maillard*,
jeune débutante, dont s'eſt engoué le public, qui
n'a qu'une voix médiocre, & malgré les eſpe-
rances qu'elle donne, eſt encore beaucoup au
deſſous de ces premiers rôles.

27 *Août.* Le logement des gens de guerre est
une espece de service exigé du peuple de Paris.
En conséquence il se leve une taxe sous ce nom,
sur beaucoup de maisons. C'est un impôt réel
établi sans aucune loi, & sans qu'on connoisse les
regles d'après lesquelles s'en fait l'assiette.

Le parlement s'est quelquefois élevé contre cet
impôt illégal, mais sans succès & sans beaucoup
de chaleur, parce qu'on a soin de ne point imposer les maisons appartenantes à ses membres, ni
même aux magistrats en général.

La cour des aides, dans ses remontrances
relatives aux impôts du 6 mai 1775, n'oublie
pas celui-ci. Elle y demande par quelle loi cet
impôt a été établi originairement? Suivant quelle
loi il augmente tous les jours? Par qui & suivant
quelle regle se fait la taxe de chaque maison?
Enfin, à qui peut s'adresser le propriétaire qui
se plaint de sa taxe?

Un M. *Pupile de Myons*, ancien premier président de la cour des monnoies de Lyon, est
venu s'établir à Paris, & s'est fait construire une
maison dans un nouveau quartier, rue de Bondy.
Elle a été taxée pour le logement des gens de
guerre. Il a réclamé contre d'abord, en ce que
c'est un impôt non enrégistré, ensuite en ce
qu'étant un ancien magistrat, il devoit jouir du
privilege de sa robe.

On n'a point eû égard à ses exceptions; il a
été coté à 75 livres : il a refusé de payer ; le
maréchal de Byron lui a envoyé garnison de son
régiment, & l'a fait avec l'éclat le plus scandaleux.

M. *Pupile de Myons* a présenté requête au parlement où il a déduit ses griefs, ce qui a donné matiere à des assemblées de chambres, & il y en a une
aujourd'hui où est mandé le prévôt des marchands.

27 *Août.* L'académie royale d'architecture, après avoir laissé exposés aux regards & au jugement du public, les deffins des concurrents concernant le prix dont on a parlé, après avoir recueilli les fuffrages, a prononcé définitivement dans la féance d'hier 26.

Le premier prix a été adjugé à M. *Vaudoyer,* élève de l'académie, nommé par M. le comte *d'Affry,* affocié libre honoraire; & le fecond prix à M. *Percier,* élève de M. le Roi, profeffeur.

27 *Août.* La machine aéroftatique doit fubir aujourd'hui la grande expérience projetée, dont l'effai tenté le 23 donne meilleur augure.

Les foufcripteurs avoient d'abord arrêté, que l'afcenfion auroit lieu dans le terrein de meffieurs *Perrier,* où eft conftruite la pompe à feu. L'emplacement fuffifoit pour ces meffieurs, qui, au nombre de huit cents, pouvoient mener chacun deux amis, & former une affemblée de deux mille quatre cents perfonnes feulement; mais jugeant de l'empreffement de tout le public pour le jour de fa grande repréfentation par fon affluence à la place des Victoires, il a été convenu que ce feroit au champ de Mars, devant l'école militaire, qu'on exécuteroit l'expérience.

La machine aéroftatique y a été transférée hier: elle eft au milieu dans une enceinte fermée où entreront feulement les ouvriers, artiftes & ingénieurs néceffaires à l'opération. Les foufcripteurs & leurs amis pénétreront dans la vafte circonvallation du champ de Mars, & les profanes, foit à pied, foit en voiture, pourront fe placer dans mille endroits; le lieu eft fi bien fitué, fi découvert, qu'on peut voir le prodige de par tout.

F 4

Des obfervateurs ftationnés, en différents endroits, & principalement fur des hauteurs avec
des pendules ou des montres à fecondes, doivent
faire leurs remarques & en drefler le procès-verbal.
Deux coups de canon, les avertiront du moment
où la machine fera laiffée à elle-même, & deux
autres du moment où l'on l'aura perdu de vue
au champ de Mars.

Comme on ignore le gaz, c'eft-à-dire, la forte
d'air, & l'enveloppe dont s'eft fervi M. *de Montgolfier*, qui s'eft réfervé fon fecret, on a employé
à la conftruction de la nouvelle machine du
tafletas enduit de gomme élaftique, & on l'a
remplie d'air inflammable.

28 *Août*. On vante fort une hiftoire de la
révolution de Suede arrivée en 1772, qui a peine
à percer ici par fa trop grande véracité. On la dit
compofée par le fecretaire d'ambaflade d'Angleterre, réfidant à Stckholm à cette époque.

28 *Aout*. L'expérience de la machine aéroftatique a eu lieu hier avec tout le fuccès poffible,
malgré le mauvais temps. L'affluence a été immenfe de tous les ordres de citoyens. Non-feulement le peuple, les favants, les artiftes, mais
les grands feigneurs, les miniftres, les princes
ont voulu affifter à ce fpectacle. Le gouverneur
de l'école militaire y a fait conduire les éleves,
dans tout l'appareil d'une grande cérémonie. Un
petit incident a cependant indifpofé le public.

Meffieurs *Charles*, *Robert* & autres coopérateurs, étoient dans une enceinte particuliere à
veiller à leur machine, à labourer de temps en
temps du fluide néceflaire à la rafraîchir : lorfque
M. *de Montgolfier* s'eft préfenté pour entrer,
M. *Charles* s'y eft oppofé formellement, prétendant

qu'il craignoit la jaloufie de cet inventeur ; de-là des propos, une rumeur confidérable ; & les manipulateurs, afin d'éviter la fuite de cette fermentation, ont defiré qu'on redoublât la garde.

A cinq heures précifes, le fignal donné, on a coupé les amures de la machine, qui s'eft élevée à l'inftant, & a paru augmenter de vîtefle à mefure de fon afcenfion. Comme un grain violent a en même temps obfcurci l'air, elle a difparu au bout de quatre minutes, elle a reparu peu après pendant quelques fecondes, & l'on ne l'a plus revue.

Malgré la pluie épouvantable qu'il faifoit, les amateurs n'ont ceffé de la fuivre des yeux, & les femmes les plus élégantes, fans égard pour leurs plumes, pour leurs chapeaux, pour leurs ajuftements, pour leurs robes, n'ont point cédé à la curiofité des hommes.

Là machine a paru prendre fa direction vers la porte Saint - Martin : favoir où elle ira. On y a joint une priere par écrit à tous ceux chez qui elle pourroit tomber, de vouloir bien conftater l'état où elle feroit, & le faire favoir. Comme les auteurs ont calculé qu'elle pourroit aller très-loin, & jufques dans les pays étrangers, M. le comte *de Vergennes* y a fait une invitation femblable à toute l'Europe.

28 *Août*. Extrait d'une lettre de Bordeaux, du 23 août 1783.... Notre parlement, à peine revenu des convulfions qu'il avoit éprouvées à l'occafion de M. *Dupaty*, étoit rentré dans le calme & recommençoit à adminiftrer la juftice, trop fouvent & trop long-temps fufpendue, lorfque ce nouveau préfident, par fa morgue déplacée enyers les procureurs & les avocats, a forcé

F 5

ceux-ci de s'abftenir de leurs fonctions à la tournelle où il préfide , & par-tout où il feroit ; ce
qui défole de nouveau les plaideurs. Enfin , un
autre incident trouble le parlement entier , & fait
craindre les fuites les plus finiftres.

M. *Dudon* , notre procureur-général , homme
de beaucoup d'efprit , de capacité & de manege ,
eft parvenu à faire avoir la furvivance de fa
charge à fon fils , défagréable au parlement pour
avoir exercé les fonctions d'avocat - général durant le fommeil des loix. On lui reproche d'ailleurs beaucoup d'autres chofes , & on le regarde
comme inepte pour une charge auffi importante.
Il y a eu différentes affemblées de chambres à
fon fujet , une entr'autres où M. de la Lande,
avocat-général, a fait un difcours direct à monfieur Dudon le fils , où il a rappellé toute fa
vie avec les couleurs les plus odieufes , & il a
tellement indifpofé la compagnie contre ce procureur-général adjoint , que non-feulement en ne
veut pas le recevoir , mais qu'on a pris la délibération d'écrire une lettre circulaire à tous les
parlements pour les inftruire des motifs du refus de la cour, & demander leurs confeils , leurs
lumieres, & fur-tout leurs fupplications auprès du
roi, afin d'épargner à la magiftrature cette honte
& cet oppobre... Voilà où en font les chofes. Du
refte , des chanfons très-fatiriques qu'on fe communique avec précaution , & qui font cependant
très - répandues , & fe chantent jufques parmi le
peuple.....

29 *Août*. Il eft conftaté aujourd'hui que le
ballon , après avoir voyagé pendant trois quarts
d'heure dans les régions de l'air & hors de la

vue, est tombé à Gonesse, distant de Paris de quatre lieues.

Les paysans, à l'apparition de cette machine dont ils n'avoient aucune connoissance, ont eu peur ; ils l'ont prise pour quelque monstre, & l'ont criblée de pierres, à dessein de l'assommer. Cependant quelques-uns se sont détachés vers le curé, qui, mieux instruit, les a rassurés. On a bientôt donné avis de l'évenement à Paris, & il y a une grande scission entre les savants, dont quelques-uns reprochent à M. Charles & compagnie d'avoir mis trop d'air inflammable dans le ballon.

29 *Août*. L'abbé *Gros de Besplas*, aumônier de *Monsieur*, vient de mourir. C'étoit un homme de lettres, connu par plusieurs ouvrages. Il étoit prédicateur du roi, & l'on lui attribue l'heureuse révolution arrivée dans les prisons & dans le sort des prisonniers. On prétend que dans son discours de la cene prononcé à Versailles en 1777, il fit une peinture si pathétique de ces horribles demeures, que S. M. en parla à M. *Necker*, & que celui-ci saisit avec empressement de faire valoir & de s'attribuer un acte de commisération qui n'étoit au fond dû qu'au cœur du monarque, & à l'eloquence du prédicateur.

30 *Août*. La maison de Sorbonne vient de perdre encore un de ses membres les plus distingués en la personne de M. *Cotton des Houssaies*, son ancien bibliothécaire. Ce savant homme, auteur & éditeur de différents ouvrages, travailloit en ce moment à des *Eléments d'histoire littéraire universelle*, ou *Bibliotheque raisonnée*, &c. Il projetoit aussi un *Traité des Universités de France, pour servir d'introduction au commentaire*

F 6

fur le chapitre des gradués de M. d'Héricourt, &c.
Il possédoit la physique , la botanique & sur-tout
la théologie , accord assez rare......

30 *Août.* Depuis que le parlement de Rouen,
débarrassé de la revision & du jugement du procès de M. de Lally , peut s'ouvrir & s'expliquer
librement , quelques-uns de ses membres ont jasé
& sont convenus qu'ils ne doutoient pas que
l'arrêt du parlement de Paris n'eût été confirmé :
c'est ce qui vient d'arriver à Dijon. On a nouvelle que M. *de Tollendal* a totalement succombé, &
que même ses mémoires sont condamnés à être la-
cérés & brûlés par la main du bourreau , comme
injurieux & calomnieux contre la magistrature.

30 *Août.* Le grand-conseil, qui s'est plaint pendant long-temps de M. le garde-des-sceaux , en
est plus content aujourd'hui que ce chef de la
justice vient de faire rendre un arrêt du conseil
plus précis que les précédents, qui maintient les
arrêts de ce tribunal contre ceux du parlement
de Dijon, qui défend à celui-ci d'empêcher ou
troubler leur exécution, & y a mis d'ailleurs une
force, une vigueur qu'il n'avoit pas apportées
jusques-là.

31 *Août.* Le prévôt des marchands , ayant
rendu compte au parlement que les traitements rigoureux exercés contre M. *Pupile de Myons* ne le
regardoient pas, qu'ils étoient autorisés par un
ordre du roi, signé *Amelot*, & qu'il savoit po-
sitivement que S. M. en avoit été instruite, il a
été arrêté qu'il n'y avoit lieu à délibérer.

On assure qu'en effet le roi a été furieux lorsque le maréchal *de Biron* est venu lui rendre
compte de la résistance de M. de Myons , & a
dit que si dix soldats de garnison chez lui ne

fuffifoient pas, il falloit y envoyer un bataillon entier....

Le tout n'a pas fini fans un calembour en jouant fur le nom de famille de M. de Myons : on a dit que c'étoit un *Pupile* qui avoit grand befoin d'un tuteur.

31 *Août*. Le fujet du prix de peinture cette année étoit *Jefus-Chrift reffufcitant le fils de la veuve de Naïm*.

Le premier prix n'a point été adjugé. Le fecond a été remporté par le fieur Gonnod, âgé de vingt-quatre ans, élève de M. l'Epicier, & natif de Paris.

Le fujet du prix de fculpture confiftoit à re-*préfenter le moment où plufieurs Ifraëlites, prêts d'en-terrer un des leurs, appercevant des brigands, jeterent le corps dans le fépulcre d'Elyfée, ce qui rendit auffi-tôt la vie au mort.*

Le premier prix a été accordé au fieur *Fortin* de Paris, âgé de dix-neuf ans & demi, élève de M. *le Comte*, fon oncle.

Le fecond, au fieur *Dumont*, auffi de Paris, & élève de M. *Pajou* : il a vingt-deux ans.

31 *Août*. Par lettres - patentes données à Verfailles le 5 juin, & enrégiftées au parlement le 8 juillet, le roi, qui avoit fondé fix lits dans l'hofpice des écoles de chirurgie de Paris, en fonde fix autres, & change des difpofitions que les circonftances ont démontré plus convenir à ce temps-ci.

31 *Août*. Extrait d'une lettre de Senlis, du 25 août.... On va de cette ville voir à Chan-tilly des cygnes fauvages & paffagers qui fe font abattus dans les eaux de ce beau lieu, & s'y font apprivoifés avec les autres. On a obfervé que

leur voix, différente de celle des cygnes domeftiques, eft affez agréable ; on a voulu conftater
ce fait, éclairciffant des paffages de divers poëtes
anciens, vantant beaucoup le chant des cygnes
du Méandre, ce qu'on regardoit comme une
exagération, ou comme une fable, d'après l'organe très-vilain des nôtres.

M. le prince de Condé a invité l'académie
des inferiptions & belles-lettres, qui a le département de l'antiquité, à nommer des commiffaires pour dreffer procès-verbal de cette découverte.

L'académie s'eft empreffée d'envoyer à Chan-
tilly quatre de fes membres, dont les oreilles
fuffent les plus fenfibles à l'harmonie & les plus
exercées ; ils ont commencé à conftater le fait ;
mais comme ces oifeaux étrangers faifoient leur
ponte en ce moment, & qu'il falloit les exciter
pour les entendre, ce n'eft qu'au printemps prochain qu'on pourra juger de toute l'étendue &
la beauté de leur voix, & décider fi elle équivaut
à celle des cygnes du Méandre.

On croit que ceux-ci viennent du fond du
nord.

1 *Septembre* 1783. On écrit de Dijon, que
M. *d'Éprémefnil* a eu auffi gain de caufe, que
les mémoires de M. *de Tollendal*, en ce qui concerne le fieur *Duval de Leyrit*, ont été fupprimés
comme injurieux & calomnieux. Il y a d'autres
difpofitions dans l'arrêt qu'il faut lire ; on affure
qu'il doit être affiché à Paris.

1 *Septembre*. M. *Court de Gebelin*, auteur du
Monde primitif, au lieu du neuvieme tome de ce
volumineux ouvrage, qu'il devoit adreffer cette
année à fes foufcripteurs, ne leur a envoyé qu'une

lettre in-4°. de 46 pages, où il leur annonce qu'à l'entrée du printemps dernier il étoit aux portes de la mort, & n'attendoit plus qu'elle, lorsqu'il a été rapellé à la vie & à la santé la plus parfaite par le docteur *Mesmer*. En reconnoissance il a entrepris l'apologie du magnétisme animal, & sur-tout du *mesmérisme*.

On voit dans cet écrit beaucoup d'enthousiasme, peu de raisonnement, encore moins de faits.

Du reste, comme les gens à système en sont tellement prévenus qu'ils y ramenent sans cesse leurs idées, M. *Court de Gebelin* ne manque pas d'assurer que la découverte du magnétisme animal n'est point nouvelle, qu'elle est très-ancienne au contraire, & tient aux temps primitifs Cette lettre est datée du 31 juillet 1783.

1 *Septembre*. On a su que la dame envers laquelle la nommée *Lespalier* a exercé ses soins & sa bienfaisance, est madame la comtesse *de Rivarol*, dont le mari est poëte, & insère quelquefois des pieces de vers dans le courier de l'Europe.

M. le comte & Mad. la comtesse de Rivarol font furieux contre l'académie, qui, sans les nommer, les a désignés de façon à ce qu'ils n'aient pu être meconnus, & le bruit court qu'ils veulent intenter un procès au directeur.

On ajoute que Me. *Henri*, jeune avocat qui voudroit bien se signaler, les excite à faire cet éclat, & prépare déjà un mémoire.

2 *Septembre*. Au moyen de l'expulsion du président *Cailhava*, & d'une douzaine de factieux, comme le comte de *Montauzier*, l'abbé *de Courman* & autres, le *musée* semble avoir repris son assiette & sa tranquillité. Il a donné hier une fête

extraordinaire pour la sœur du roi de Pologne!, qui a honoré ce lieu de sa présence.

Entre les diverses lectures qu'on a faites devant elle, il faut distinguer une digression de l'abbé *Baudeau*, en forme de mémoire sur l'union & l'amitié qui ont toujours régné entre les François & les Polonois. Il en fait remonter l'origine fort loin, & a établi cette sympathie, sinon solidement, au moins ingénieusement.

Les lectures ont été suivies d'un concert où un M. *de Meude*, élève *de Rousseau* pour la musique, compositeur en ce genre & poëte en même temps, a joué du violon, seul, avec un grand succès.

Une madame *Boracier*, dont on a déjà eu occasion de parler, a chanté l'italien comme une cantatrice de cette nation.

Enfin, l'improvisateur a terminé la séance en répondant à tout ce qu'on lui a demandé *impromptu*, en vers, en chantant, & sur l'air qu'on a désiré.

3 *Septembre*. Un M. de Framery, qui depuis long-temps travaille pour le théatre italien, mais comme auteur de paroles seulement, étend aujourd'hui ses talents, & l'on doit jouer sur le même théatre *la Sorciere par hasard*, comédie nouvelle en deux actes & en vers, mêlée d'ariettes, dont il a fait aussi la musique. Comme c'est un grand parodiste des opéra bouffons, que c'est lui à qui l'on doit la découverte de cette mine précieuse, de *la Colonie*, de *l'Olympiade*, &c. il est bien à craindre qu'il n'ait beaucoup pillé chez ces musiciens de l'Ausonie, & ne nous donne ses réminiscences pour des nouveautés.

3 *Septembre*. L'établissement primitif du lieu,

tenant-criminel de robe courte & des archers de
fa compagnie, étoit de visiter chaque jour les
rues, carrefours, tavernes, cabarets & maisons
dissolues de Paris, de prendre au corps les vaga-
bons oisifs, mal-vivants, gens sans aveu, joueurs
de cartes & de dés, & autres coupables de même
faits, surpris en flagrant délit, & de les mener
dans les prisons du châtelet pour être jugés par
le prévôt de Paris & son lieutenant-criminel.

Depuis il a été attribué au lieutenant-criminel
de robe courte un exercice de jurisdiction dans
le siege du châtelet, qui a contribué beaucoup
à purger la capitale & ses environs de malfai-
teurs & perturbateurs du repos public, dans les
temps où la police ne pouvoit encore être portée
au point de perfection où elle s'est élevée successivement, & où elle est parvenue aujourd'hui.

Cette perfection de police a exigé une compagnie d'inspecteurs, particuliérement attachés
au magistrat qui la préside. Comme il arrive souvent, les nouveaux officiers créés ont cherché
à empiéter sur les anciens, & soutenus de leur
chef, l'ont emporté au point que le lieutenant-
criminel de robe courte est privé de l'attribution
de jurisdiction dont il jouissoit, & ses fonctions
sont réunies à celles du lieutenant-criminel du
châtelet, en forte qu'il n'est plus que le colonel de sa troupe, servant près le parlement & le
châtelet, destinée à l'enlevement des décrétés,
& à leur garde dans les prisons de ces deux tribunaux.

Dans un édit donné à Versailles au mois de
juillet dernier, on motive la suppression des
fonctions du lieutenant-criminel de robe courte
sur l'utilité de simplifier les procès-criminels &

de les abréger, en évitant les conflits entre les différents juges.

Le parlement, qui naturellement devroit soutenir la compagnie de robe courte, qui est sa garde militaire, & lui est spécialement consacrée, est si foible aujourd'hui, que le 22 août dernier, il a enrégistré sans difficulté, les chambres assemblées, l'édit dont il s'agit.

3 *Septembre.* La *Sorcière par hasard*, que la comédie italienne représente aujourd'hui, est une comédie à ariettes, faite en 1767, & exécutée d'abord en 1768, chez madame la duchesse de Villeroy, avec de la musique prise de côté & d'autre. Cette bigarrure déplut ; M. *Framery* refit alors en entier la musique de la piece, & elle devoit être jouée à la cour en cet état en 1773, & puis en 1774 ; la mort du roi l'empêcha, & diverses circonstances ont reculé jusqu'à ce moment la représentation de la *Sorciere par hasard*. L'auteur convient qu'elle ressemble beaucoup à *la fausse Magie* ; mais il répand cet historique par lui ou par ses amis, afin de se disculper de plagiat dont on le charge d'avance sur le seul titre.

4 *Septembre.* Le gouvernement, pour prévenir les alarmes que pourroient causer dans les campagnes les machines aérostatiques que l'on se propose de faire voyager de toutes parts dans les airs, a fait insérer dans la gazette de France de mardi 2, une notice des deux machines qui ont déja été éprouvées, & a averti le public que l'on devoit continuer ces expériences dans l'espoir d'en tirer quelque utilité applicable aux usages de la société.

4 *Septembre.* On assure que samedi dernier 30

août, il eſt parti des lettres de juſſion au parlement de Bordeaux , pour qu'il ait à recevoir
M. Dudon le fils , dans la charge de procureur-
général.

4 *Septembre*. Extrait d'une lettre de Dijon ,
du 29 août 1785..... Vous ſavez aujourd'hui
que M. le comte *de Tollendal* eſt débouté de ſa
demande en rétabliſſement de la mémoire de ſon
pere. Ce jeune militaire , ſi recommandable par
la piété filiale qu'il a montrée dans cette affaire ,
& par ſon ardeur infatigable à faire valoir les
divers moyens que le fonds de la cauſe & les
acceſſoires pouvoient lui procurer , n'a pas en
même temps négligé tous ceux qui pouvoient le
conduire à gagner les juges , ou à les faire cir-
convenir. Il n'eſt pas une loge de frac-maçons
de la province où il ne ſe ſoit introduit pour s'y
faire des partiſans , où il n'ait prononcé des diſ-
cours. Son éloquence inſinuante lui avoit en effet
gagné tous les cœurs. Les femmes de Dijon étoient
abſolument pour lui ; la chambre des comptes ,
nombre de jeunes magiſtrats du parlement déſi-
roient également qu'il gagnât ; mais il n'a pu
entamer les vieilles perruques. On prétend cependant , que l'arrêt n'a point paſſé à l'unanimité ;
que le procureur général & trois conſeillers étoient
pour innocenter M. *de Lally*..... Au reſte , vous
remarquerez dans la lecture de l'arrêt que le parlement en accumulant beaucoup de délits dont
il juge l'accuſé *atteint & convaincu* , n'en articule aucun qui paroiſſe digne de la mort. . . . .
Auſſi M. *de Tollendal* compte-t-il bien s'en pré-
valoir pour ſe pourvoir en caſſation.

4 *Septembre*. La *Sorciere par haſard* n'a point
eu de ſuccès quant au poëme. L'intrigue en eſt

des plus triviales , & les moyens n'ont pas le sens commun; en outre , des longueurs excessives & propres à gâter le meilleur ouvrage.

Il y a de jolies choses dans la musique ; mais le total a paru d'un ton trop relevé pour ce théatre , & d'ailleurs trop triste.

Une anecdote qu'on ne doit pas omettre , & qui fera garder le souvenir de la piece , c'est une gaucherie ou une impudence de mademoiselle *Colombe.*

Cette actrice fait le principal rôle, celui de *la Sorciere par hasard* ; il consiste à profiter de l'opinion que l'on a de son talent magique , afin de soustraire une pupille à l'autorité d'un vieux tuteur qui voudroit l'épouser , & de la marier à son amant , ce qui forme le dénouement de la piece : alors elle prononce ces quatre vers :

Ma plus grande sorcellerie
Est l'art de faire des heureux :
C'est un secret bien doux dont je me glorifie,
Et je m'en sers tant que je peux.

Cet aveu , susceptible d'allusion polissonne , a paru très-plaisant dans la bouche de l'actrice fort dévergondée , & des malins du parterre ont crié *bis*, ne s'imaginant pas réussir. Point du tout, mademoiselle *Colombe* est revenue très-majestueusement & a recommencé sa tirade ; alors des claquemens de mains, des éclats de rire des applaudissemens de canne les plus bruyants , qui ont dû faire sentir à la sorciere qu'elle avoit mal deviné l'intention du public , & qu'elle étoit prise pour dupe.

Mad. *Bellecour*, actrice très-renommée des François en pareil genre, aujourd'hui espece de duegne
qui prend les jeunes fous fa protection & s'intéreffe aux Colombes, a vertement réprimandé en
plein théatre celle-ci de s'etre prêtée au defir des
mal-intentionnés, en forte que, par l'éclat qui
en eft réfulté, on ne fait fi M. *Framery* ne fera
pas obligé de fupprimer cette fin.

5 *Septembre*. Autrefois les habitants de Paris
étoient fujets à loger les gens de guerre ; ils s'en
étoient rédimés, à la charge qu'il n'en paffetoit
même plus par la ville ; c'eft ce qui a fait qu'en
1767, lors du paffage des carabiniers, quoi qu'ils
n'aient pas féjourné, les officiers municipaux ont
fait leurs proteftations & repréfentations à ce
fujet.

Malgré ce rachat, depuis les lieutenants-colo-
nels des régiments des gardes françoifes & fuiffes
ont-trouvé le moyen de faire contribuer les habitants des fauxbourgs, fous prétexte de l'agran-
diffement de la capitale. Ce droit s'eft confolidé,
s'eft étendu jufques dans l'intérieur, & fe percevoit
fans autre formalité que celle de recourir au prévôt
des bandes, qui décernoit les contraintes contre
ceux qui refufoient de payer, ordonnoit gar-
nifon, & faifoit vendre les meubles, &c.

Le parlement s'eft récrié dans diverfes remontrances contre cet abus monftrueux, puifque indépendamment du vice effentiel de l'impôt, la
forme même en étoit abfurde & révoltante, ce
prévôt étant juge & partie, en ce qu'un des
articles de fon ferment eft de ne rien faire de
contraire aux intérêts & au vœu du corps.

La cour des aides, comme on a dit, dans fes
belles remontrances de 1775, a plaidé éloquem-

ment contre cet impôt illégal , & pour y faire
droit en partie, on a ôté la connoissance des contestations elevées à ce sujet au prévôt des bandes,
& on l'a attribuée au prévôt des marchands,
dont l'appel doit ressortir au conseil des dépêches.
Tel étoit l'état des choses lorsque M. *de Myons*
a cru devoir donner un exemple qui pouvoit
être utile à ses concitoyens.

Son refus a d'abord fait la matiere d'une né-
gociation vis-à-vis du ministre de Paris, qui ne
jugeant que ses causes d'exemptions , & comme
gentilhomme, & comme ancien maire de Lyon,
& comme ancien premier président de la cour
des monnoies de cette ville, les a trouvées nulles,
& a décidé qu'il n'en pouvoit jouir que dans sa
patrie.

Alors l'affaire s'est instruite pardevant la ville
& correspondance avec le prévôt des marchands,
qui, sentant le danger de donner trop d'éclat
à une contestation capable d'exciter l'attention du
parlement, a cherché tous les moyens possibles de
l'appaiser, jusqu'à envoyer à M. *de Myons* la
quittance en blanc pour la remplir de telle & si
petite somme qu'il voudroit : sur quoi celui-ci
a répondu qu'il n'entendoit rien payer du tout,
& a fait valoir le puissant moyen du défaut d'enrégistrement.

Le prévôt des marchands, poussé à bout par
M. *de Myons* d'un côté, & de l'autre pressé de
prononcer par le maréchal de Biron, en a référé
au conseil des dépêches, d'où est émané l'ordre
dont on a parlé.

M. *de Myons* a cependant eu recours à la voie
de la plainte au parlement, & a présenté requête
pour obtenir un arrêt de défense, qu'on lui a re-

ufé, fous prétexte que l'appel du jugement du prévôt des marchands en pareil cas, alloit au confeil des dépêches.

M. *d'Eprémefnil* revenu de Dijon, informé des vexations exercées contre M. de Myons, en a pris connoiffance & en a fait une dénonciation aux chambres affemblées le mercredi 27 août; ordonné fur le champ que la dénonciation & les pieces y relatives feroient communiquées aux gens du roi pour donner leurs conclufions. Elles ont été, à ce que le parlement fe retirât par-devers le roi, à l'effet de connoître les intentions de S. M. à cet égard.

La cour, avant d'avoir égard aux conclufions, a mandé le prévôt des marchands pour compa-roir fur l'heure, & rendre compte des faits qui le concernoient.

L'huiffier n'ayant point trouvé M. de Caumartin, ni à la ville, ni chez lui, eft allé lui fignifier l'arrêt en maifon étrangere où il étoit. Il a comparu, & l'on ne fait ce qui s'en eft fuivi.

Il faut ajouter que le parlement, après avoir déclaré qu'il n'y avoit lieu à délibérer fur la dénonciation de M. d'Eprémefnil, a cependant arrêté que le premier préfident feroit chargé de fe retirer pardevers le roi, quand & comme on lui fembleroit, à l'effet de fupplier S. M. que fes fujets ne fuffent point vexés auffi cruelle-ment pour une taxe de pure tolérance.

6 *Septembre.* Le parlement voulant paroître avoir fait quelque chofe relativement à la réforme dont on parle depuis fi long-temps, avant de fe féparer, a rendu enfin l'arrêt annoncé, portant *réglement pour les arrêts fur requête.*

Ce réglement eft donné comme le réfultat des

conférences tenues chez le premier préfident. Il doit être infcrit fur les regiftres des délibérations de la communauté des procureurs, & faire loi pour eux. Il s'agit de fupprimer les arrêts de défenfe, qui s'obtenoient abufivement contre tous les jugements des premiers juges, indiftinctement & au préjudice de l'ordonnance. Ces arrêts de défenfe ceâtoient 15 liv., & il s'en expédioit environ foixante-dix mille par an, ce qui faifoit un objet confequemment de plus d'un million de commerce pour le palais.

Les connoiffeurs critiquent beaucoup cet arrêt, & le trouvent très-mal fait, en ce qu'il laiffe encore aux procureurs beaucoup de tournures de chicane qu'ils pourront mettre en œuvre.

Cet arrêt a été enrégiftré aux chambres affemblées le 26 août.

6 Septembre. Il paroît conftant que M. de Myons eft exilé à fa terre près de Lyon. On affure qu'on avoit tellement aigri le roi contre lui, qu'il vouloit le faire mettre à Pierre-Scize.

7 Septembre. Rich de plus vrai que l'exil de M. de Myons. Il eft parti mercredi. M. d'Eprémefnil a fait à fon fujet une nouvelle dénonciation aux chambres affemblées, & le premier préfident a auffi été chargé d'interpofer fes bons offices pour faire rendre à M. de Myons fa liberté.

Il paroît que l'affaire des quinze-vingts va refter fufpendue. Le parlement, avant de fe féparer, a arrêté que la chambre des vacations feroit tenue de veiller à ce qu'il ne fe paffât rien au détriment de l'hôpital des quinze-vingts ou de contraire à fes intérêts, ainfi qu'au vœu de la compagnie, toutes chofes demeurant en état jufqu'après la fainte

Sainte Catherine où elle se propose de délibérer sur le tout.

On parle, d'un autre côté, du baron de Breteuil, comme devenu dans le conseil des dépêches un des redoutables adversaires du grand-aumônier; comme ayant représenté que, sans entrer dans les discussions particulieres nées de cette affaire, peu digne peut-être de son attention, il y avoit deux objets capitaux dont le conseil ne pouvoit se dispenser de s'occuper sérieusement, l'existence de l'hôpital d'une part dans toute son intégrité, & le prêt des Génois de l'autre fait à cet hôpital en vertu de lettres-patentes; en sorte que l'état en devenoit par-là le garant.

On veut que de tout cela il en ait résulté un grand mécontentement du roi, qui a vertement réprimandé son grand-aumônier, en sorte qu'on ne seroit pas surpris que la contestation se terminât par la démission forcée de M. le cardinal de Rohan.

7 Septembre. Le bruit couroit depuis près d'un mois qu'il y avoit eu un bénédictin arrêté & conduit à la Bastille. Il paroît que le fait n'est plus douteux, & que son grief est d'avoir composé des écrits anonymes propres à semer le trouble & la division dans l'ordre.

8 Septembre. Extrait d'une lettre de Lyon, du 1 septembre.... Ayez moins de regret au peu de soin que l'on paroît prendre de perpétuer le secret de l'abbé *de l'Epée* pour l'instruction des sourds & muets de naissance. Nous avons ici un abbé *Margarou* qui marche dignement sur ses traces. Le 19 du mois dernier, au passage de l'archiduc *Ferdinand* & de l'archiduchesse *Béatrix* par cette ville, il leur présenta un jeune homme qu'il inftruit depuis quinze mois. Cet éleve fit au prince un compliment en ces termes:

« Mon prince, que je fuis heureux de paroître aujourd'hui devant votre alteffe royale ! la nature m'avoit refufé le don de m'exprimer ; mais par le fecours de l'art, je pourrois vous dire tout ce que la renommée publie de vos qualités éminentes. »

8 *Septembre*. *Carlin Bertinazzi*, l'arlequin de la comédie italienne, vient de mourir âgé de foixante-treize ans. Il a été fuffoqué par une attaque d'apoplexie. Il avoit remplacé le fameux *Thomaffin*, & étoit depuis 1742 au théâtre, & amufoit encore le public dont il étoit aimé finguliérement. La foupleffe de fon corps dans cet âge avancé, fes graces, fa naïveté, fa facilité, fa voix douce & infinuante font des qualités précieufes, difficiles à réunir dans le même individu.

On fe rappellera toujours avec quelle préfence d'efprit, & quelle fermeté en même temps il répondit au prince *de Monaco*, qui, dans les jours de licence du théâtre, ofa l'interrompre en fcene pour lui reprocher la fituation indécente où il laiffoit trop long-temps *Caroline* à fes genoux. Il faut favoir que le prince *de Monaco* entretenoit alors cette actrice, dont *Carlin* étoit amoureux. Celui-ci profitoit de la fituation pour mêler adroitement à la fcene les épanchements de fa propre jaloufie. Sans fe déconcerter, il fit fentir au prince que c'étoit lui qui manquoit en ce moment au public, & le parterre de huer le petit fouverain, & de témoigner à l'acteur fa fatisfaction par des applaudiffements réitérés.

Il eft à remarquer que, quoique *carlin* foit mort fans confeffion, & dans le plein exercice de fon talent , il a été enterré fans difficulté à St. Roch & avec cérémonie , ce qui confirme le privilege des comédiens italiens de n'être point excommuniés.

9 Septembre. M. *Pilâtre de Rozier* dont on a parlé plufieurs fois , qui tient *le mufée scientifique* , réuni depuis peu à la *fociété patriotique Bretonne* , a échauffé le zele de fes éleves : ils doivent faire graver une eftampe deftinée à fixer l'époque de la découverte de la machine aéroftatique & dédiée à meffieurs de Montgolfier. Quoique le fujet en foit déja efquiffé , comme on propofe aux amateurs de donner leur avis , l'on attendra qu'elle foit finie pour en faire la defcription.

En conféquence , ces enthoufiaftes ont ouvert une foufcription à raifon de 6 livres pour chaque exemplaire de la gravure. Les frais prélevés du bénéfice qui réfultera , M. Pilâtre de Rozier fe propofe de conftruire une machine de nouvelle forme avec laquelle il efpere s'élever , mais avec les fages précautions qu'exige une expérience auffi périlleufe.

9 Septembre. Il paroît conftaté que le globe de M. Charles a été perdu de vue au bout de deux minutes & quelques fecondes feulement. M. *le Gentil* , de l'académie des fciences , qui étoit à l'obfervatoire pour mefurer la hauteur à laquelle le globe s'éleveroit, l'a eftimée à trois cent trente-neuf toifes lorfqu'il l'a perdu de vue , & M. *Jeaurat* fon confrere , qui étoit au garde-meuble , place de *Louis XV*, ne l'a calculée qu'à trois cent vingt-fept toifes.

On attend avec impatience l'apparition de la grande machine à laquelle travaille un des freres *Montgolfier* qui eft à Paris. Elle eft exécutée comme celle d'Annonay, en toile & en papier, & aura les mêmes dimensions, c'est-à-dire, trente-cinq pieds de diametre.

10 *Septembre*. On a fait à *Carlin* l'épitaphe suivante :

> Ci-gît Carlin, digne d'envie,
> Qui, bouffon charmant sans effort,
> Nous fit rire toute sa vie,
> Et nous fait pleurer à sa mort.

10 *Septembre*. M. BLANCHARD revient sur la scene ; encouragé par les expériences de la machine aéroftatique, il annonce qu'il en fera voir inceffamment une qui montera, defcendra & décrira à volonté une ligne horizontale. Il fera dedans & afpire à l'honneur d'être le premier navigateur aérien.

10 *Septembre*. Si dans la *relation de fa détention à la baftille* on ne voit en Me. *Linguet* qu'un écrivain forcené, qu'un égoïfte impudent, rapportant tout à lui, ne louant & ne blâmant que dans cette proportion, & modifiant les vices, les vertus, les loix fuivant la façon de fentir de fon amour-propre, il faut convenir que dans les *obfervations* de fon critique fur *l'Hiftoire de la Baftille*, &c. on ne découvre qu'un efclave rampant du miniftere, n'afpirant qu'à lui plaire, trouvant bon, jufte & louable tout ce que commande l'autorité fuprême, & s'efforçant d'enchaîner avec lui la liberté, la philofophie, la raifon & jufqu'au bon fens. *Sa Préface, fes Remarques fur le caractere de l'auteur, fes Obfervations préliminaires fur fon avis*, enfin fes *Obfervations fur les mémoires*

de la Baftille , toutes les parties de fon ouvrage font imprégnées de cet efprit d'abjection. Du refte, il tombe dans quelques-uns des mêmes défauts reprochés à l'ouvrage qu'il cenfure, & il manque fouvent d'ordre , de méthode , de logique & furtout de preuves ; enfin Me. Linguet feroit encore à réfuter , s'il ne fe réfutoit déja lui-même aux yeux du lecteur impartial , ne cherchant que la vérité & n'y rencontrant qu'une foule de menfonges palpables.

En conféquence des ordres du roi donnés pour le chapitre général de la congrégation de Saint-Maur, qui doit s'être ouvert hier à Saint-Denis , les provinces de *Bourgogne* , de *Normandie* , de *Chezal-Benoit* , de *Touloufe* , de *Bretagne* & de *France* ont nommé chacune fix députés, dont l'élection eft conftatée dans le procès-verbal de vérification des fcrutins , & leurs noms & qualités font rendus publics dans une lifte imprimée.

11 *Septembre*. Il faut fe rappeller que depuis quelque temps M. *de Charnois* avoit perdu fa femme qui s'étoit enfuie , fans qu'il fût trop ce qu'elle étoit devenue ; il en a enfin eu des nouvelles par fon ravifleur , le marquis *de Permangle*.

Extrait d'une lettre de Chambery, du 5 feptembre..... Dites au rédacteur du mercure de France pour la partie dramatique, combien j'ai été puni de m'être prêté au defir de fa femme de fe fouftraire à l'autorité conjugale ; je reconnois aujourd'hui que fa paffion apparente pour moi , n'étoit qu'un prétexte pour favorifer fon goût de liberté , ou plutôt de libertinage. J'ai appris qu'elle étoit en Ruffie depuis fix mois, &

une des actrices de *Saint-Pétersbourg*. La caque
sent toujours le hareng ; voilà ce que c'est d'avoir
épousé la fille du comédien & de la comédienne
Préville ; voilà sur-tout ce que c'est que de lui
avoir donné de mauvais exemples en quittant une
femme honnête pour vivre continuellement avec
des filles : je crois au surplus que M. *de Charnois* en a depuis long-temps fait son deuil ; mais
il est toujours bon qu'il sache ce qu'est devenue
la femme & s'apprête à recevoir les héritiers qu'il
lui plaira lui donner.

12 *Septembre*. Extrait d'une lettre de Grenoble,
du 4 septembre.... M. *de Sennéterre*, colonel du
régiment de Haynault, vient de mourir d'une
manière propre à servir d'exemple. Il étoit atteint
d'une passion violente en faveur d'*Adeline*, de la
comédie italienne. Dans un accès de jalousie il
s'étoit déja donné un coup de couteau pour elle.
Ne pouvant résister à une trop longue absence,
il a prétexté d'aller chasser aux environs de cette
ville, & s'est rendu à Paris où il a passé trois jours
& trois nuits avec cette impure. Il y a grande
apparence qu'afin de soutenir avec succès une
lutte aussi longue, il avoit pris des mouches can-
tharides, il est revenu ici atteint d'une fievre
inflammatoire, à laquelle il a succombé promptement. ...

12 *Septembre*. On voit par le seul arrêt contre
les arrêts de défense, que le parlement, les chambres assemblées, ait rendu concernant les formes
dont il s'occupe, qu'il n'est pas encore fort
avancé. Cependant, deux chambres des enquêtes
ont déja exprimé leur vœu sur d'autres points.
La seconde des enquêtes dans un procès a réduit
à trois cents rôles des écritures d'avocats portées

à huit cents, & la troisieme a fait un réglement pour modifier les frais des secretaires, &
forcer les juges à lire eux-mêmes les pieces. Mais
ces dispositions particulieres n'ont encore aucune
sanction légale, & il faut voir si elles seront
adoptées par le parlement réuni.

13 *Septembre.* Il passe pour constant que le parlement ne voulant pas toutefois abandonner la
possession où il est de faire des représentations
toutes les fois qu'il est question des droits de la
nation ou des corps violés, d'ordres illégaux &
despotiques ; mais craignant en même temps de
se compromettre & de déplaire au roi par trop
d'appareil & de résistance, a fait sourdement
quelques démarches en faveur des bénédictins qui
sont cruellement vexés par l'autorité. Cette cour
a été bientôt arrêtée par la réponse de S. M. qui
l'a tranquillisée & l'a renvoyée après les vacances
& la fin de la convocation du chapitre extraordinaire tenu à Saint-Denis, afin qu'il puisse connoître les vues supérieures de sagesse qui ont provoqué cette assemblée & en juger.

Dom *Mousse*, le supérieur général de la congrégation, dont le pouvoir a dû être suspendu
dès le commencement & pendant la durée du
chapitre, auteur d'ailleurs de la fameuse requête
si mal vue du conseil, ayant refusé de se trouver
à ce chapitre, a reçu un ordre du roi pour s'y
rendre & n'en pas désemparer.

13 *Septembre.* Extrait d'une lettre de Bordeaux,
du 9 septembre.... Les chansons que vous de-
mandez sont trop plates & trop grossieres pour
vous être transmises. Celle contre M. Dupaty cependant n'est pas sans sel, & sur-tout certains
couplets méritent d'être conservés. Par exemple,

ceux-ci où l'on peint son genre d'éloquence, ce sont les quatre, cinq & six. Ils sont sur l'air : *M. l'abbé, où allez-vous, &c.*

Toujours sur les treteaux monté,
Le petit homme est enchanté,
    Et ne cache à personne. . . .
        Eh bien,
Le plaisir qu'il se donne. . .
    Vous m'entendez bien.

Assis sur le trépied sacré,
De l'esprit divin pénétré,
    Chut, il ouvre la bouche. . .
        Eh bien !
Et la montagne accouche. . .
    Vous m'entendez bien.

Le prétoire abreuvé de sang,
La mort volant de rang en rang ;
    Un poignard, une lance. . .
        Eh bien !
Quel foudre d'éloquence ! . . .
    Vous m'entendez bien.

Les sept & huit roulent sur un jeu de mots ; ils sont relatifs à sa naissance, & seroient sans doute injustes & déplacés sans la morgue & l'insolence qu'il a déployées dans sa querelle avec les deux corps qui l'ont bafoué.

Tremblez , avocats , procureurs ,
Le petit homme eft en fureur ;
  Il arme fa colere. . .
    Eh bien !
Du rafoir de fon pere ;
  Vous m'entendez bien.

Ah ! mes amis , que faites-vous ?
Craignez l'effet de fon courroux.
  Il va , je le parie. . .
    Eh bien !
Rafer la compagnie ;
  Vous m'entendez bien.

Dans les couplets dix , onze & douze , enfin ,
l'on attaque trois des plus fameux avocats du
barreau de Bordeaux , à qui l'on reproche leur
lâcheté d'avoir abandonné l'ordre pour refter attachés à un magiftrat avec lequel ils étoient , il
eft vrai , liés avant , mais qui venoit de les in-
fulter indirectement dans la perfonne d'un de leurs
confreres. On révele d'ailleurs les petites manœuvres employées pour donner une confiftance &
une réputation littéraire à M. Dupaty. . . .

  Vils courtifans de ce faquin ,
  De Seze , Garat & Rumain ,
    Vous voilà pour la vie. . .
      Eh bien !
  Voués à l'infamie ;
    Vous m'entendez bien.

              G 5

Vous pouvéz encor l'admirer ;
Vous n'entendrez point murmurer ;
On permet qu'il figure. . .
Eh bien !
Dans un coin du mercure ;
Vous m'entendez bien.

On vous paſſe pour ſes écrits ?
De ſupplier les beaux eſprits ,
Qu'à Paris on le nomme. . . .
Eh bien !
Dupaty le grand homme ,
Vous m'entendez bien.

13 *Septembre.* La nouvelle machine aéroſtatique
à laquelle travaillent meſſieurs de Montgolfier
(car ils ſont deux freres) s'eſt exécutée au fauxbourg Saint-Antoine. Elle eſt compoſée d'une toile
commune , quoique aſſez fine , revétue de papier
en dehors & en dedans exactement collé. Elle a
ſoixante-douze pieds de hauteur ſur trente-huit de
diametre dans ſa plus grande largeur : elle n'eſt
point ronde & a une forme bizarre , difficile à
concevoir quand on ne l'a pas vue , & même à
décrire quand on l'a vue.

Cette machine devoit être transférée à Ver-
ſailles , & l'exécution de ſon aſcenſion avoir lieu
devant le roi , la reine & toute la famille royale
le vendredi 19 ; mais , comme on a voulu faire
un eſſai hier , avec précaution & en la retenant ,
il lui eſt arrivé un déchirement qui ne pourra
peut-être pas être réparé aſſez promptement , &
obligera de retarder ſa tranſlation à la cour.

Des commiffaires de l'académie des fciences
étoient à l'expérience, & fuivent toutes les gra-
dations de la machine.

Comme cette invention excite malheureufement
une jaloufie trop ordinaire entre les favants qui
afpirent à l'honneur de la découverte, & fur-
tout de l'exécution de l'expérience, meffieurs de
Montgolfier apportent beaucoup de myftere à leur
opération, & la machine refte dérobée aux regards des profanes & de ceux qui ne font pas de
leur école.

14 *Septembre*. M. *de Tollendal* avoit fait imprimer clandeftinement à Rouen fon mémoire au
confeil, & l'avoit diftribué aux juges de Normandie, avec cette note : *Pour vous feul, Monfieur;*
il l'a diftribué à Dijon fous le titre de *Mémoire
produit au confeil d'état du roi.*

M. *d'Eprémefnil*, qui n'eft pas moins fécond &
moins avide d'imprimer, a fait répandre *coup-
d'œil fur les derniers volumes publiés par le fieur
Tollendal, fe difant comte de Lally Tollendal.*

Dans ce coup d'œil, le magiftrat reproche d'a-
bord à fon adverfaire d'avoir ajouté dans ce mémoire de nouvelles horreurs aux anciennes, &
de donner comme imprimé à Rouen, ce qui l'a
été à Dijon : il affure poffiéder le manufcrit de
celui de Rouen, & que les deux different dans
des points capitaux.

Il paffe à l'exorde enfuite & foutient que fon
adverfaire, qui s'intitule *fils légitime du comte de
Lally*, n'en eft que le fils naturel ; qu'il n'a jamais été légitimé, ni par lettres du prince,
ni par mariage fubféquent ; il foutient que le
fieur *de Tollendal* n'a jamais foumis au confeil
les preuves de fon état, qu'enfin c'eft un homme

G 6

fans état, fans qualité pour obtenir, fans lettres de relief de laps de temps, la caffation d'un arrêt folemnel, rendu depuis douze ans.

Enfin, M. d'Eprémefnil entre dans le fond du procès, & renverfe les trois propofitions de fon adverfaire : 1°. que le comte de Lally n'a pas été coupable ; 2°. qu'eût-il été le plus coupable des hommes, il a été mal jugé : 3°. que, d'après l'état du procès, il ne pouvoit pas être bien jugé.

Ce n'eft que depuis peu que l'auteur, après avoir fait ufage de cet imprimé à Dijon, a cru devoir le répandre parmi fes confreres à Paris, & vraifemblablement auffi parmi les membres du confeil : comme il eft queftion déja d'une re-quête en caffation contre l'arrêt de Dijon, pré-fentée par le comte de Tollendal & admife, il fe hâte d'offrir ce coup d'œil aux magiftrats du tribunal qui eft une feconde fois faifi de l'affaire, afin de les prémunir contre les nouvelles infi-nuations de fon adverfaire, & leur prouver que, y eût-il quelque défaut de forme dans l'arrêt de Dijon, il eft temps de laiffer dans l'oubli la mémoire d'un homme trop juftement condamné par la loi.

14 *Septembre.* M. *Gatteaux*, graveur des mé-dailles du roi, auteur de celle qui a été accordée dans la féance publique de l'académie françoife du 25 août, n'a voulu recevoir aucune rétribution. La compagnie, très-fenfible à cette générofité, pour lui en témoigner fa foible reconnoiffance, a arrêté que cet artifte feroit prié d'accepter un exemplaire de fon dictionnaire, un billet d'en-trée pour lui à toutes les féances publiques ;

& deux autres billets dont il difpofera à fon gré.

Du refte, la médaille eft d'une compofition fimple & d'un beau travail. Elle repréfente d'un côté Minerve debout, tenant une couronne de laurier, & porte de l'autre cette infcription, *Prix de vertu*, entourée d'une couronne civique.

15 *Septembre*. Extrait d'une lettre de Boulogne, du 8 feptembre.... Notre ville fe glorifie en effet d'avoir produit en BENOIT-JOSEPH *Labre* un perfonnage qui va devenir auffi fameux, & qui court en droite ligne à la canonifation. Le 3 juillet dernier notre évêque a pris le prétexte de publier un mandement ordonnant des prieres pour la confervation des biens de la terre qui n'en avoient pas befoin, & il s'eft étendu avec complaifance fur la merveille du Boulonois; il en a fait un éloge pompeux. Il a fait imprimer à la fuite de cette piece la traduction en françois de l'infcription latine, mife avec l'approbation du faint-fiege dans le cercueil du faifeur de miracles.

M. *Fontaine*, chargé à Rome des affaires de la congrégation de la miffion dont il eft membre, a écrit à ce fujet deux lettres au prélat : dans une du quatre juin, entre les miracles dont il lui rend compte, il cite comme le plus grand, la converfion d'un Anglois, prédicant de Bofton, homme très-inftruit & fort éclairé, qui, ayant pouffé la curiofité jufqu'au point de rechercher lui-même les preuves de plufieurs guérifons opérées par l'interceffion de ce ferviteur de Dieu, n'a pu réfifter à la réalité de plufieurs, & avoit fait adjuration au moment où il écrivoit.

M. *Fontaine* ajoute qu'on a commencé le 4 juin le procès de béatification, & qu'il eft étonnant avec quel zele le public contribue aux dépenses nécessaires pour les informations.

Voilà qui va mettre bien en déroute vos *Diderot* & vos *d'Alembert*.

16 *Septembre.* On connoissoit depuis long-temps les feux d'artifice commencés il y a plus de quinze ans sous le nom des freres *Ruggieri* ; mais le wauxhall du sieur *Torré*, & puis le colysée les avoient fait perdre de vue & tomber absolument. Ces feux viennent de reprendre cette année avec un succés étonnant, & la fureur du public a été portée au point que dans les jours de grande chaleur de cet été, malgré l'étendue de l'emplacement, le sieur *Ruggieri*, qui reste seul aujourd'hui, a été obligé de renvoyer beaucoup de monde. Il est vrai que l'à-propos y a singuliérement contribué.

L'artiste a imaginé de donner une espece de pantomime lyrique, intitulée *le combat, la mort, les funérailles & le réveil de Malborough.* Ce nom seul auroit suffi pour attirer la foule. Mais l'exécution est d'ailleurs supérieure à tout ce qu'on a vu en artifice. Il y a une vérité & une précision difficiles à trouver dans un pareil genre. Le théatre fort vaste suffit aux diverses évolutions militaires qu'on peut desirer ; il est fâcheux seulement que la crainte apparemment de quelque accident empêche de garnir les deux armées d'un nombre aussi considérable de combattants qu'exigeroit la vraisemblance.

Le local vraiment champêtre est charmant, il prête sur-tout à l'illusion, & est plus pittoresque que toute la magnificence des sallons du wauxhall & du colysée.

16 *Septembre.* Le sieur *Bouret*, acteur de la

comédie françoife, vient de mourir aujourd'hui. Il avoit fait les beaux jours de l'opéra comique ; mais , *tel brille au fecond rang qui s'éclipfe au premier :* il avoit perdu toute fa réputation au théatre national. Il a confervé fa gaieté jufqu'à la fin, & faifoit encore rire fes amis peu d'heures avant fa mort.

16 *Septembre.* MM. *de Mongolfier* ont conftruit une nouvelle machine en toile très-folide & à l'abri des intempéries de l'air. La forme eft celle d'une tente de foixante pieds de hauteur fur quarante de diametre, à fond d'azur , avec fon pavillon & tous fes ornements en couleur d'or. Elle contiendra quarante mille pieds cubes de gaz , & pourra enlever environ douze cents livres; la charge ne fera cependant que de fix cents livres , outre fon propre poids de douze cents. Ces artiftes ont opéré fi promptement , qu'ils ont été à Verfailles hier prendre l'ordre du roi pour le jour & l'heure. S. M. a choifi toujours le vendredi 19 , à une heure après midi. C'eft dans la grande cour du château que fe fera l'expérience.

17 *Septembre.* On voit à Paris un inftrument nouveau d'agriculture, qu'on appelle *Semoir.* Avec fon fecours on laboure , on feme & l'on herfe en même temps pour enterrer la femence. On en dit la méchanique d'autant plus curieufe , qu'elle eft de toute fimplicité. L'expérience en a été faite à Chaillot , & elle a réufli parfaitement , à ce que rapportent les témoins. Elle doit fe réitérer inceffamment d'une maniere plus authentique.

17 *Septembre.* Le fieur *d'Auberval* s'eft enfin rendu au goût décidé & conftant de mademoifelle *Théodore* pour lui , & il vient de l'époufer depuis qu'il a quitté le théatre de l'opera.

18 *Septembre.* On attend toujours avec impatience ici la publicité de l'arret du parlement de Dijon, que M. *d'Eprémefnil* déclaroit qu'il afficheroit lui-même , fi fon adverfaire avoit affez de crédit pour empêcher de le faire , les hommes deftinés à cet office , attendu qu'il ne connoiffoit point d'autorité capable de s'y oppofer légalement. En voici au furplus les principales difpofitions fuffifamment connues. L'arrét eft du famedi vingt-trois août.... La cour, grand'chambre affemblée , déclare *Thomas Arthur de Lally* duement atteint & convaincu de n'avoir pas fuivi fes inftruction, d'abus d'autorité ; d'avoir par des difcours outrageants , manifefté fa haine contre le confeil & les habitants de Pondichery ; d'avoir exercé plufieurs vexations , tant contre les membres du confeil , que contre les habitants blancs & noirs de la colonie ; d'avoir tenu des propos propres à infpirer le découragement : d'avoir, dans le temps même où elle étoit dans un befoin preffant , commis l'ufure en exigeant de la compagnie des Indes, fous le nom d'une perfonne fuppofée , des intérêts à trente pour cent ; d'avoir, par fa capitulation , abandonné & facrifié les intérêts des habitants de Pondichery & de toute la colonie : pour réparation de quoi , & autres cas réfultant des procédures , a condamné la mémoire de *Thomas Arthur de Lally*, &c. : & quant aux autres accufés impliqués au procès au nombre de dix - neuf,

De Fer renvoyé à fe retirer pardevers le roi, pour fe pourvoir de lettres de rémiffion.

Fretard de Gadevelle, mis hors de cour, élargi, &c.

Chaponay, *de Pouilly*, *Allen* & *Rochette*, renvoyés des accusations contr'eux intentées, &c.

Novouna, *le frere Funch*, *Ramatinga*, *Harpy*, *Jacquelot* & deux quidam, lieutenants au régiment de Lorraine, mis hors de cour.

Méaglier, *Deschaux* & *Fouacier*, renvoyés des accusations contr'eux intentées.

Derard de Chambory, renvoyé de toute accusation.

La mémoire de *Daché* & de *Bazin*, déchargée de toute accusation contr'eux intentée.

Prononçant sur les plus amples réquisitions du procureur-général du roi, ordonné par la cour que les mémoires imprimés & signifiés au parlement de Paris de la part de *Thomas Arthur de Lally*, seront supprimés comme contenant des faits faux & calomnieux.

Ordonne que le mémoire prétendu produit au conseil du roi, imprimé à Rouen en 1779, signifié au procureur-général de la part de Trophime Gerard de Lally Tollendal, sera *lacéré & brûlé par l'exécuteur de la haute justice*, comme contenant des faits calomnieux, faux dans leur substance, dans leur énoncé & dans les circonstances, contraires au respect dû à la magistrature, en outre calomnieux & injurieux à la mémoire & aux personnes d'un grand nombre de bons & fideles serviteurs du roi, de tous rangs & états. Défendu aux libraires, imprimeurs, colporteurs & autres de le distribuer, *à peine de punition corporelle*, &c.

Prononçant sur l'intervention de Jacques d'Eprémesnil.... Ordonné que les mémoires joints à sa

requête, autres que ceux sur lesquels il a déjà été
prononcé, demeureront supprimés comme faux,
calomnieux *en ce qui touche la mémoire de George
Duval de Leyrit.* Condamne ledit Lally de Tollendal, qualité qu'il agit, aux dépens de ladite
intervention ; permis à Duval d'Eprémesnil de
faire imprimer & afficher le présent arrêt par-tout
où besoin sera, aux frais & dépens dudit Lally
de Tollendal, jusqu'à concurrence de cinq cents
exemplaires.

19 *Septembre.* Extrait d'une lettre de Versailles,
le 19 septembre.... Messieurs *de Montgolfier* se
sont établis ce matin avec leur machine dans la
première cour du château de Versailles. Ils ont
fait ramasser tous les vieux souliers qu'on a pu
trouver, & les ont fait jeter dans un feu de paille
mouillée, où l'on prétend qu'il y avoit aussi des
charognes d'animaux pourris : telles sont les
matières de leur gaz. Le roi & la reine sont
venus voir de près cette machine; mais l'odeur
infecte a obligé leurs majestés de se retirer.

A une heure après midi, il a été tiré une première boîte pour annoncer le moment de l'introduction du gaz dans la machine; après environ dix minutes, seconde boîte pour indiquer
qu'elle étoit remplie ; enfin l'instant où l'on a
coupé les cordes qui retenoient la machine pour
la laisser à elle-même, a été marqué par une
troisième boîte.

L'ascension de cette machine, beaucoup plus
lente que celle de messieurs *Charles* & *Robert*,
est estimée d'environ deux cents toises de hauteur. Le vent d'ouest l'a forcé de prendre ensuite
un cours horizontal qui a duré vingt-sept secondes :
après quoi elle a commencé à décliner sensible-

nient, & a fini par tomber dans le bois de Vau-
creffon, au lieu appellé *le carrefour-Maréchal*,
diftant demi-lieue du point de fon départ.

On avoit attaché à la partie inférieure de la
machine un panier d'ofier, dans lequel étoient un
mouton, un canard & un coq, & au deffus un
barometre. Le panier après la chûte de la machine, s'en eft trouvé féparé. Le mouton man-
geoit dans fa cage; le canard paroiffoit n'avoir
point foufiert; mais le coq en tombant s'étoit caffé
la tête, & le barometre étoit renverfé fans fracture.
On affure que la machine n'eft point endom-
magée.

Rien de plus beau que le coup-d'œil du monde
immenfe accouru à ce fpectacle; il n'y a pas
jufqu'aux toits du château qui n'en fuffent garnis.
On a beaucoup applaudi; mais on a été très-
mécontent de la fuite.

19 *Septembre*. M. *Garat*, dont on a parlé
plufieurs fois à raifon de fon talent fingulier,
qui brille depuis un an dans cette capitale, vient
d'être attaché à la cour par une place honorifique
de fecrétaire du cabinet du comte d'Artois, dont
fon alteffe royale l'a gratifié fur la priere de M. le
comte de Vaudreuil.

19 *Septembre*. Les comédiens italiens ont donné
aujourd'hui la premiere repréfentation d'*Amélie
& Monrofe*, drame en quatre actes & en profe.
Il ne faut point confondre ce drame avec la foule
des pieces qu'on voit paraître & tomber prefque
en même temps fur ce théatre, ou s'y trainer
lentement pour en difparoître enfuite tout-à-fait:
il eft non-feulement fupérieur à tous les drames
qu'on y joue, mais peut-être à tout ce que la
comédie françoife a de plus eftimé en ce genre.

Il eſt fâcheux que les acteurs n'aient pas répondu à l'excellent de leurs rôles , qu'ils aient
tous failli , & que même le ſieur *Granger* ſe
ſoit trouvé en pluſieurs endroits fort au deſſous
du ſien.

Ce drame mérite une analyſe plus détaillée.
En attendant, on peut aſſurer qu'il eſt du plus
grand intérêt , & que commençant dès le premier acte, il va, ſans s'affoiblir jamais , toujours
croiſſant juſqu'à la derniere ſcene.

Après la piece on a demandé l'auteur, & le
ſieur Granger eſt venu annoncer au public qu'il
étoit inconnu.

2 *Septembre*. Les comédiens françois annonçoient déja depuis quelques temps la tragédie de
Macbeth , imitée de l'anglois de M. Shakeſpear,
par M. *Ducis*. Le ſieur *Larive* qui en fait le
principal rôle , s'eſt trouvé ſubitement pris d'une
maladie grave qui ne lui permettra pas de jouer
de long-temps, car on dit qu'il eſt attaqué du
foie. L'auteur qui ſent l'importance du jeu de
l'acteur , aime mieux retirer ſa piece & attendre
la circonſtance favorable de la jouer.

10 *Septembre*. M. *Bouret* étoit fort aimé &
eſtimé de ſes camarades ; il laiſſe une femme &
deux enfants peu à leur aiſe. Les comédiens ont
arrêté de faire une penſion à chacun des enfants.

Par un concours de circonſtances remarquables, le ſieur *bouret*, qui ne s'eſt alité que peu
de jours avant ſa mort , mais ne jouoit pas depuis
long-temps, comme attaqué d'une maladie de
langueur, s'étoit rencontré avec le ſieur *carlin*,
ils avoient trinqué enſemble, s'étoient égayés &
fait leurs derniers adieux, qui ſe ſont vérifiés
très promptement de part & d'autre.

21 *Septembre.* M. *bonnieu*, abfolument exclu du fallon de peinture qui a lieu cette année, en a ouvert un dans fon attelier, qui, fans être auffi nombreux, vaut bien l'autre dans fon efpece. On y voit, entr'autres, quatre grands tableaux d'hiftoire. On ne parlera point de l'*Adam & Eve* dont il a déja été fait mention il y a deux ans; on trouve feulement que les chairs de la femme ont un peu jauni.

Le fecond tableau eft ce que l'artifte appelle *le Déluge.* On y voit cinq figures en tout ou en partie. La premiere eft un homme qui s'eft fauvé fur un rocher; il eft avec une femme tenant un petit enfant; l'eau les gagne fenfiblement; un des pieds de la mere eft déja dans l'eau : elle gliffe, & fon attitude caractérife la difficulté qu'elle a de lutter contre l'élément vainqueur : l'homme fe courbe comme pour la retenir. Toute cette fcene fe paffe dans la demi - teinte, parce que les cataractes du ciel font ouvertes, & que la vapeur de la pluie forme un orage qui obfcurit les airs. Des pieds qui furnagent d'une part, & de l'autre la tête d'un malheureux, la feule partie qu'il ait hors de l'eau encore, indiquent que l'auteur a choifi l'inftant où cette calamité va fe confommer parfaitement par la deftruction de la nature humaine entiere, fauf l'arche qui s'entrevoit voguant dans le lointain. Il regne dans la compofition une horreur qui paffe dans l'ame du fpectateur & la faifit. Du refte, le faire en eft fuperbe, &, malgré fa fimplicité, que les détracteurs traitent de ftérilité en un fujet auffi vafte, ce tableau fuffiroit feul pour l'immortalifer.

Jupiter & Antiope font le fujet du troifieme. La nymphe, dans la nudité la plus parfaite, dort appuyée contre un arbre : elle a ce calme, cet abandon du fommeil doux & profond ; de fa main gauche elle couvre la partie de fes charmes fecrets ; & quelques doigts cachés dans l'ombre donnent matiere aux obfervations des critiques, dont l'imagination libertine en foupçonne un ufage malhonnête, trop contraire d'ailleurs au caractere de cette nymphe pudique.

Le *Jupiter*, fous la forme d'un Faune, approche ; il la regarde à travers le feuillage. Il eft dans l'attitude du defir le plus violent. Sa main entr'ouverte femble avide de fe porter fur tant d'appas. L'artifte, adroitement par la pofition du dieu qui, appuyé derriere l'arbre, n'avance que la partie fupérieure de fon corps, lui a caché ce que la partie inférieure auroit préfenté de trop priapique. Expreffion, deffin, perfpective, ton de chairs, beau fite, tout en eft précieux & fini.

Le quatrieme fujet traité par M. Bonnieu, eft la *Magdelaine*. Il eft difficile d'être original en ce genre après tant d'excellents tableaux fur la même matiere. L'attitude de la nouvelle pénitente eft belle ; elle eft bien dans la douleur, mais elle eft trop jeune ; les chairs en font trop fraiches, trop pures, trop virginales.

21 *Septembre*. Les fyndics de la librairie ont reçu un ordre de M. *Camus de Neville*, qui leur enjoint, de la part de M. le garde-des-fceaux, d'empêcher la diftribution & réimpreffion de deux ouvrages, dont l'un porte le titre de *Journal du fiege de Gibraltar*; & l'autre, *Journal de la campagne de M. de Suffren*: de faire les recherches néceffaires pour monter à la fource de cette

infraction aux réglements, & de lui rendre compte du fuccès de leurs démarches.

L'ordre eft tout récent, & daté du 18 de ce mois.

21 Septembre. De fon côté, M. *de Tollendal,* pour anéantir l'effet que pourroit produire dans l'efprit des magiftrats, du confeil & du public, l'imprimé répandu récemment par M. d'Eprémesnil, en diftribue avec profufion un ayant pour titre : *Difcours du comte de Lally Tollendal, dans l'interrogatoire qu'il a prêté au parlement de Dijon, en qualité de curateur, à la mémoire du comte de Lally fon père, le famedi 16 août 1783,* écrit dont l'auteur continue de fe montrer infiniment plus éloquent que fon adverfaire.

Ce qu'il y a de plus particulier ici, quant aux faits, c'eft un acte foufcrit de vingt-neuf témoins, prefque tous officiers ayant fervi dans l'Inde fous le comte de Lally, & réfutant tout ce qui a été avancé contre lui ; c'eft une déclaration du marquis de Montmorenci-Laval, que monfieur *d'Eprémefnil,* dans fon fecond mémoire diftribué à Dijon, avoit déclaré incapable de figner jamais : *qu'il tient le général Lally pour honnête homme :* qui figne que non-feulement *il tient le général de Lally pour honnête homme, mais encore pour brave & zélé ferviteur du roi.*

22 Septembre. On vient déja de mettre en fcene Mad. la comteffe de *Tejé,* morte depuis peu. C'étoit la veuve du premier écuyer, qui, après avoir été galante, avoit donné durant fa vieilleffe dans la dévotion & le bel efprit Du moins c'eft ce qu'on infère de cette épitre où il y a de l'efprit, mais à la *Marivaux,* avec un air naturel très alambiqué. Telle eft la façon d'en juger de ceux qui l'ont lue.

22 *Septembre.* On répète trois grands opéra nouveaux pour Fontainebleau, *la Foire du Caire*, paroles de M. *Morel*, & musique de M. *Grétry*; *Didon*, paroles de M. *Marmontel* & musique de *Piccini*; enfin le *cid*, paroles de *Guillard* & musique de M. *Sacchini*.

23 *Septembre.* Les *Muses au foyer de l'opéra*, brochure qui n'a rien de piquant que le titre auquel le fonds ne se rapporte en rien. C'est simplement un recueil de pieces de vers déja connues pour la plupart, & en général assez grivoises. Voilà le seul point d'où l'on en pourroit tirer quelque analogie avec le frontispice. Du reste, les auteurs des pieces sont presque tous nommés; ce qui ne plaira peut-être pas à plusieurs.

23 *Septembre.* M. *Van-Spaendonck*, peintre du roi & académicien, a continué d'exposer cette année au Sallon des chef-d'œuvres de nature morte; mais il excelle sur-tout dans les fruits, dans les fleurs & dans leur feuillage. Un poëte latin a écrit de sa main au bas des tableaux de ce grand maître le quatrain suivant :

> *Cum simulas flores, & mixtas floribus herbas,*
> *Ipsa suos hortos, Flora videre putat ;*
> *Nec dubitant calathos decepta quærere nymphæ,*
> *Ut plenis manibus munera verna legant.*

On a traduit ainsi en françois ces vers latins.

> Ton feuillage, tes fruits & tes roses vermeilles,
> Tromperoient même Flore errante en ses jardins.
> Les nymphes à l'envi vont chercher des corbeilles,
> Pour les cueillir à pleines mains.

23 Septembre. C'est le prieur de Vandry qui a été arrêté à l'abbaye de Saint-Germain-des-Prés, où il étoit venu loger ; son frere, prieur en Normandie, qui devoit subir le même sort, mais qui logeoit heureusement ailleurs, a été averti à temps & a échappé. Le grief étoit la composition d'une diatribe violente contre les prélats commissaires nommés pour présider au chapitre, les archevêques de Narbonne & de Bordeaux. On dit que le premier y est sur-tout peint dans une grande vérité, qu'on y entre dans des détails de la vie très-particuliers. Aussi le prélat met-il le plus grand acharnement à laisser l'auteur en captivité : en vain a-t-on taché de le calmer, de l'engager à interposer lui-même ses bons offices pour la délivrance du prieur de Vandry : il a répondu avec une fureur peu évangelique, que cet écrit vain ne sortiroit pas de prison tant qu'il seroit le maître de l'y laisser.

Du reste, il paroît que le prieur de Vandry a été trahi par quelques-uns de ses confreres de Saint-Denis, attachés secrétement au parti des prélats, & que le ballot des pamphlets venant de cette abbaye à Paris, a été arrêté sur les avis qu'ils en ont donné à la police : en sorte que tout a été saisi. On dit pourtant qu'il en existe quelques exemplaires que l'auteur avoit passé lui-même.

24 Septembre. On a parlé, il y a plusieurs années, d'un prix considérable proposé par les habitants de la Martinique pour celui qui donneroit le secret de détruire les fourmis qui ravagent cette colonie. Il paroît que ce fléau s'est étendu aussi dans d'autres. M. *de Barry*, commissaire-général des ports & arsenaux de la marine, ancien ordonnateur & président du conseil supérieur de l'isle Grénade, vient de publier un *mémoire sur les fourmis des champs à sucre*, où il renverse toutes les idées reçues à cet égard, & regarde comme un préjugé d'attribuer à ces insectes un mal dont ils sont innocents. Il prétend que ce sont les puccrons qui le causent, & propose un moyen de remédier à cette dévastation. Quoique ses raisonnements soient assez spécieux, on ne peut regarder encore son opinion que comme hasardée & ne pouvant balancer l'opinion générale des colons, appuyée malheureusement sur une expérience trop longue & trop soutenue.

C'est M. *Guettard*, membre de l'académie des sciences, qui a souscrit l'approbation de ce mémoire en date du 9 août dernier, mais dans laquelle il est très-circonspect & se donne bien de garde de prendre parti.

24 *Septembre*. La jalousie augmente entre les deux partis des *Montgolfier* & des *Charles & Robert*. Il est certain que la machine des derniers s'est élevée beaucoup plus promptement & plus haut, qu'elle est restée plus long-temps en l'air, & qu'elle est tombée plus loin ; en un mot, que leur expérience a beaucoup mieux réussi : en conséquence on appelle l'un le *Globe terrestre*, & l'autre le *Globe céleste*.

Messieurs de *Montgolfier* répondent qu'ils n'ont voulu que répéter l'expérience d'Annonay ; que leur gaz est infiniment moins dispendieux que celui de M. *Charles* ; qu'il faut infiniment moins de temps pour l'obtenir & en remplir la machine, & que, si l'on peut en tirer quelque utilité, c'est sur-tout en ménageant les frais assez pour répéter souvent une expérience, qui autrement ne resteroit que de pure curiosité.

Les calembouristes de ce parti ont fait une gravure qui représente la machine de M. *Charles* enfoncée dans les nuages, & celui-ci la bouche béante, la considérant; avec cette devise : *Carolus expectat* : *Charles attend*, (*Charlatan*).

M. *Franklin*, interrogé sur l'usage qu'on pourroit faire de cette découverte, a répondu ingénieusement : *C'est l'enfant qui vient de naître.*

25 *Septembre.* On convient assez généralement aujourd'hui que l'auteur du drame nouveau, joué sur le théâtre italien pour la premiere fois la semaine derniere, est d'un membre de la faculté, & qu'il se nomme *Baigneres.* La crainte de scandaliser les docteurs ses confreres, l'a déterminé à apporter beaucoup de précaution pour conserver *l'incognito*, au moins jusqu'au succès décidé de l'ouvrage.

Aujourd'hui qu'on ne peut en attaquer le fonds, on en conteste l'invention à l'auteur. On prétend que le sujet est tiré d'une anecdote qui se trouve dans la *Bibliotheque des Romans*; que les Allemands l'ont transportée sur leur théâtre, & que M. *Baignieres* a suivi mot-à-mot la piece qui lui a servi de modele, à l'exception du dénouement qu'il a rendu moins tragique. Enfin, on en critique le style, qu'on trouve foible & souvent même négligé.

25 *Septembre.* Le bruit se répand dans la faculté que le docteur *Lorry* est mort aux eaux, où il étoit allé malgré lui. Depuis son attaque d'apoplexie il ne s'étoit jamais bien rétabli; cependant il redoutoit ce voyage si utile dans ce genre de maladie, & avoit prédit qu'il lui seroit fu-

neste. C'étoit, dans son bon temps, un des plus savants, des plus aimables & des plus gais médecins qu'il soit possible de voir. Les femmes & les gens de lettres l'appelloient volontiers. On lui a reproché d'avoir mis à la mode ces bulletins précieux & recherchés, où, sous prétexte d'éviter le pédantisme des anciens, il donnoit dans le néologisme & le galimatias; de-là un ridicule auquel il a prêté, & qui a engagé *Poinsinet* à le mettre en scène dans sa comédie du *cercle*.

M. *Lorry* avoit un autre tort vis-à-vis la faculté, celui d'être entré dans la société royale, & d'avoir contribué des premiers à lui donner de la consistance & du crédit.

Il étoit garçon; il aimoit beaucoup la table & les filles; il avoit une petite maison où après avoir vaqué à ses malades, il se retiroit le soir & faisoit des soupers anacréontiques qui duroient fort avant dans la nuit. Aussi, malgré son voyage, laisse-t-il peu de fortune.

26 *Septembre. Lettre de feu madame la comtesse de Tessé à madame la comtesse de M.....
qui porte le nom de Louise.* Tel est le titre de la pièce manuscrite dont on a parlé, qui court les sociétés. Elle est datée des Champs-Elysées le 23 août, & conçue en ces termes:

« Mon enfant gâté de l'autre monde, mon ombre vous souhaite une bonne fête; comme je n'ai perdu que la vie & que la mémoire m'est restée, je me souviens que c'est la vôtre, & je vous envoie pour bouquet deux caisses de fleurs, qui ne feront pas mal dans le coin de votre sallon bleu. Sans y être jamais entrée, je sais qu'il ressemble à un ciel, & cela me paroît naturel: telle propriétaire, tel logis.

„ J'accompagne mon bouquet d'une lettre, par les raisons que je vais vous déduire : car j'étois diseuse là-bas pour parler à ceux que j'aimois : je le suis ici pour qu'ils y pensent

„ Je veux que vous me regrettiez , mais je veux que ce soit sans me plaindre , parce que je suis aux Champs-Elysées, ma chere enfant. L'on est bien là ; je me complais à vous en apprendre des nouvelles ; on ne m'appelle plus comtesse ; on m'appelle Tessé tout court ; je trouve cela neuf, mais juste, parce qu'ici l'on n'est rien : & tout. Comment cela ? On est heureuse.

„ Savez vous qui est-ce qui m'a reçu ? *Lucrece* & *Ninon*. J'en ai demandé la raison : on m'a répondu : elle est simple ; c'est que vous avez tenu un milieu entre ces deux fameuses beautés, & vous aviez raison toutes trois. *Lucrece* étoit folle d'être si sage ; *Ninon* étoit sage d'être si folle ; vous n'étiez trop l'une , ni trop l'autre ; mais vous étiez bonnes toutes trois : & qui reçoit-on ? Les bons.

„ Et ce vilain *Tarquin* , me direz-vous ? Eh ! mon enfant, il n'y est pas. En fait d'hommes , on n'en reçoit que d'une sorte , de ceux qui méritent le bonheur, & non pas de ceux qui l'arrachent ; on ne trouve ici que des gens qui croient le plaisir une sagesse, & aiment la sagesse comme plaisir. Ah ! comtesse , quelle societé ! point d'ingrats, & point de roués ! On est aimable, parce qu'on l'est, & non pas parce qu'on cherche à l'être ; on ne quitte jamais, on possede toujours. Il est vrai qu'on a tout le monde ; mais tout ce monde-là n'est rien qu'un , parce qu'il n'y a qu'un cœur pour tout le monde.

„ On me plaisante sur mon théatin ; c'est *Ninon* ,

H 5

comme vous entendez ; mais elle me plaifante pour rire, & je la défarme en riant, je réponds par la vérité ; & cela prend, parce qu'on l'aime ici. Qu'eft-ce que le monde, lui ai-je dit ? Un théatre de marionnettes, où il faut que chacun joue fon rôle. Qui eft-ce qui le fixe ? L'état & l'âge ; quand on eft jeune, fraîche & belle, fon directeur ; c'eft fon ami, quand on n'eft plus ce qu'on étoit ; fon ami, c'eft fon directeur ; c'eft pour foi qu'on a le premier : on a le fecond pour les autres ; mais que préféreriez-vous, Louife ? Pourquoi cela ? C'eft qu'elle eft bonne & qu'elle a de quoi devenir meilleure. A propos, petite libertine, vous allez donc à Saint-Omer pour faire tourner toutes les têtes... & la vôtre ? Ah ! il eft aimable... je crains pour vous.

„ Ecoutez-moi, ma chere enfant : dites bien des chofes de ma part à Mad. *de Boulinvilliers*. Un des grands torts de votre bas-monde, c'eft d'oublier trop vîte les morts ; elle ne l'a pas, je lui en fais gré ; je l'aimois là-bas ; je l'aimerai ici.

„ Vous avez auffi une madame la comteffe de *Beauharnois*, voifine dont on rafolle dans ce pays-ci ; elle n'y pas encore ; tant mieux, nous aimons que les bons vous reftent, parce que vous n'en avez guere. Nous avons auffi *Dorat*, célibataire qui la chante du matin au foir, & elle le mérite, je le fai, car elle a de l'efprit comme un ange, & une ame comme dans ce monde-ci. Dites-lui, pour lui faire plaifir, que fon ami eft très-heureux. Il a ici deux acolytes qu'on lui a donnés pour raifon, c'eft *Anacréon* & *Fontenelle* ; il marche de pair avec l'un, & rend déja l'autre fenfible ; c'eft un miracle, mais il l'opere.

„Et ces prudes , comme j'en ris ; ces femmes
qui venoient fouper chez moi , pour qu'on dît
d'elles : *elles vont là* ; mais je ne ris pas de tout
le monde au moins.

„Quoiqu'on ne faffe point d'enfants ici , on
s'intéreffe beaucoup au meres qui s'amufent à faire
des amours ; vous en connoiffez une , n'eft-ce pas?
Elle rime en *an*, elle a raifon. Par le ton de fon air,
on dit *charmant*, fon efprit *charmant*, encore
fon cœur *intéreffant* y rime jufte : la voilà , c'eft
Lufan. Envoyez-la-moi dans un fiecle , je la
placerai auprès de *Rouffeau* , & fon écuyer fera
Chaulieu ; elle brûlera l'un & fixera l'autre.

„Et le cher baron *de Tott* , qu'en faites-vous?
Mille excufes , quand vous le verrez ; je l'ai
maltraité fur ma fin ; mais je me mourois, c'eft
le cas de radoter.

„Que direz-vous , ma chere enfant , de ce
vilain abbé *de Modene* (1) , qui eft venu frapper
ici? Un débauché! fi donc! l'horreur! *Voifenon*
l'a chaffé comme profane ; mais nous guettons
l'abbé de *Bernis*.

„Adieu , ma chere enfant ; ménagez-vous : je
ne vous attends que dans foixante ans, parce
qu'il faut être affez là-bas pour mieux goûter le
bien d'ici.

„Plus qu'un petit confeil , & je vous laiffe ;
foyez jeune fans crainte de vieillir ; vieilliffez fans
crainte d'être jeune ; reftez bonne comme vous
êtes aimable ; foyez aimante pour être aimée. Le

***

(1) Le frere ou coufin du gouverneur du Luxembourg,
mort depuis peu.

H 4

bonheur dans le monde, le voici : sentir, & bien placer ce que l'on sent.

„ Je vous écrirai au jour de l'an.

TESSÉ, rajeunie & heureuse.

27 *Septembre*. Le *mariage de Figaro* a été joué en effet hier chez le comte *de Vaudreuil* à Genevilliers, où l'on n'entroit que par billet. La reine devoit honorer ce spectacle de sa présence, mais n'a pu s'y trouver à cause d'une incommodité qui lui est survenue. M. le comte *d'Artois* s'y est rendu.

Mad. la duchesse *de Polignac* a eu la permission de quitter M. le dauphin pour assister aussi à cette piece accompagnée d'une fête. Le spectacle n'a commencé qu'à neuf heures.

On assure que le *mariage de Figaro* a eu un très-grand succès.

27 *Septembre*. Hier il s'est passé dans le foyer intérieur de l'opera une scene dont on parle beaucoup à raison d'un des deux acteurs très connus, c'est le sieur *Louis*, auteur de la salle d'opéra de Bordeaux, de différents autres morceaux d'architecture célebres, & directeur des travaux actuels de M. le duc *de Chartres*. Cet artiste est pétri d'amour-propre ; il est fort impudent. Le mardi précédent dans le même lieu il avoit, disputant sur Mad. de Saint-Huberty, qui, absente long-temps du théatre, venoit d'y reparoître, tenu des propos très-malhonnêtes à un monsieur *Bonnafoux* de Bordeaux, particulier qui a beaucoup voyagé, qui a pris quelque connoissance des langues & des arts, & tranche despotiquement en pareille matiere. Celui-ci, au sortir de l'enceinte, demanda raison à son adversaire de son impertinence. Le sieur *Louis* éluda de donner un

rendez - vous. Comme M. *Bonnafoux* n'avoit point d'épée , il ne put pousser plus loin la rixe & menaça seulement l'architecte de lui couper les oreilles lorsqu'il le rencontreroit.

Le sieur *Louis* a eu peur : il a d'abord envoyé sa femme à M. *Bonnafoux*, qui l'a fort mal reçue : n'osant sortir avant la fin de la querelle , il a été obligé de rendre compte au duc *de Chartres* des motifs de son absence. Ce prince , qui ne vouloit pas que son bâtiment en souffrît , a chargé l'abbé *Barteau* d'arranger l'affaire ; & le sieur Louis , aussi bas qu'impudent , s'est soumis à faire une réparation publique au même lieu où il avoit commis l'insulte. Il a dit à M. *Bonnafoux*, en présence de la foule ordinaire dans ce foyer , que la circonstance avoit encore augmentée : *Monsieur, je suis fâché de ce qui s'est passé ; je vous en demande pardon , & je vous prie de croire que je n'ai point eu envie de vous offenser.*

28 Septembre. Dans les deux premiers actes du drame qu'on joue actuellement sur le théâtre italien avec un plein succès , la scene représente une campagne auprès de Londres.

Monrose, dont le pere est mort sur l'échafaud , victime de son attachement pour *Charles premier*, obligé de se dérober aux poursuites de *Cromwel*, ne peut résister à la passion qu'il ressent pour *Amélie*, fille de *Suffolk*, l'un des soutiens de l'usurpateur : il arrive à Londres au moment où le pere *d'Amélie* la presse d'épouser *Surrey*, son ami & favori du protecteur. Il lui déclare qu'il n'y a pas un instant à perdre , qu'il vient l'épouser secrétement & l'enlever. La jeune personne se refuse d'abord aux instances de son amant ; &, malgré l'attachement qu'elle a pour lui, ne

H 5

peut confentir à une démarche auffi hardie, auffi
affligeante pour fon pere. Monrofe défefpéré, a
recours à Surrey, auquel il eft lié par l'amitié
la plus étroite & eft décidé à fe remettre aux
mains même du tyran, s'il ne peut fléchir
Amélie. Surrey, dont la paffion pour Amélie n'eft
pas moins violente que celle de Monrofe, n'écou-
tant cependant que la voix de l'honneur & fon
zele pour fon ami, cherche à le détourner de cet
horrible projet. Il eft dans cet état de violence,
lorfqu'un de fes prétendus amis, nommé Sudley,
vient le voir & le féliciter fur fon mariage arrêté
avec Amélie. Surrey, furchargé de fa douleur, ne
peut s'empêcher de s'ouvrir à ce traître, & en
lui expofant les combats qu'il éprouve, révele
l'arrivée de Monrofe. Sudley ambitieux, profite
de cette ouverture pour aller annoncer à Cromwel une nouvelle intéreffante.

Au fecond acte, la fituation de Surrey devient
plus violente par la nouvelle que lui donne
Monrofe du confentement d'Amélie à lui donner
la main, & à l'accompagner dans fa fuite. Il lui
demande les fecours dont il a befoin. Surrey,
toujours magnanime, triomphe encore de fon
amour, de fa jaloufie, de fon défefpoir, de
toutes les paffions dont il eft dévoré, & fort pour
aller ordonner les préparatifs néceffaires au départ
des deux amants. Dans ces entrefaites le pere
d'Amélie a appris l'arrivée de Monrofe, l'horrible
projet de fa fille, fa perfidie; il fait arrêter par
fes gens fon amant. Surrey revient & pouffe
l'héroïfme jufqu'à faire rougir Suffolk de fon
indigne action. Au moment où celui-ci confent
à rendre la liberté à Monrofe, on l'inftruit que
Cromwel l'a réclamé.

Au troifieme acte qui repréfente la prifon de Monrofe , il y reçoit fucceffivement un vieux domeftique de fon pere *Suffolk* & *Surrey*. Celui-ci lui annonce qu'il a donné la mort au traître qui a abufé de fon fecret, mais qu'il a vainement tenté de fléchir Cromwel. Il ne voit qu'un moyen de délivrer fon ami, c'eft de prendre fa place. Monrofe peut fe fervir du manteau dans lequel il arrive enveloppé , & échapper ainfi aux géoliers que l'or a déja rendus plus dociles. Après un combat d'amitié , où Monrofe prend Surrey par fon endroit foible , par l'efpoir de voir encore une fois Amélie & de la ramener à la vie qu'elle eft fur le point de perdre dans fa douleur, le prifonnier confent à ce traveftiffement , bien décidé à revenir & à fubir fon fort funefte. On ne tarde pas à venir prendre le criminel pour le conduire au fupplice.

Le théatre change de nouveau au quatrieme acte. On voit l'appartement de Suffolk. Sa fille eft déterminée d'aller trouver Monrofe dans fa prifon, lorfqu'il furvient , fe jette à fes pieds , lui apprend le généreux facrifice de fon ami , & lui déclare que l'honneur ne lui permet pas de refter plus long-temps avec elle, & qu'il va fe remettre lui-même aux mains de Cromwel. Enfin , Surrey paroît & leur annonce qu'il doit fa liberté à la faveur du peuple ; il prie Suffolk d'unir Amélie & Monrofe , & les engage à fuir auprès de leur roi légitime.

28 *septembre.* Mercredi dernier 24 du mois , les comédiens italiens jouiffant de leur privilege d'enfants de l'églife, ont fait célébrer aux petits peres de la place des Victoires un fervice pour le repos de l'ame du fieur *Carlin* , leur arlequin ;

mort en plein exercice. Ils ont mis à ce spectacle toute la pompe dont il étoit susceptible
L'opéra & la comédie françoise, invités en corps,
y ont assisté. On a été peu édifié du premier :
plusieurs de ses membres s'y tenoient fort indé-
cemment, on a sur-tout été très-scandalisé des
singeries de la Dlle. *Dorival* & du sieur *l'estris*.

Les acteurs & actrices de la comédie françoise
s'y sont montrés au contraire avec une majesté
digne du cothurne ; on admiroit les dames ayant
de grands livres devant elles, tout neufs, achetés
pour la cérémonie, dont elles ne détournoient
pas les yeux.

Quant à messieurs & Dames de la comédie
italienne représentant le deuil, ils sont accou-
tumés à aller à l'église & à s'y comporter en
bons catholiques.

29 *Septembre*. Ce n'est que jusqu'à l'âge de
vingt-un ans que les comédiens font aux enfants
de Bourret une pension en forme de dot pour leur
éducation ; mais ils ont arrêté en outre de supplier messieurs les gentilshommes de la chambre
d'accorder à sa veuve les trois quarts de part
qu'avoit le mari pour le reste de l'année dramatique, dont la clôture n'est qu'à pâque 1784, ce
qu'on estime pouvoir être un objet d'environ
dix mille francs. Du reste, de mémoire d'homme,
on n'a point vu d'enterrement pareil à celui de
Bourret, non à raison de la magnificence de la
pompe, mais par l'affliction qui régnoit sur tous
les visages. Tous ses camarades y ont assisté, sauf
le sieur *Molé* qui faisoit faire ce jour-là un service
pour sa femme, le sieur *Larive*, qui est malade,
& le sieur *Préville*. Tous les divers officiers,
suppôts, valets de théâtre de la comédie, s'étoient

fait un devoir de s'y rendre, & tous pleuroient & fanglotoient auffi. Le fieur *Defeffart* s'eft fignalé par deffus les autres, & a été tellement fuffoqué de fa douleur qu'il s'eft trouvé mal.

29 *Septembre*. Extrait d'une lettre d'Aix, du 20 feptembre 1783.... Il y a déja du temps que M. le comte *de Mirabeau* a plaidé ici lui-même fon procès contre fa femme avec le plus grand éclat; M. l'archiduc & madame l'archiducheffe y ont affifté, ainfi que toute la ville. Malgré fon éloquence, il a perdu : fa femme a eu la liberté de ne point retourner avec lui, de ne pas même fe retirer en couvent, ainfi qu'il le defiroit. On croit qu'il fe pourvoira au confeil.

30 *Septembre*. Extrait d'une lettre de Péronne, du 26 feptembre.... Un marchand de Bruxelles ayant fait une fpéculation fur ces nouveaux joujoux imaginés à Paris qui font des petits ballons remplis d'air inflammable propres à amufer dans un jardin où dans la chambre, en avoit commandé une caiffe de cinquante. Ils arriverent par la voiture publique. Les commis des fermes, peu inftruits de cette nature de marchandife qu'on avoit déclarée, voulurent vérifier fi cette caiffe ne contenoit rien qui dût payer les droits preferits dans leur tarif. Ils la font ouvrir, dans l'inftant les ballons s'ébranlent prennent leur effor, & s'envolent dans les airs au grand étonnement des vifiteurs, qu'on avoit eu la malice de ne point prévenir de cet effet. Pour furcroît de merveille, l'un de ces ballons trop bourré d'air inflammable, creve & répand l'odeur la plus infecte. Ces commis n'y peuvent tenir & prennent la fuite, en forte que le refte de la vifite ne fe fit pas.

30 *Septembre*. Depuis quelques jours la con-

fiance aux billets de la caisse d'escompte s'étant
ébranlée, beaucoup de monde s'est présenté pour
en retirer ses fonds. On a d'abord fait face ; mais
peu-à-peu les paiements se sont ralentis. Au lieu
de quatre caissiers qu'ils étoient ordinairement,
un seul homme est resté pour cet emploi ; au lieu
de payer en pesant les sacs d'argent, ce qui est
l'usage de toutes les grandes caisses, on n'a payé
qu'à sacs ouverts ; on a compté écu à écu, pile
à pile. On est revenu plusieurs fois à revoir la
somme ; enfin, on a employé toutes sortes de
petites manœuvres pour traîner en longueur,
& elles n'ont servi qu'à altérer de plus en plus le
crédit de la caisse ; de sorte qu'aujourd'hui c'est une
fureur si grande qu'il faut des gardes.

On ne doute pas que la caisse ne manque incessamment à ses paiements. On prétend que
les directeurs sont actuellement à solliciter un
arrêt du conseil qui les y autorise, & qu'ils l'ont
obtenu.

3 *Septembre*. Le gouvernement semble prendre
confiance de plus en plus à l'art du sieur *le Dru*,
plus particuliérement connu sous le nom de
Comus, pour guérir l'épilepsie & autres maladies
de même nature. En conséquence, il est question
de le fixer aux célestins, où le gouvernement
doit lui faire arranger un hôpital convenable.
M. le contrôleur-général & M. le lieutenant de
police ont été derniérement visiter les lieux
avec lui.

1 *Octobre* 1783. Extrait d'une lettre de Cherbourg,
du 15 septembre..... On a renvoyé au 10 du mois
prochain, c'est-à-dire, à une autre marée, le
transport de la grande cage préparée ici pour
être coulée à une lieue en mer dans l'endroit où

doit s'élever un fort qui protege la rade. Le mauvais temps a empêché les gabarres & autres bâtiments qui devoient servir au transport de cette grande machine, de sortir du havre à la derniere marée. La réussite de cette entreprise, aussi hardie que dispendieuse, devient moins problématique, depuis qu'on sait le succès que celle de Rome pour le déplacement des chevaux du Quirinal, a eu le 1 septembre. L'architecte, M. *Antinori*, qui avoit manqué son premier essai, a été plus heureux au second.

1 *Octobre*. Le grand art de l'auteur quelconque, françois ou allemand, du drame d'*Amélie & Monrose*, est d'avoir commencé dès le premier acte à rendre sa piece attachante, & d'avoir augmenté la curiosité du spectateur sans interruption d'acte en acte & de scene en scene jusqu'à la fin; c'est d'avoir établi tous ses caracteres, excepté un, vertueux, sans être monotone; c'est de n'y laisser aucun acteur oisif; c'est, quoique les incidents soient très-romanesques, non-seulement de les avoir rendus vraisemblables, mais de les avoir établis sur les caracteres donnés, d'où ils devoient nécessairement résulter; c'est enfin d'avoir tellement lié son action que, malgré l'intérêt particulier qu'offre chaque personnage, il ne se divise point & est toujours un; il faut qu'ils soient tous heureux ou malheureux ensemble.

2 *Octobre*. Les alarmes redoublent à l'occasion de la caisse d'escompte, & ceux qui ont vu aujourd'hui M. le contrôleur-général, assurent qu'il avoit l'air triste.

On parle beaucoup de l'arrêt du conseil qui la concerne, & l'on croit qu'il sera rendu public demain.

Les adminiftrateurs, pour alonger encore plus les paiements, ont imaginé de ne procéder que par ordre de numéro, avec cette formalité jointe aux autres fimagrées, au lieu de payer trois millions par jour, taux le plus fort fur lequel ils comptoient, ils n'ont payé hier que 300,000 livres.

1 *Octobre.* Le répertoire pour le théatre de Fontainebleau eft fait, & le premier fpectacle eft fixé au 11 de ce mois. En attendant, les répétitions des opéra nouveaux fe font aux menus, & y attirent beaucoup de monde.

2 *Octobre. Bagatelle* eft de plus en plus un point d'amufement & de curiofité pour les Parifiens & pour les étrangers qui viennent dans la capitale de la France. C'eft aujourd'hui le jardin à l'angloife dont eft accompagné ce charmant féjour, qui mérite d'être vifité avec le plus grand foin. Le roi a concédé à fon frere fucceffivement environ quatre-vingts arpents de ce bois tout plantés, ce qui a fait une grande avance pour le fond du jardin : mais l'art y a ajouté infiniment de chofes ; les travaux ne font pas finis & l'on y trouve encore beaucoup d'ouvriers. Une pompe à feu y procure une riviere très abondante, fur laquelle ont été conftruits huit ou dix ponts extrémement finguliers, & du refte l'on y rencontre les furprifes diverfes qu'exige le genre : mais ce que l'on admire principalemënt, & ce qu'on ne voit en aucun femblable lieu, c'eft la propreté exquife dont il eft tenu, à laquelle dix-neuf jardiniers font continuellement occupés.

3 *Octobre.* Sur ce qui a été repréfenté au roi, étant en fon confeil, de la part des adminiftrateurs de la caiffe d'efcompte, que la rareté du

numéraire opérée par les circonstances de la guerre
qui ont empêché l'importation annuelle & régu-
lière des matieres d'or & d'argent , en même
temps que les especes ont été exportées au loin ,
a forcé le commerce & sur-tout celui de la ville
de Paris, où ce vuide se fait plus particuliere-
ment sentir , à recourir à la ressource que le gouvernement a voulu lui ménager , en autorisant
l'établissement de la caisse d'escompte.

Que leur zele à secourir le commerce les a
engagés à escompter autant de lettres de change
& de bons effets sur particuliers qu'il s'en est
présenté ; & qu'admis à payer ces lettres de
change en argent ou en billets de caisse au porteur, la confiance du public envers cette caisse ,
les a mis dans le cas d'augmenter le nombre
desdits billets en proportion des besoins des commerçants ; mais que la ressource sur laquelle le
commerce a dû compter pour remettre du numéraire dans la circulation , se trouvant retardée
dans ses effets, il en résulteroit pour la caisse
d'escompte un embarras momentané de continuer
au public la facilité des escomptes, dans l'impossibilité de payer en especes , & même de rembourser en argent comptant les billets lorsqu'ils
lui sont présentés en trop grande quantité, s'il
n'y étoit pourvu par sa majesté.

Que dans la nécessité d'attendre tout l'effet
des ressources que le retour de la paix présente
au commerce, & de lui continuer un service qui
lui a procuré de si grands avantages, ils ne
voient point de moyens plus assuré que d'être
autorisés jusqu'au premier janvier 1784 , époque
où il est reconnu que la circulation des especes
sera parfaitement rétablie , à faire payer en lettres

de change & bons effets fur particuliers, exiftants dans la caiffe, les billets de ladite caiffe à ceux des porteurs qui ne voudront pas les laiffer dans le commerce, aux offres qu'ils font d'en bonifier l'efcompte; s'il plaifoit au roi, moyennant lefdites offres, de défendre jufqu'à ladite époque du premier janvier, toute pourfuite contre qui que ce foit, pour raifon defdits billets au porteur, & d'ordonner qu'ils continueront d'avoir cours, & d'être reçus & donnés pour comptant dans toutes les caiffes générales & particulieres de la ville de Paris feulement. . . .

Tel eft le préambule de l'arrêt du confeil en date du 17 feptembre qu'on attendoit. & le prononcé eft conforme aux defirs des adminiftrateurs.

A l'ouverture de la caiffe aujourd'hui, non-feulement les créanciers de la caiffe qui fe font préfentés n'ont pas été payés en argent, ils ne l'ont pas même été en valeurs, aux offres que les adminiftrateurs en faifoient au confeil. On les a renvoyés à lundi 6, & l'on a donné à chacun un exemplaire de l'arrêt du confeil; efpece de lettre de furféance, qui annonce la caiffe d'efcompte en faillite.

Comme l'on fentoit la fermentation que devoit caufer dans le public la fufpenfion des paiements de la caiffe & la manifeftation de fon impuiffance, que la fureur s'allumoit au point de jeter des pierres dans les vitres de l'hôtel, d'abord des commiffaires fe font introduits dans les bureaux pour contenir par leur préfence les demandeurs d'argent; enfuite la cour a été remplie d'exempts & de fuppôts de la police; M. Dubois, le commandant, s'y eft auffi rendu, prêt à faire marcher fa troupe au befoin; plufieurs exempts gar-

doient la porte de l'hôtel feulement entr'ouverte,
& ne laiffoient entrer que ceux qui montroient des
billets noirs ou rouges. D'autres exempts & fuppôts de police, répandus encore dans la rue, écou-
toient les propos, empêchoient les mécontents de
s'attrouper, & difperfoient les pelotons du peuple; enfin, des efcouades du guet, portées dans
les environs fans affectation, fe feroient raffem-
blées au befoin.

Le jardin du Palais-Royal dans le voifinage de
la caiffe d'efcompte, étoit également infefté d'ef-
pions, de mouches & d'exempts de police.

3 *Octobre.* M. *Bezout*, de l'académie des fciences, examinateur des gardes du pavillon & de
la marine, & des éleves & afpirants du corps royal
de l'artillerie, vient de mourir dans une petite
terre qu'il avoit dans le Gâtinois.

3 *Octobre.* Derniérement M. le duc de Chartres faifoit un fouper de filles, fuivant fon ufage,
avec plufieurs feigneurs de fa cour. Il avoit fait
mettre fous la ferviette de chacune un *Condon*,
plus honnêtement appellé *redingote angloife*. Il fa-
voit que M. le baron *de Beaumanoir*, pour fabriquer fa machine aéroftatique, qui a parfaitement bien réuffi, s'étoit fervi de ces enveloppes
qui ne font autre chofe que des veffies de co-
chon, & qu'elles font très fufceptibles de recevoir & de contenir l'air inflammable. Il les avoit
fait remplir de ce fluide; & lorfque ces impures
ont ouvert leurs ferviettes, ces *condons* fe font
élevés, ont flotté dans l'air de la chambre, &
préfenté à ces dévergondées les images les plus
attrayantes, ce qui a donné lieu à toutes fortes de mauvaifes plaifanteries, & finguliérement
égayé le repas.

4 *Octobre.* Hier avec l'arrêt du conseil concernant la caisse d'escompte, il en a été affiché un
autre, en date du 3. septembre 1783, à l'appui
du premier. Il y est dit que le roi est informé que
plusieurs banquiers & commerçants de Paris &
des principales villes du royaume, profitant de
la grande facilité que procurent aujourd'hui au
commerce les routes pratiquées dans toute la
France, ainsi que l'établissement des messageries,
des diligences & du roulage, & abusant de la
facilité dont S. M. veut bien les laisser jouir pour
leur negoce, font du transport des especes d'or
& d'argent, la matiere de leur principale spécu-
lation, pour faire hausser ou baisser à leur gré
le prix du change; opérer, suivant leurs intérêts particuliers, l'abondance ou la disette dans
la capitale & dans les provinces; &, sous prétexte
de venir aux secours des frontieres, verser les
especes de France dans les pays étrangers, contre
la disposition des ordonnances : & S. M. s'étant
assurée par les états & bordereaux qui lui ont été
présentés dans son conseil, que la quantité d'especes sorties de la seule ville de Paris depuis trois
mois, s'éleve à une telle somme, que, malgré
les soins qu'elle s'est donnés pour faire participer
ses sujets aux premiers avantages de la paix,
en se procurant toutes les matieres d'or & d'argent qu'il a été possible d'obtenir, & en les
faisant convertir en especes dans les principaux
hôtels des monnoies du royaume, pour réparer
le vuide occasioné par la derniere guerre, les
principales caisses du commerce de Paris, & même
la caisse d'escompte éprouvant pour le numéraire
une telle pénurie, qu'il devient indispensable d'en
arrêter la cause, en renouvellant les anciens ré-

glements contre le transport des especes, en prenant de sages mesures pour pouvoir attendre non-
seulement qu'un commerce mieux réglé les re-
mette dans la circulation ; mais qu'elles soient
ranimées, tant par les especes, à la fabrication
desquelles on travaille sans relâche, que par l'arrivée des matieres qui étoient retenues par les
dangers de la guerre.

En conséquence, prononcé conforme.

4 *Octobre*. Le roi a eu beaucoup de peine à con-
sentir de laisser rendre l'arrêt concernant la caisse
d'escompte. Il a fallu, dit-on, que M. le comte *de
Vergennes*, comme président du conseil des finances, lui en fit connoitre la nécessité.

On ajoute que S. M. vouloit aussi ne point
faire le voyage de Fontainebleau, qu'on estime
un objet de dépense extraordinaire de huit millions ; la bonté de son cœur y répugnoit dans un
moment où elle alarmoit les Parisiens par des
dispositions fatales qui en alloient jeter plusieurs
dans le désespoir. On n'a déterminé le monarque
à le faire qu'en lui représentant que ce change-
ment donneroit encore plus d'inquiétude, & pro-
duiroit un plus mauvais effet.

5 *Octobre*. Depuis que l'arrêt du conseil concernant la caisse d'escompte est public, on conçoit
qu'il a été bien étudié, épluché, discuté, com-
menté ; & ceux qui ont ainsi réfléchi dessus, le
jugent non-seulement incapable de calmer les inquiétudes des créanciers de cette caisse, mais au
contraire très-propre à les augmenter.

En effet, le zele avec lequel le gouvernement est
venu au secours des administrateurs de cette caisse,
instituée d'abord comme une caisse de particuliers,
ne confirme que trop le soupçon qu'il étoit der-

riere eux , qu'il s'est beaucoup aidé de ses billets
& les a faits pulluler à son gré.

L'affectation , au lieu de blâmer ces administrateurs de leur cupidité excessive qui leur faisoit
accaparer tous les genres de commerce & de né-
gociations , & les a conduits à l'impuissance de
faire face par-tout ; de leur donner des louanges
& de rejeter sur d'autres un *déficit* de numéraire
qu'ils ont été les premiers à causer , est une nouvelle preuve de leur liaison intime avec le ministere.

D'ailleurs , on dit bien dans l'arrêt : « vu
» l'état des billets de la caisse d'escompte qui
» circulent dans le public , & celui des lettres
» de change & autres effets pris sur l'escompte ,
» *dont le montant excede* celui desdits billets ,
» tant des douze millions de fonds faits par les
» actionnaires , que de l'excédent du bénéfice
» non encore réparti » .... Mais , ce sont de
simples assertions dont on ne donne aucune connoissance ou certitude au public.

Enfin , l'on ne prend aucune des précautions
usitées dans les cas de banqueroute ou de faillite ,
comme de mettre les scellés sur les effets des administrateurs de la caisse pour constater leur actif
& passif , & pour les empêcher de soustraire le
gage de leurs créanciers. Il étoit sur-tout nécessaire ici de leur ôter tout pouvoir de créer de ces
nouveaux billets, qu'au moyen de la disposition qui
autorise de les recevoir , à donner en paiement
dans les caisses générales & particulieres, ils peuvent augmenter à l'infini.

5 *Octobre.* Au moyen des visites faites chez les
différents libraires, marchands de livres, colporteurs de cette capitale, en vertu de l'ordre dont

on a parlé, adreſſé par M. de Néville, le dix-
huit ſeptembre, aux ſyndics de la communauté des
imprimeurs & libraires, il s'en eſt trouvé une
vingtaine en faute par le recélement de livres
prohibés qui ont été ſaiſis, & les coupables ont
été mis à l'amende.

6 octobre. Extrait d'une lettre d'Amiens, du
3 Octobre.... Si M. *de la Tour*, dont vous me de-
mandez des nouvelles, n'expoſe plus au ſallon de
Paris de charmants paſtels comme autrefois, il
fait de bonnes actions dans cette province ſa
patrie, où il s'eſt retiré, ſortes d'ouvrages non
moins propres à l'immortaliſer. Il eſt honoraire
de notre académie, & il vient d'y fonder un prix
de 500 livres pour *celui des citoyens de la Picar-*
die qui aura fait la plus belle action d'humanité,
ou inventé quelque machine, métier, inſtrument
propre à la perfection de l'agriculture, des arts
& du commerce, principalement dans la pro-
vince.

Ce prix ſera décerné pour la premiere fois
l'année prochaine avec celui de l'*Eloge de Greſſet*,
déja remis trois fois, & qui ſera conſéquemment
de 1,500 liv.

On compte que M. de la Tour a peut - être
ainſi dépenſé déja 100,000 francs en objets d'utilité publique.

6 octobre. On a affecté, au moment où l'on
ſuſpendu le paiement des billets de la caiſſe
d'eſcompte, d'ouvrir à la ville le paiement des
rentes pour les ſix premiers mois 1782 ; & quoique M. le contrôleur-général eût annoncé qu'il
n'avoit pas beſoin d'argent, il paroît aujourd'hui
un arrêt du conſeil, en date du 4 octobre, qui
ordonne l'ouverture d'un emprunt de 24,600,000,

en deniers comptants & en billets de la caisse d'escompte. Comme la circonstance est critique, il
offre des conditions extrémement avantageuses
pour amorcer les gens cupides & crédules.

Son objet, suivant le préambule, est, par une
sage prévoyance, de rassembler les moyens nécessaires pour assurer à l'avance le paiement des
diverses dépenses extraordinaires; & pour que
tous les sujets puissent participer au bénéfice
de cet emprunt, on a choisi la forme d'une
loterie.

6 *Octobre.* M. *Marignié*, l'auteur de *Zoraï*,
tragédie nouvelle, jouée il y a un an, prend
date aujourd'hui pour annoncer au public qu'il
travaille à une autre tragédie, intitulée *Amélie
& Monrose*, & qu'il en avoit lu avant son départ
de Paris un acte à plusieurs personnes connues
qu'il cite.

Il paroît que c'est le même sujet du drame
qu'on joue actuellement à la comédie italienne
sous le même titre, & que M. *Marignié*, venant
après, craint de passer pour plagiaire.

Quoique sa lettre soit datée de Geneve le
23 septembre, on ne sait pourquoi les journalis-
tes de Paris, auxquels elle est censée adressée, ont
jugé à propos de ne la publier qu'hier.

6 *Octobre.* Les comédiens françois jouent enfin
aujourd'hui une nouveauté, c'est une espece de
drame en trois actes & en prose, ayant pour titre
le *Bienfait anonyme.* On prétend que c'est l'anecdote
connue de Montesquieu, arrangée au théâtre. On dit
que l'auteur est un M. *de Pie*, avocat de Tarascon.

7 *octobre.* On voit dans des représentations du
parlement sur l'arrêt du conseil du 22 juin 1783,
quels ont été les motifs qui ont déterminé cette
compagnie

compagnie à venir au secours des bénédictins réclamant contre cet ordre illégal.

La réponse du roi dans laquelle on a fait rendre à sa majesté le témoignage le plus honorable à l'ordre de Saint-Benoît, étant du reste négative, & le chapitre général ordonné par l'arrêt du conseil sur le point de s'ouvrir, le parlement s'est hâté de faire le 4 septembre *d'itératives remontrances*, qui n'ont pas produit plus d'effet.

Ces deux pieces sont imprimées aujourd'hui & se répandent clandestinement.

7 Octobre. M. le lieutenant-général de police s'est transporté le 3 octobre dans l'après-midi à la caisse d'escompte pour en faire la vérification. Il en a résulté, suivant le rapport de ce commissaire, que toute déduction faite des billets de ladite caisse, payables aux porteurs qui circulent dans le public, il lui reste en lettres de change & bons effets sur particuliers, non-seulement la valeur de 12 millions, à quoi ses fonds ont été fixés par l'arrêt du 22 septembre 1776, pour être employés en totalité à ses opérations, mais une somme assez forte, provenant des bénéfices que les actionnaires ne se sont point encore répartis.

En conséquence, ce procès-verbal, dressé par M. *le Noir*, a été annoncé hier au public par un arrêt du conseil en date du 4 octobre concernant les paiements de la caisse d'escompte.

En même temps, sa majesté, après avoir rendu justice à la fidélité des administrateurs, & pour preuve de sa confiance, leur continue la facilité d'escompter les effets commerçables comme par le passé.

Le nouvel éloge qu'on fait dans cet arrêt de la

caisse d'escompte , la protection éclatante dont sa
majesté la couvre , & la facilité qu'elle lui donne
de perpétuer & d'augmenter ses billets au lieu de
les diminuer & de les anéantir, comme seroit le
vœu général , font une nouvelle preuve de sa
liaison avec le trésor royal , de l'influence abso-
lue que le ministere avoit sur elle , & redoublent
les défiances en ne laissant plus à personne aucun
doute à cet égard.

7 *Octobre*. M. le président de *Montesquieu* un
jour vit sur le port de Marseille un marinier qui
ne lui parut point avoir l'air d'être né pour son
état. La curiosité l'engagea d'entrer dans son ca-
net & de se promener dans la rade avec lui. Il
apprit que ce jeune homme avoit son pere cap-
tif & avoit ajouté ce genre de travail au sien
pour en gagner plutôt la rançon.

Quelque temps après ce pere revint au sein de
la famille, qui n'ayant rien fait pour la délivrance ,
ne douta pas que ce ne fût l'effet de la générosité de l'inconnu, sur-tout d'après les renseigne-
ments qu'il avoit pris à cet égard.

Depuis, le fils ayant rencontré à Marseille le
président de Montesquieu se jeta à ses genoux &
voulut le remercier , comme son bienfaiteur ; celui-ci se débattit & s'arracha de ses bras, en sorte
qu'on n'auroit jamais su qui il étoit, si , à la
mort du président on n'eût trouvé dans ses papiers une note qui éclaircit l'anecdote.

Tel est le sujet de la piece jouée hier, sujet
qui, comme on le juge aisément, ne compor-
toit qu'un acte, & que l'auteur a mal-à-propos
alongé en trois. Pour y parvenir, il fait jeter
des soupçons sur le fils , qui ont révolté comme
odieux & absurdes. Il a en outre attaché au fonds

me intrigue amoureuse foible & vague, qui ne produit aucun effet.

Le premier acte avoit été affez bien reçu, mais le fecond a été hué prefqu'en entier, & le troi-fieme n'a pas réparé le tort que celui-ci avoit fait à l'ouvrage. Le ftyle en eft incorrect, inégal, trivial.

En général, tout ce qu'il y a de bon eft de Montefquieu, & tout ce qu'il y a de mauvais, du compofiteur, qui n'annonce aucun talent. On ne fait pourquoi il n'a pas défigné tout naturel-lement fon principal perfonnage fous le nom de Montefquieu, & l'a puérilement changé en *Saint-Efquieu.*

7 *Octobre.* L'académie royale de peinture & de fculpture, dans fon affemblée du 27 feptembre, a agréé M. *Peyron,* d'Aix en Provence, éleve arrivant de Rome. Différents tableaux d'hiftoire lui ont mérité cet honneur, entr'autres *Marius, dont l'afpect intimide un foldat prêt à l'affaffiner, & la mort de Miltiade,* ou *l'ingratitude des Athé-niens.*

Ces deux morceaux ont occafioné la prolon-gation du fallon, & y ont été expofés dès le len-demain 28 feptembre.

Les critiques, plus difficiles que l'académie, reprochent au premier fujet dé l'incorrection dans le deffin, & un défaut de nobleffe, de l'ignoble même dans la figure du perfonnage principal. Ils reprochent au fecond un défaut de deffin en-core, en outre un manque de perfpective. Du refte, ils les trouvent tous deux affez harmonieux & d'un bon ton de couleur.

8 *Octobre.* On confirme que M. de *Choifeul-Gouffier* eft nommé ambaffadeur à la Porte. Ce

I 2

seigneur est renommé pour son goût ou plutôt pour sa passion des arts. Elle lui a déja fait entreprendre plusieurs voyages dans les beaux climats de l'Asie, & il est l'auteur du *voyage pittoresque de la Grèce*. On observe que dans sa préface il fait de grands éloges de l'impératrice des Russies, & désire que le projet depuis long-temps annoncé de la subversion de l'empire Ottoman s'effectue. On trouve assez singulier qu'on ait donné une pareille mission à ce seigneur philosophe, qui s'est expliqué d'une façon si désagréable pour le souverain & la nation auprès desquels il va résider ; on en conclut que la France renonce à soutenir cette puissance, & que c'est un confesseur qu'on envoie pour exhorter à la mort un malade désespéré.

8 *octobre*. Dans l'*Histoire de la derniere révolution de Suede* qu'on a annoncée, on trouve le récit de ce qui s'est passé dans les trois dernieres dietes, & un précis de l'histoire de Suede, dans lequel on développe les véritables causes de cet événement. Elle est traduite en effet de l'anglois de *Sheridan*, secrétaire de l'envoyé de la Grande-Bretagne en Suede, son véritable auteur.

On se plaint dans l'*avertissement* qu'un monsieur le Scene Desmaisons, auteur d'un ouvrage portant le même titre, ait pillé entiérement l'auteur véritable, & à ce plagiat, ait ajouté l'injure de le travestir, de le mutiler, de le décharner & de supprimer sur-tout en entier l'*introduction sur le sort de la liberté civile & politique en Europe*, morceau le plus profond & le plus philosophique de l'ouvrage : c'est que le plagiaire vouloit paroître en France en toute liberté, & que cette introduction seule l'en auroit fait proscrire.

Du reſte M. *Sheridan*, en rendant juſtice à l'ame, au génie, aux talents, aux vertus du roi de Suede, fait voir que la révolution ne s'eſt pas tout-à-fait paſſée comme on l'a rapportée d'abord ; & que ſi elle eſt utile aujourd'hui à ce royaume, ſous un prince honnête, bienfaiſant & patriote, ce prince lui a fait le tort irreparable de lui préparer pour l'avenir des fers inévitables.

Le ſtyle de cet ouvrage eſt noble & ferme, & il eſt écrit avec autant d'énergie qu'il eſt penſé.

9 *Octobre*. M. le vicomte *d'Harembures* eſt un maréchal-de-camp de la promotion de 1780, marié depuis peu, qui, par une ſuite d'étourderies & d'impertinences d'abord, enſuite d'inſubordination & d'arrogance, vient de préſenter le ſpectacle le plus honteux pour lui, & le plus douloureux pour ſa famille. Mardi dernier il venoit d'être condamné au tribunal des maréchaux de France à paſſer quelques jours en priſon à l'abbaye, pour punition de la maniere dont il s'étoit conduit dans une rixe particuliere, dont les détails ſeroient auſſi longs qu'inutiles, & pour les propos indécents qu'il avoit tenus durant ſon affaire, & contre le tribunal en lui-même, & contre chacun des juges.

M. *d'Harembures* s'étoit rendu à cheval, & en uniforme de ſon grade, chez M. le maréchal de Richelieu, où ſe tenoit le tribunal ; après avoir comparu & apprenant ſon jugement, il remonte à cheval & déclare qu'il ne s'y ſoumettra pas. La garde dont il étoit toujours eſcorté depuis le commencement de ſon affaire, à cheval auſſi, le contient, le harangue, & cherche à lui faire ſentir combien cette incartade très-criminelle dans tout ſujet du tribunal, le devenoit encore plus dans

I 3

un officier général qui devoit donner l'exemple.
Cette exhortation ne réussit pas ; on est obligé
de l'entourer & d'appeller le guet ; il arrive, après
des voltes & des contre-voltes, pour éviter d'être
blessé de son épée qu'il tenoit nue, un cavalier
plus adroit parvient à la lui faire tomber de la
main : soudain il a recours à un pistolet & déclare qu'il brûlera la cervelle au premier qui sera
mine d'avancer, on est intimidé d'abord ; cependant on le surprend dans un moment de distrac-
tion, on le prive encore de cette arme ; alors on l'ar-
rache de son cheval, on le traîne par les cheveux
en fiacre, on le pousse dedans, les gardes y entrent avec lui & on le conduit ainsi à travers tout
Paris entouré d'une canaille immense, que ce spectacle très-long avoit amassée.

On dit depuis que le vicomte *d'Harembures,*
plus digne de Charenton que de tout autre lieu,
a été condamné à vingt ans & un jour de prison
pour sa rebellion.

9 *octobre.* On a commencé à Cherbourg à jeter
en mer les caisses qui doivent servir aux fondements des forts. On n'ose pas encore se promettre
un plein succès, & l'on craint que le fonds ne
soit pas assez bon pour soutenir des masses aussi
lourdes, & qu'un coup de mer ne détruise ces
grands & dispendieux travaux.

10 *Octobre.* Extrait d'une lettre d'Agde, du 1
octobre.... Depuis long-temps les états de Languedoc desirent de mettre ce port en état de recevoir des vaisseaux comme par le passé. Le gouvernement a envoyé ici M. *Groignard,* ingénieur,
constructeur général de la marine, pour examiner si la chose est praticable. Il l'a jugée telle, &
a assuré qu'on pouvoit donner dix-sept pieds d'eau

à l'entrée du port, ce qui feroit fuffifant pour y recevoir des flûtes & des gabarres de 1,000 à 1,100 tonneaux ; il s'agit maintenant de trouver les fonds fuffifants à cette grande entreprife, trop avantageufe à la province pour qu'elle n'y fubvienne pas avec plaifir.

Notre port, par fa proximité avec le canal de Languedoc, peut bientôt devenir l'entrepôt de Marfeille, de l'Efpagne, de la côte de Barbarie.

10 *Octobre*. Quoiqu'on femble payer à la caiffe d'efcompte, on le fait avec tant de lenteur, de fimagrées, de difficultés, que c'eft peu raffurant. On ne paie même qu'en partie, c'eft-à-dire, que fur deux billets de 100 livres chacun; on n'en accepte qu'un, & l'on vous donne un bon pour l'autre. Sur un billet de 1,000 livres on vous en folde un cinquieme en argent feulement, &c.

Ce qu'il y a de plus heureux, c'eft qu'à la loterie nouvelle on prend pour comptant, fans difficulté, tous ceux que vous apportez.

Quoi qu'il en foit, voilà un terrible échec au crédit de la France, & l'on croit que la difgrace de M. *Dormeffon* en fera la fuite. On ne peut nier qu'il n'ait montré dans cette crife un grand défaut de tête. Ses défenfeurs veulent que ce foit un piege que lui ont tendu fes ennemis ; mais il ne l'a point vu, & il y a donné avec une bonhommie qui prouve fon peu de capacité.

10 *Octobre*. Depuis long-temps les bénédictins font divifés : c'eft le duc *de Choifeul* qui a introduit le premier parmi eux la pomme de difcorde, en excitant les moines petits-maîtres à réclamer contre les regles, les formules, le vêtement de l'ordre, & en leur laiffant l'efpoir de rentrer dans le monde & d'y vivre à leur gré.

I 4

Il espéroit par-là ménager à l'état une grande ressource dans les biens des riches maisons de ces religieux , dont il comptoit que les troubles intestins ameneroient la destruction. La commission des réguliers survenue ensuite , a fait de son mieux pour seconder le ministre. Cependant le feu roi n'a point voulu entrer dans ces vues politiques , & les bénédictins subsistent. Ils ont même été consolidés par le renouvellement des constitutions de la congrégation de Saint - Maur en 1769 , revêtues de lettres-patentes & du sceau de l'enrégistrement.

Malgré cela , le schisme s'est établi & perpétué ; les moines mondains & intrigants se sont emparés de la supériorité par des élections peu canoniques , sur-tout en Normandie où il y a eu des appels comme d'abus. Ces ambitieux ont eu le secret d'éluder le déplacement dont ils étoient menacés par un arrêt du conseil obtenu en 1781, qui évoquoit contre toutes les loix l'appel comme d'abus & soutenoit le régime établi.

Depuis, le ministère a ouvert les yeux, a reconnu que sa religion avoit été surprise , & a désiré remédier aux abus, mais par une voie non moins irrégulière que la première, c'est-à-dire, par un nouvel arrêt du conseil qui est celui du 22 juin 1783.

Cette marche , établie par le despotisme , est suivie dans toutes ses inconséquences par l'auteur des *Représentations & itératives Remontrances du parlement* , qu'on a annoncées.

On les attribue à dom Iblets, bibliothécaire de Saint - Germain - des - Prés , & en effet les commissaires magistrats n'étoient guere en état de traiter cette matiere. On trouve au reste dans

ces deux écrits la maniere monacale ; le ftyle
en eft lourd & pefant, comme celui de tout ce
qui fort de la plume des bénédictins.

11 *Octobre*. Extrait d'une lettre de Breft, du
6 octobre.... Les grands talents de M. Grognard
ont fait voler fa reputation jufques chez l'étranger. Les Hollandois, fi habiles autrefois à mai-
trifer la mer, fi renommés par leurs admirables
travaux en ce genre, ont recours à lui. Ils l'invitent à venir vifiter leurs ports, & veulent le
charger d'en decombler quelques-uns dont les at-
terriffements gênent extrêmement l'entrée & la fortie. Ils en ont fenti l'inconvenient dans la courte
guerre qu'ils viennent d'avoir & la necellité d'y
remédier. Il faudra que M. Grognard ait l'agrément de la cour, & l'on ne doute pas qu'il ne
l'obtienne.

11 *Octobre*. On fait qu'à la fin de la guerre
de 1756, le numéraire de la France etoit extrêmement diminué ; l'opération de mo fieur de
Silhouette en étoit une preuve. Cependant, dès
1768 le commerce avoit fait refluer tant de matieres d'or & d'argent qu'on l'eftimoit alors à
18 millions. On pretend qu'aujourd'hui il ne va pas
à la meitié. On attribue ce *déficit* non feulement
aux caufes données dans les derniers arrets du
confeil, mais au mauvais régime de M. Necker,
& à la négligence des miniftres des finances qui
l'ont fuivi.

On travaille actuellement à force aux monnoies
de Paris, de Pau, de Limoges & d'Orleans. On
fabrique à la premiere environ pour 130,000 liv.
par jour.

*La paix de 1782 ou le Boux l de punch de Maßer
oliver Dreamer*, écrit amphigourique peignant

I 5

affez bien le bavardage des clubs de Londres ;
où à travers une mer de paroles on découvre à
peine quelque lueur de bon fens. Ce pamphlet annoncé , traduit de l'Anglois d'après la cinquieme
édition, eft ennuyeux au poffible , quoiqu'il n'ait
que quarante-fept pages de gros caracteres. Il eft
d'ailleurs du ftyle le plus plat & le plus mauffade.

Les *Etrennes de l'empereur de la Chine aux fouverains de l'Europe pour l'année* 1782, *avec un
plan de pacification propofé par le monarque chinois, & fes inftructions au mandarin* Chouking,
*lettré de la premiere claffe, grand colas de l'empire,
vice-roi de la province de* Tchekiang, *fon ambaffadeur dans toutes les cours de l'Europe, & fon
plénipotentiaire au congrès propofé pour rétablir la
paix entre les puiffances Européennes qui fe font la
guerre dans les quatre parties du monde.* Tel eft le
le titre d'une autre production fur laquelle nous
reviendrons.

12 *octobre.* Les ballons continuent, & l'on travaille actuellement à réparer la machine aéroftatique de M. *de Montgolfier.* M. *Pilâtre de Rozier*
s'eft joint à lui, & ils doivent faire en commun
des expériences diverfes pour établir, confirmer
& étendre, s'il eft poffible, par des faits, la
théorie de cette découverte.

Comme tout Paris eft avide de cette nouvelle
machine , & qu'il eft prudent dans ce moment
de fermentation où la faillite apparente de la caiffe
d'efcompte a produit beaucoup de mécontents,
de ne leur pas fournir de prétexte de fe raffem-
bler en trop grand nombre, la police a fait dire
à tous les phyficiens occupés de femblables expériences, qu'ils pourroient les continuer, mais fans
l'afficher, & fur-tout fans indiquer de jour, parce

qu'elle ne pourroit fuffire à mettre fans cesse fur pied la quantité de fes émissaires nécessaires pour veiller à la sûreté publique.

13 *Octobre.* On a déja fait des *chapeaux à la caisse d'escompte.* Ce font des *chapeaux fans fond.* Toutes les femmes s'empressent de fe coëff cette mode nouvelle, ce qui est un cruel calem bourg contre les directeurs.

13 *Octobre.* L'auteur des *Etrennes de l'Empereur de la Chine*, &c. prend fon texte d'un paragraphe du *Courier du Bas-Rhin*, qui dans une feuille avoit annoncé la réunion prochaine des ministres de divers états au château de *Schonbrunn*, à l'effet d'y tenir un congrès de pacification.

Après un avertissement de l'éditeur qui apprend au public comment cet écrit traduit du chinois est tombé dans fes mains, par l'infidélité d'un ex-jésuite que le mandarin *Chouking* avoit amené avec lui pour faire les fonctions de fecretaire & d'interprete auprès de fa personne.

On trouve d'abord les *Instructions données par l'empereur*, enfuite des étrennes fuccessives à *Jofeph II*, empereur des Romains, au roi de France & de Navarre, au roi de Prusse, au roi d'Efpagne, aux Provinces-Unies des Pays-Bas, à l'impératrice de toutes les Russies, enfin au pape. L'écrivain politique termine par fon plan de pacification générale. Tout ce qu'il dit est très-bien vu & très-bien pensé. On y remarque un philofophe ami de la justice & de l'humanité ; mais fon dernier morceau est une rèverie auffi folle que toutes celles de l'abbé de Saint-Pierre.

Malgré ces bonnes qualités, & quoique l'ouvrage ne foit pas long, quoiqu'il foit bien écrit, il est un peu ennuyeux par fa fécheresse : il n'y

I 6

a point aſſez de faits & d'anecdotes. On y en trouve pourtant deux précieuſes concernant le duc *de Choiſeul* ; l'une, que ce miniſtre dès 1763 avoit conçu le projet de la neutralité armée, qui ne s'eſt exécuté que plus de quinze ans après, **afin** de venger la France par la ſuite de la paix **humiliante** qu'elle venoit d'être forcée d'accepter ; l'autre, qu'il eſt également l'auteur d'un plan auquel les grands monarques européens ſemblent tendre depuis quelque temps de partager l'Europe entiere en ſix monarchies égales en forces, en reſſources, en étendue, & d'englober dans ces ſix monſtrueuſes puiſſances toutes les républiques, tous les autres petits états ſecondaires.

13 *octobre.* Depuis le ſupplice de *Deſchauſſour* on n'avoit point exécuté de ſodomiſte. Le gouvernement avoit craint de rendre le péché contre nature plus commun en le faiſant connoître. C'eſt ainſi que le prince de Bauf******, le comédien *Monvel*, le notaire *Margantin* & tant d'autres pris en flagrant délit n'ont été punis que de l'exil, de la priſon, de bicêtre, ou d'une ſimple correction de la police ſuivant les perſonnages ou les circonſtances.

Ce vice, qui s'appelloit autrefois *le beau vice*, parce qu'il n'étoit affecté qu'aux grands ſeigneurs, aux gens d'eſprit ou aux Adonis, eſt devenu ſi à la mode, qu'il n'eſt point aujourd'hui d'ordre de l'etat depuis les ducs juſqu'aux laquais & au peuple qui n'en ſoit infecté. Le commiſſaire *Foucault*, mort depuis peu, étoit chargé de cette partie, & montroit à ſes amis un gros livre où étoient inſcrits tous les noms des pédéraſtes notés à la police ; il prétendoit qu'il y en avoit à Paris preſque autant que de filles, c'eſt-à-dire, environ quarante mille. Il eft auffi des lieux publics de proftitution en ce genre, & au jardin des Tuileries on connoît un canton uniquement affecté aux gytons qui viennent chercher fortune.

La juftice a cru devoir enfin s'éveiller fur un crime trop répandu pour craindre de le révéler & pour ne pas exiger un exemple éclatant. Avant-hier elle a fait brûler un pédérafte nommé *Pafcal*, qui avoit pris le furnom de *Chabanne*. Il paroit conftant qu'il avoit été capucin, & qu'il étoit prêtre. On ne lui a donné dans l'arrêt aucune qualité pour ménager le clergé, & d'ailleurs ne pas exciter fa réclamation.

Ce fcélérat a d'abord été rompu vif, parce qu'ayant éprouvé de la refiftance de la part d'un petit favoyard qui ne vouloit pas fe rendre à fes defirs, il l'avoit lardé de dix-fept coups de couteau & mis en danger de mort. C'eft le premier octobre que s'étoit paffé cette horrible fcene, en plein jour & prefque à la vue de tout le quartier.

Depuis *Damiens* on n'avoit point vu d'exécution plus courue, il y avoit du monde jufques fur les toits.

14 *Octobre*. Le lundi 6 le comité des caiffes s'eft affemblé aux fermes pour prendre lecture des arrêts du confeil concernant la caiffe d'efcompte & en deliberer. Après de longs débats on eft convenu qu'on ne pouvoit fe difpenfer d'obéir aux volontés du roi ; mais qu'on repréfenteroit à M. le contrôleur-général que les fermes fourniffent chaque femaine à la ville un fonds pour acquitter les rentes, & qu'il eft effentiel de ne pas laiffer manquer le numéraire en cette partie.

14 *Octobre*. Le chapitre général de St. Denis est fini & s'est passé plus tranquillement qu'on n'auroit cru , d'après son irrégularité & les protestations de quelques membres. Messieurs les commissaires ayant déclaré qu'ils n'étoient point venus pour violenter & gêner les suffrages , mais simplement pour maintenir l'ordre & la liberté, on a procédé aux différentes délibérations qu'il y avoit à prendre , & dom *Chevreux* a été élu général. Il faut voir si aujourd'hui que l'on est séparé , du sein de ce calme apparent , il ne s'élevera pas quelque réclamation propre à ramener les troubles & le schisme.

15 *Octobre*. On ne connoît que depuis peu ici un *Dialogue entre Joseph II, empereur des Romains, Giovanni* Braschi *, pape , sous le nom de Pie VI, & le comte de Lauraguais*. Quoique cette brochure ne soit pas aussi piquante , aussi gaie qu'elle pourroit l'être , sur-tout par l'introduction du tiers qui se trouve entre les deux souverains , elle se fait lire avec une sorte d'intérêt. Chaque personnage y soutient assez bien son caractere , & les vues politiques dans lesquelles elle est composée sont assez saines.

On est d'abord fort étonné de trouver là le seigneur françois ; mais l'auteur fonde l'affection dont l'empereur honore le comte sur son goût pour les arts & sur le projet de S. M. I. d'établir à Anvers , lorsque le port sera rétabli , une manufacture de porcelaine dans le genre de celle inventée par M. *de Lauraguais*.

Cette brochure doit déplaire infiniment au clergé , contre lequel elle est spécialement dirigée ; & sans doute c'est par égard pour lui que

l'Introduction en a été tardive & que le débit en
est fort gêné.

15 *Octobre*. On a parlé de la foufcription remplie afin de faire frapper une médaille d'or en
l'honneur de M. *de Mongolfier*. M. *Houdon* a
été chargé du deffin , & M. *Gâteau* de l'exécution.

Hier M. Faujas de Saint-Fond , à la tête d'une
députation des foufcripteurs , a préfenté cette médaille à M. *de Montgolfier*.

Les expériences que tente aujourd'hui ce phyficien, font de procurer à l'homme la liberté de
s'élever avec fa machine aéroftatique ; il s'eft
trouvé déja plufieurs effais de ce genre qui ont
réuffi terre-à-terre. Il s'agit maintenant d'exécuter ce vol en grand. Quand il aura parfaitement réuffi , on fe propofe de faire frapper une
feconde médaille qui conftate cette nouvelle
époque.

15 *Octobre*. M. *d'Alembert* ne fort plus de fa
chambre , ni même de fon lit qu'un inftant pour
qu'on le rafe. Il a peine à parler. Il ne reçoit
que des amis intimes. Il dit qu'il n'attend que
la mort & la defire prompte & la moins dou-
loureufe poffible ; & malheureufement elle eft lente
& cruelle. Les médecins ne connoiffent rien à fon
état , qui paroît toujours une maladie de la veffie.
Il croit qu'ils le tuent ; mais ce font d'inhabiles
gens , ce font fes amis , il fe réfigne & fe livre
à leurs coups.

16 *Octobre*. Une autre facétie qui femble une
fuite du dialogue entre l'empereur Jofeph , &c.
c'eft la *correfpondance du grand Turc avec notre
faint pere le pape*. Ces deux fouverains ayant eu
jufques-là des intérêts fi oppofés , menacés dans

le même temps du même coup & par les mêmes
ennemis, cherchent ici à se réunir pour renverser
les projets de destruction de leurs adversaires.
Cette plaisanterie, dont le fonds est sérieux, n'est
qu'une foible esquisse, un croquis vague des grands
projets que roulent depuis quelques années l'empereur & l'impératrice des Russies, mais qui
mûris aujourd'hui sont à la veille d'éclater & de
recevoir leur exécution.

16 Octobre M. Nunes-Ribeiro Sanches, conseiller d'état de la cour de Russie, docteur en médecine de l'université de Salamanque, ancien
premier médecin des camps & armées du noble
corps des cadets de S. M. l'impératrice de toutes
les Russies, associé des académies de Saint-Pétersbourg, de Lisbonne & de la société royale de
médecine de Paris, vient de mourir. Il est auteur de différents ouvrages sur la science qu'il
professoit. Il étoit homme d'esprit & de lettres.

17 Octobre. M. Franklin a remis depuis peu à
M. de Fleury, major du régiment de Saintonge,
& lieutenant-colonel au service des Etats-Unis,
une medaille que le congrès lui avoit décernée
en mémoire de la prise de Stony - Point. Ce fort,
défendu par trente pieces d'artillerie & six cents
hommes d'élite, fut emporté par un détache-
de 1,100 hommes aux ordres du général Waynes.
M. de Fleury, qui commandoit l'avant-garde,
sauta le premier dans les retranchements & arracha le drapeau Anglois.

D'un côté de la medaille on voit le fort avec
cette légende *Aggeres, paludes, hostes victi.* Et
autour de l'exergue on lit : *Ob Stony-point expug:*
15 juillet 1779. De l'autre côté est représenté un
guerrier qui prend & foule aux pieds un dra-

peau. La devife eft *Virtutis & audaciæ monumen-*
tum & præmium. Et l'exergue porte : *D. de Fleury*
Equiti Gallo primo fuper muros, refp. Americana.
D. D.

17 *Octobre.* Le premier de ce mois M. le duc
de Crillon & de Mahon a donné une fuperbe fête
dans le bois de Boulogne pour célébrer la naiſ-
fance des deux infants d'Efpagne. Son attachement à cette couronne , & les bienfaits dont il
en a été comblé récemment , lui en ont fait un
devoir.

Cette fête , qui a été conçue & exécutée en
dix jours , fans préfenter rien de fort extraordinaire , a réuni tout ce qu'on pouvoit défirer ,
& a été très-brillante , fur-tout par l'affemblage
de ce qu'il y a de plus illuftre & de plus charmant
dans les deux fexes à la cour & à la ville.

Le fpectacle vraiment nouveau dans une pareille fête , a été l'enlevement d'un globe ou
ballon aéroftatique de fix pieds quatre pouces de
diametre , au bas duquel pendoit un tranfparent
à double face , où l'on lifoit diftinctement fur
chacune ces quatre vers par malheur affez plats ,
mais faifant époque à raifon du fujet de la fête.

> Vive Charles , vive Louife ,
> De cette nuit c'eft la devife ,
> Que leurs noms volent dans les airs ,
> Ils embelliront l'univers.

Ce globe , après être refté à volonté pendant
quelques minutes à douze ou quinze pieds de
hauteur feulement , afin que chacun pût lire diftinctement la devife , après avoir tourné , être

redefcendu & monté , en un mot avoir fait toutes les évolutions qu'on a voulu lui faire faire ,
s'eft élevé majeftueufement dans les airs au fon
d'une fuperbe mufique. On l'a fuivi très - long-
temps des yeux à la lueur du tranfparent , jufqu'au moment où , par fa hauteur prodigieufe ,
il a paru prendre place & fe confondre parmi
les étoiles. Il ne faifoit point de vent, il eft
monté prefque en droite ligne. On a fu depuis
qu'après être refté environ douze heures en l'air ,
il étoit tombé dans le même bois de Boulogne, ,
lieu de fon afcenfion , à peu de diftance & fans
autre dommage qu'un trou fort petit à la partie
fupérieure.

18 *octobre*. Extrait d'une lettre de Rome , du
1 octobre.... Par ordre du gouvernement de cette
ville , un ouvrage écrit en langue françoife , contenant quatre feuilles d'impreffion , & ayant pour
titre : *Extrait de deux lettres en guife de brevets*
envoyés aux évêques de France, le 19 *avril* 1783 ,
a été brûlé par la main du bourreau. On qua-
lifie dans la profcription la brochure de mal-fon-
nante , d'impie , de remplie de fauffetés groffieres ; il eft défendu fous des peines très-graves de
la vendre , débiter , ou tenir chez foi.

Je ne connois point l'ouvrage brûlé , parce
que nous n'avons pas ici de colporteurs auffi
commodes qu'en France , & que les magiftrats
ne font pas auffi complaifants ; mais je crois qu'il
regarde l'affaire de bénédictins , le bref envoyé
par le pape aux évêques à ce fujet , & que ce
brûlôt pourroit bien fortir du même arfenal que
le libelle de *Dom Dapre* , ce bénédictin que nous
apprenons avoir été mis à la baftille , pour avoir
écrit contre les prélats commiffaires.

18 Octobre. Hier a été faite l'expérience de la machine aéroftatique de M. de *Montgolfier* terre-à-terre, telle qu'on fe la propofoit, pour ne point expofer quelques hommes qui s'étoient offerts de s'y placer.

Quoique, d'après la déclaration de la police, ont eût évité d'en donner connoiffance au public, il s'y eft trouvé deux ou trois cents carroffes & un peuple immenfe. M. *le Noir* & M. l'archevêque de Paris y étoient.

Son afcenfion n'a été que de quelques toifes, fa durée fort courte, fa marche peu ferme & toujours fous l'impulfion du vent. En général on a été peu content de cette expérience qui n'a pas beaucoup avancé l'efpoir de ceux qui comptent fur la poffibilité de la navigation aérienne.

19 Octobre. Le nouveau bâtiment du palais commence à fe dégager par l'abattis des échoppes extérieures qui en ôtoient la vue. Le corps du milieu eft orné de morceaux d'architecture. Au fronton fe voient les armes de France en relief, fupportées par deux anges, de la façon de M. Pajou : on y a placé en outre quatre ftatues qui, n'étant point affez colloffales, fe diftinguent très-difficilement. Ces ftatues font *la Force, la Prudence, la Juftice, l'Abondance* ; la premiere & la derniere font de M. *Berruer*, les deux autres de M. *le Comte*. Un plaifant a fait à ce fujet un calembour en forme d'épigramme, qui, par fon extrême juftefe & fa chûte piquante mérite d'être diftingué de la foule de ces platitudes.

Pour orner le palais trois artiftes brillants,

A l'envi l'un de l'autre ont montré leurs talents;

On fe tait du cartel : quant à chaque ftatue
L'on glofe , l'on critique : on dit *la Force* bien ,
La Prudence point mal ; *l'Abondance* n'eft rien ;
Mais *la Juftice* eft mal rendue.

19 Octobre. La *correfpondance de mad. Gourdan*
a excité une tempête confidérable contre les colporteurs. On affure que trente-trois ont été mis
à l'amende pour s'être trouvés poffeffeurs d'exemplaires de cette méchante brochure. On leur a
fait payer 150 livres. Le libraire *Prudhomme*,
comme plus coupable pour l'avoir fait imprimer,
a été mis à l'hôtel de la Force, où il eft depuis
plus d'un mois au fecret. Cependant fa captivité s'adoucit , & l'on commence à le voir ;
mais il paroît qu'il ne fortira qu'après avoir
foldé une amende de 500 livres Cette brochure
s'étoit imprimée chez un particulier qui avoit
une imprimerie clandeftine , & qui, averti à
temps, a heureufement pris la fuite.

20 Octobre. Extrait d'une lettre de Tours,
du 15 octobre 1783..... Je vous ai parlé dans
le temps de l'inftitution d'écoles gratuites de
deffin dans cette ville. Il a été accordé aux éleves
pour exciter leur émulation fuivant l'ufage, des
prix, dont la diftribution folemnelle faite cette
année a été remarquable par un difcours que le
maire a prononcé, où il a fait entrer un long
& légitime éloge de M. *du Cluzel*, notre intendant, que la ville pleure encore.

Dans ce difcours , écrit naturellement & avec
onction , l'orateur a peint M. *du Cluzel* nommé
à cette intendance en 1766 , occupé depuis cette
époque à former des atteliers de charité pour em-

ployer les vieillards, les femmes, les enfants ; les artisans désœuvrés, & procurer des communications avec les grandes routes, à créer des cours de l'art des accouchements, jusques-là si négligé pour la classe des citoyens la plus intéressante, de peuple des villes & des campagnes ; à ménager des secours à donner aux noyés; à trouver les moyens de faire germer les talents, prospérer le commerce, l'agriculture & les arts ; à établir des hôpitaux de toute espece, & à ne point laisser dans une oisiveté funeste ceux que la nécessité oblige d'y renfermer.

Le panégyriste a fait indirectement la satire de plusieurs intendants à la mode, plus occupés des décorations extérieures de leur capitale & de leur hôtel, que d'améliorations utiles, telles que celles procurées à la province de Touraine par M. du Cluzel. C'est ainsi que l'intendance, malgré les facilités qu'il avoit de la changer & de la reconstruire, est restée dans l'état de simplicité antique où il l'a trouvée. M. du Cluzel n'a cependant pas négligé d'embellir Tours de bâtiments, mais ils étoient tous nécessaires ou utiles. Du reste, économe des deniers publics, il étoit prodigue des siens, ainsi que peut l'attester le bureau des aumônes de Tours.

20 *Octobre*. Messieurs de la caisse d'escompte, fort embarrassés de leur situation, doivent tenir une assemblée extraordinaire convoquée pour après-demain, pour aviser aux moyens de sortir de l'état critique où ils se trouvent, ou plutôt où ils tiennent le public.

En attendant, cette compagnie fait répandre par les journaux aux ordres du gouvernement, qu'elle a remboursé beaucoup de *billets rouges*,

& que leur montant porté à cinq millions sera bientôt entiérement acquitté ; que c'étoient les effets les plus répandus parmi les marchands & les artifans à caufe de leur petite valeur : que le peuple , peu inftruit du bon régime de cette caiffe, a pris l'alarme mal-à-propos; que les *billets noirs* répandus dans les grandes caiffes , & dans les mains des gens d'affaires & des gens riches , fe confervent avec foin & ne donnent aucune inquiétude à leurs propriétaires ; qu'enfin la caiffe n'en jouit pas moins de fon excellente réputation, puifque fes actions de 3, 00 livres, portées jufqu'à 5,000 , n'ont point baiffé.

Les gens bien inftruits ne croient point ces affertions , malheureufement trop démenties par les faits qu'ils ont fous les yeux.

20 *Octobre*. On a parlé dans le temps d'une fuite de feize eftampes, repréfentant les conquêtes de l'empereur de la Chine , expofées au fallon. Ce prince les a fait deffiner à Pékin , & elles avoient été envoyées en France pour les y faire graver par les plus célebres artiftes. On n'en tira que cent exemplaires qui furent envoyés à la Chine avec les planches, à la réferve d'un très-petit nombre pour le roi , la famille royale & la bibliotheque de fa majefté. Elles font très-rares, & quand il s'en trouve quelquefois un exemplaire, il fe vend huit cent livres.

D'ailleurs , cette collection intéreffante tient à l'hiftoire de l'empire de la Chine dans ces derniers temps ; elle offre un tableau piquant d'ufages, de mœurs, de coftumes qui nous font étrangers; une idée de la maniere de conftruire, de camper , de s'armer & de fe battre à la Chine.

Un éleve de feu *le bas*, M. *Helman*, a formé l'entreprise de réduire ces estampes & de les graver de nouveau.

21 *Octobre.* Dimanche dernier , pour éluder les défenses de la police , il est venu par la petite poste seulement à chacun des souscripteurs du musée scientifique, une lettre conçue en ces termes : « Vous êtes averti que M. de Montgolfier » m'enlevera pour la derniere fois dimanche à » quatre heures du soir , dans la maison de M. Re- » veillon. Signé *Pilâtre de Rozier.* »

En conséquence on s'est rendu en foule au lieu de l'expérience, qui est un vaste & superbe jardin formant une promenade très-agréable.

Malgré son indifférence apparente, la police qui se doutoit du concours , ne s'étoit point endormie , & il y avoit une garde nombreuse qui empêchoit les fiacres d'aborder pour ne point gêner les gens de pied , & a entretenu le meilleur ordre.

La machine dont il s'agit , quoiqu'originairement la même que celle de Versailles , a reçu différentes modifications, d'après les connoissances acquises par des expériences répétées. Elle est aujourd'hui un globe oval de soixante-dix pieds dans son plus grand diametre , ou de hauteur, & de quarante-six dans son plus petit , ou de largeur, & du poids de mille livres. On calcule qu'elle contient soixante mille pieds cubes d'air. Elle est élevée sur une estrade de cinq pieds de haut environ , sur cent cinquante de circonférence.

Ce vaste théatre creux entiérement , est fermé dans son pourtour ; on y entre par une porte qui s'ouvre & laisse pénétrer les opérateurs. Au centre est un foyer dans lequel on allume un brasier, & l'on jette les matieres propres à produire le gaz néceffaire. Cette matiere dimanche n'a été que force paille humide.

La machine dans son repos apparent avoit d'abord l'air d'un clocher : peu-à-peu elle s'eft développée & gonflée au point d'acquérir toute fon extenfion & fa rondeur en cinq minutes. Elle étoit affujettie entre deux poteaux de cinquante-quatre pieds de hauteur, & retenue de quatre côtés par des cordages proportionnés à la maffe.

Ce globe étoit comme monté fur un pied circulaire ouvert, au milieu duquel s'adapte un réchaud de feu. De droite & de gauche eft un balcon propre à recevoir les voyageurs, & du poids d'environ cinq cents liv. les deux.

M. *Pilâtre de Rozier* s'eft embarqué dans un avec force paille, avec de l'eau, des éponges & autres uftenfiles néceffaires, foit pour alimenter le feu, foit pour l'éteindre en cas de befoin.

La machine s'eft élevée à plufieurs reprifes, & dans la plus grande élévation a monté jufqu'à trois cent vingt pieds. Une fois elle eft reftée plus d'un demi-quart d'heure dans le plus parfait équilibre.

Une autre fois la machine en redefcendant a été portée entre des arbres & eft reftée peut-être un quart d'heure dans cet état d'anxiété. On a jeté force paille pour entretenir le gaz, & défefpérant de la voir repartir, on a déterminé monfieur *Pilâtre de Rozier* à defcendre avec le fecours d'échelles : à peine a-t-il été à terre que la machine s'eft dégagée par fon propre effort & a tourné cet obftacle à la gloire.

22

22 *Octobre*. M. *de Montigny* , membre de l'académie royale des sciences , mort depuis peu , lui
a légué par testament un fonds dont il a destiné
la rente à l'établissement d'un *prix annuel pour
traiter un sujet tendant à perfectionner quelque art
dépendant de la chymie , & pour que ce prix fût
successivement appliqué à différents arts.*

Comme le goût dominant du fondateur étoit
pour la teinture , l'académie , afin de mieux
remplir les intentions de M. de Montigny , propose pour le premier prix de cette espece le sujet
suivant :

« Faire une analyse , un examen chymique de
la garence & de la cochenille , drogues en bon
teint , comparée avec une pareille analyse des bois
de Campêche & de Fernambouc , drogues dont le
teint est toujours faux , quoique ces substances
colorantes soient appliquées sur les mêmes matieres , par les mêmes mordants & par les mêmes
procédés que celles qui produisent les couleurs de
bon teint.

Le prix , qui sera décerné dans l'assemblée publique d'après pâque 1785 , sera une médaille
d'or de la valeur de six cents livres , & dont
l'inscription , due à M. de Montigny même ,
annoncera l'objet de la fondation.

22 *Octobre*. Malgré tout le soin & le ménage-
ment qu'on a pris afin de ne point blesser
l'amour-propre de l'auteur du poëme d'*Alexandre
aux Indes* , soit en ne faisant jamais doubler
les bons acteurs , soit en ne faisant jouer cet
opéra que de loin en loin & presque toujours au
meilleur jour , qui est le vendredi ; au bout de
dix représentations il s'est trouvé qu'il avoit tout
au plus rapporté les frais de la mise dehors. Depuis

fa nouveauté on l'avoit cependant renforcé &
enrichi d'un fuperbe ballet du fieur *Gardel* l'aîné,
dans lequel le plus grand nombre des premiers
fujets avoient voulu briller pour faire leur cour à
M. *Morel*, ce Mécene fubalterne qui fe trouve
aujourd'hui le directeur véritable de l'académie
royale de mufique. On doit donc regarder cet
ouvrage comme à peu près tombé, quoiqu'on
dife ne l'avoir que fufpendu à caufe du voyage de
Fontainebleau.

Les adulateurs de M. *Morel* font retomber
aujourd'hui tout le blâme fur l'auteur de la
mufique; ils en trouvent les paroles excellentes,
& en effet tous les journaliftes d'accord en cela,
les uns gagnés par l'argent de Plutus, les autres
craignant de perdre leurs entrées, les derniers
voulant fe ménager un protecteur en lui, ont
répété à l'envi l'éloge du poëme. Aucun n'a ofé
dire qu'il étoit pris de Métaftafe. Rien de plus
vrai cependant; & s'il y a quelques vers heureux,
ils font tirés du poëte italien, & même de la
traduction françoife en profe. Du refte, il feroit
facile d'y trouver des morceaux peu lyriques, de
mauvaifes tournures, des défauts de fens commun,
des fautes de françois, fi l'ouvrage valoit la
peine qu'on entrât dans cette difcuffion.

23 *Octobre*. Extrait d'une lettre de Rome, du
1 octobre..... Je me fuis empreffé de vérifier
le fait annoncé dans quelques journaux concernant les honneurs qu'on a rendus ici au Pouffin.
J'ai trouvé en effet le bufte en marbre de ce peintre
placé depuis l'année derniere dans le Panthéon,
foit près de *Raphaël*: les noms du Pouffin font
au deffous, avec cette fimple infcription: *Pictor
Gallus*.

Il est constant que c'est M. *d'Agincourt*, gentilhomme françois, qui a renoncé à une place de fermier-général pour venir étudier & cultiver les arts en Italie, qui a fait faire en cette ville à ses frais le buste du *Poussin*, & c'est à lui que la France en a l'obligation.

M. *d'Agincourt* acheve en ce moment un grand ouvrage, pour lier les temps de la décadence des arts & ceux de leur renaissance.

23 *Octobre.* Il paroît que ce sont les actionnaires de la caisse d'escompte qui ont desiré une assemblée générale, afin de connoître leur situation dans la circonstance critique où ils se trouvent. Il y a eu de grands débats hier ; on a fait de vifs reproches aux administrateurs, & l'on n'a rien terminé. La délibération est continuée à aujourd'hui.

23 *octobre.* M. *Willemain d'Abancourt* forme aussi une réclamation au sujet du *Bienfait anonyme*. Il prétend avoir traité, il y a quelques années, le sujet de cette piece, & qu'une esquisse en a été imprimée en 1777, sous le titre du *Bon fils* ou *la Vertu récompensée*. Il ne renonce pas à faire jouer quelque jour cet ouvrage dans sa perfection, & il prend date afin d'éviter le reproche de plagiat.

24 *Octobre.* Me. *Lambon*, ancien bâtonnier de l'ordre des avocats, vient de mourir dans un âge avancé : il étoit fameux pour la consultation; mais il s'étoit mal tiré des circonstances critiques où il avoit présidé lors de la révolution de la magistrature, & lors des troubles élevés dans l'ordre par Me. Linguet. Il n'avoit pas montré toute la fermeté, tout l'héroïsme qu'exigeoient l'une & l'autre circonstances.

K 2

24 *Octobre.* M. *Desforges*, l'auteur de Tom-Jones, doit faire jouer aujourd'hui sur le théâtre italien, à la suite de ce drame, une petite piece en un acte & en vers, ayant pour titre : *les deux Portraits.* On la dit tirée du *Quiproquo* ou *Tout le monde fut content*, conte de M. *de la Dixmerie.*

25 *Octobre.* Extrait d'une lettre de Cherbourg, du 10 octobre..... Après bien des discussions on est convenu de la nécessité de préférer cette rade à toute autre, comme plus capable de faire un port de relâche pour la marine du roi ; dans la Manche, port si desiré, & dont à chaque guerre on a éprouvé le besoin.

M. *de la bretonniere*, capitaine de vaisseau, a proposé d'abord de rendre la rade deux fois plus grande qu'elle n'est à présent, & de la séparer par trois moles qui fourniroient quatre passes pour entrée, & c'est cette forme qu'on a adoptée.

Les deux môles des extrémités doivent avoir quatre cents cinquante toises de largeur chacun, appuyant par la droite à l'isle Pelée & par la gauche au fort de Querqueville. Celui du milieu, fait en chevrons, couvrira deux passes de trois cents toises chacune.

Chacune des deux premieres branches du mole, sera de huit cents toises de longueur, celle du milieu de neuf cents : elles porteront toutes trois des batteries redoutables à leur extrémité.

Ce projet, immense par son étendue, étonnoit, effrayoit, & sembloit impraticable ; enfin M. *de Cessart*, ingénieur en chef des ponts & chaussées & inspecteur, a imaginé les caisses à jour dont je vous ai parlé, en forme de cône. On en a d'abord fait l'essai au Hayre ; on y a construit à

terre une de ces machines ; on l'a lancée à la mer
& remorquée à l'endroit déterminé. Ces trois opérations , dont la forme flotante de M. *Groignard*
pratiquée à Toulon a donné l'idée , ont parfaitement réuſſi.

M. de Ceſſart a calculé qu'il lui faudroit cent
cônes de cette eſpece pour l'opération entiere, dont
trente- trois pour les môles latéraux & trente-quatre
pour celui du milieu : en dix ans il compte
terminer & ne dépenſer que trente millons.

Le conſeil de marine a approuvé les plans de
l'ingénieur ; il en réſultera une rade capable de
contenir cent vaiſſeaux , défendue en dehors &
en dedans par dix ou douze forts inattaquables ,
à l'abri de tous les vents , facile pour entrer &
pour ſortir.

Il ſeroit ennuyeux d'entrer dans les détails &
les calculs de l'appareil établi pour le premier
cône. Tout étoit prêt le 30 août : on a cru pluſieurs fois depuis être en état d'opérer ; mais le
mauvais temps , des avaries , le manque d'eau
ont fait échouer l'entrepriſe , & on l'a remis au
printemps ; car on ne ſe décourage pas , & l'on
eſpere profiter des inconvéniens même qu'on a
éprouvés, afin de mieux réuſſir l'année prochaine.

25 *octobre.* La piece de M. *Desforges* eſt peu
de choſe , ſans action ni mouvement , triſte ,
langoureuſe , elle ne vaut pas même le conte
aſſez médiocre qui en fait le fonds. Quelques
madrigaux ont été applaudis par les femmes, &
c'eſt tout.

25 *octobre.* Après bien des débats & trois ſéances
orageuſes tenues juſqu'à hier très-tard, il a paſſé
la délibération ſuivante , *oſtenſible* , en date du

24 octobre, rendue par les actionnaires de la
caisse d'escompte.

« A l'unanimité des suffrages, il a été arrêté
» que la somme de trente-trois millions de billets
» de la caisse d'escompte en circulation actuelle,
» au lieu de celle de quarante-trois millions
» environ, qui étoient dans le public lors du
» procès-verbal de la situation de la caisse fait
» par M. *le Noir*, commissaire du roi, le 3 octo-
» bre présent mois, restera fixée provisoirement,
» comme la plus considérable qui puisse exister
» dans le public, jusqu'à ce que cette assemblée
» ait reçu le rapport du comité qu'elle va élire,
» pour travailler de concert avec les administra-
» teurs, à diminuer la masse des billets de caisse,
» comme elle l'a déja été en effet de près de dix
» millions, depuis le procès-verbal susdaté »

26 *Octobre*. Depuis que M. le dauphin est au
château de la Muette, les Parisiens se rendent
en foule en ce lieu pour y jouir de la vue de
cet auguste enfant, qui doit y rester pendant
tout le voyage de Fontainebleau.

Tout le monde a la liberté de le voir & même
de lui parler. Il est d'une jolie figure : il articule
déja très-bien, quoiqu'il n'ait que deux ans,
& il répond avec netteté & intelligence aux
questions qu'on lui fait ; il est très-avancé pour
son âge.

Ayant reçu devant le public une boîte de
bonbons que lui envoyoit la reine, avec son
portrait dessus, il s'est écrié : *Ah ! voilà le portrait
de maman.*

M. le dauphin est habillé très-simplement,
il est en matelot, & n'est distingué d'un enfant
ordinaire que par la croix de Saint-Louis, le

cordon bleu & la toifon , décorations qui font
les attributs diftinctifs de fa naiffance.

On trouve excellent le genre d'éducation qu'on
femble difpofé à lui donner ; il en contractera
beaucoup d'affurance, d'ouverture, de popularité,
qui le rendront plus cher & plus aimable dans
l'âge où fon rang l'obligera de fe refferrer davantage. D'un autre côté , la circulation des curieux
diffipe ce prince ifolé aujourd'hui. Il n'a dans
ce moment auprès de lui perfonne de la famille
royale, pas même fa fœur que la reine a voulu
avoir à Fontainebleau , afin d'en fuivre fans interruption l'éducation dont elle s'eft chargée.

Madame la duchefle Jules , gouvernante de
M. le dauphin , n'a pu le quitter & s'eft fevrée de
tous les plaifirs de la cour ; elle vaque uniquement à fes précieufes fonctions.

26 *Octobre.* Depuis long-temps M. le procureur-général du parlement de Befançon, a averti
le gouvernement qu'il s'écouloit par cette province un numéraire confidérable de France , à
raifon du bénéfice que les négociants trouvoient
à ce commerce avec Geneve & la Suiffe.

On a formé dans le temps une accufation à cet
égard contre M. *Necker*, comme s'il eût été d'intelligence avec le miniftere anglois pour lui procurer
une circulation d'efpece dont il manquoit.

Cette accufation n'a pas eu plus de fuccès ,
& on l'a regardée comme une calomnie. Enfin la
cataftrophe de la caiffe d'efcompte a fait ouvrir
les yeux , & l'on fait les défenfes rendues à cet
égard.

Depuis, un M. Fleur de Befançon continuoit
la même manœuvre ; il lui a été arrêté une voiture de 600,000 livres en efpeces qu'il faifoit

paffer en Suiffe ; cet événement l'a déconcerté ; il s'eft effrayé ; il a craint les peines prononcées , & s'eft puni lui-même en fe noyant. On écrit qu'il en a réfulté dans la capitale de Franche-Comté, des banqueroutes pour environ dix millions; ces banqueroutes refluent ici , & l'on en annonce déja plufieurs.

27 Octobre. Le bas-relief exécuté par M. *Houdon*, pour fervir à la médaille dont on a parlé, frappée en l'honneur de meffieurs de *Montgolfier*, repré- fente les têtes des deux freres *Etienne* & *Jofeph*, inventeurs en fociété du globe aéroftatique.

M. *Delaunay*, le jeune, éleve du célebre graveur de ce nom, l'a deffiné & gravé avec beaucoup de goût : les deux têtes vraiment têtes à médail- les, offrent la reffemblance la plus parfaite. On lit au bas de l'eftampe les vers fuivants :

Montgolfier , que l'Europe entiere
Ne fauroit affez révérer,
A des airs franchi la carriere,
Quand l'œil de fes rivaux cherche à la mefurer.

27 Octobre. On étoit furpris que les écrivains de ce pays-ci, toujours attentifs à faifir l'à-pro- pos, n'euffent encore rien produit fur la crife de la caiffe d'efcompte. Enfin, il paroît fur ce fujet un pamphlet, intitulé *Idées d'un Suiffe*, où l'on affure qu'il y a de violents farcafmes contre les directeurs de la caiffe, & contre M. Necker qui l'a trop accréditée. Cet écrit de 15 pages feu- lement eft daté d'octobre 1783.

28 Octobre. Les chanoineffes font un colleg religieux de perfonnes du fexe, qu'on ne con

noiſſoit point dans le royaume avant la conquête & la réunion de différentes provinces, faites ſous *Louis XIV* & *Louis XV*; encore même depuis ce temps peu de gens ſont inſtruits en France de la nature de ces pieuſes fondations. Elles ſont faites en général en faveur de la nobleſſe, & il en eſt où il faut pour y être admis des preuves très-rigoureuſes. Le chapitre de Remiremont en Lorraine eſt de cette derniere eſpece. Il eſt deſtiné à recevoir dans ſon ſein, ſans acception d'états ni de royaumes, ce qu'il y a de plus pur dans les maiſons ſouveraines ou illuſtres de tout le monde chrétien.

Les chanoineſſes ne prononcent ni vœux ſolemnels, ni vœux ſimples. Elles peuvent quitter leur état quand & comme bon leur ſemble; elles n'ont aucune regle, aucune diſcipline qui les diſtingue des perſonnes laïques, pas même le vêtement; ſauf des marques honorifiques, comme des cordons, des croix, attributs qu'on tourne au contraire à l'avantage de la vanité. Il n'eſt donc pas bien étonnant que ces chapitres, vu le relâchement qui gagne toujours, ſe ſoient entiérement écartés de leur inſtitution, & aient dégénéré en établiſſements purement mondains & même en ſéminaires de corruption & de débauche.

Dans le chapitre de Remiremont comme dans les autres, il y a ce qu'on appelle les *Dames Tantes* & les *Dames Nieces* : celles-ci ſont de jeunes perſonnes que les premieres déſignent pour ſe ſuccéder, & l'on appelle cela *apprébender* : les coadjuctrices ſont entiérement ſous la diſcipline des anciennes, & n'ont de voix que par leur organe.

Il paroît qu'en 1781 il s'eſt élevé un ſchiſme

K 5

entre les *Dames Tantes* & les *Dames Nieces* ,
c'est-à-dire , entre les jeunes & les vieilles ; que
celles-là ont voulu s'émanciper de la tutele des
meres & donner leur suffrage libre , & qu'il en
est résulté une élection dont la validité a été
contestée par les anciennes. De-là un procès immense qui a enfanté des volumes de mémoires ,
& plus par la qualité des contendantes que par
la nature du fait , a produit un très-grand éclat
& a mérité d'attirer les regards du gouvernement,
des magistrats & du public.

28 *Octobre.* M. d'*Alembert* s'éteint insensible-
ment : une preuve qu'il est très-mal , c'est que
M. le curé de Saint-Germain-l'Auxerois sa paroisse ,
s'est déja transporté six fois chez lui , & jusqu'à
présent sans succès. Il y a toujours quelqu'un auprès
du malade qui reçoit très-bien le pasteur, mais dé-
tourne la conversation lorsqu'il veut entrer en matiere. Du reste , on est convenu de lui dire qu'il n'y
avoit pour le moment aucun danger. Les philosophes esperent qu'ainsi leur confrere échappera ,
sans trop de scandale , à la vigilance des prêtres ,
& qu'on ne pourra pas lui refuser la sépulture
chrétienne , comme à *Voltaire.*

28 *Octobre.* Il y a un arrêt du conseil du 24
octobre, qui n'a pas encore été publié, mais qui
est assez répandu. Il porte : *Conversion du bail
des fermes générales en une régie intéressée, à commencer du premier janvier 1784, & en remet la
direction aux fermiers-généraux de S. M.*

Hier lundi, au comité des caisses, ces fermiers
ignoroient encore son existence. Un subalterne
arriva, qui leur en parla ; ils n'en voulurent rien
croire ; ce ne fut qu'à la fin de l'assemblée qu'ils

en furent convaincus , par l'envoi qui leur en fut fait. Il s'enfuit qu'ils n'en avoient point de con- noissance. Quoique le préambule présente des mo- tifs louables & spécieux , comme c'est toujours l'usage même dans les opérations les plus désaf- treuses , on ne sait encore à quoi s'en tenir , & l'on tremble qu'il n'en résulte quelque chose de funeste.

29 *Octobre*. On a parlé d'un *cid* , opéra nou- veau , qui doit s'exécuter à Fontainebleau. Origi- nairement c'étoit M. *de Rochefort* de l'académie des inscriptions & belles-lettres qui s'étoit chargé des paroles que M. *Sacchini* devoit mettre en musique. Celui-ci ne parut pas content du pre- mier jet du poëte , qui eut la complaisance de se réformer & de se prêter à tous les changements désirés par le musicien. M. *Sacchini* finit par lui dire que ce poëme pouvoit être très-bon , mais ne lui inspiroit rien , & il se retourna du côté de M. *Guillard*.

L'académicien , piqué de cette honteuse préfé- rence , a fait imprimer son ouvrage. Il convient dans sa préface que la première scene & quelques autres endroits sont imités d'un opéra italien , intitulé : *Il cid de Faliconti* , dédié au cardinal *Coscia*. Il rend compte ensuite de ses condescen- dances envers le musicien , qui a gardé son ou- vrage près de six semaines , & il se plaint des mauvais procédés par lesquels il a reconnu sa trop grande docilité.

A la lecture le poëme de M. de Rochefort est très-agréable , l'action est sagement conduite & resserrée dans de justes bornes , malgré la néces- sité d'amener des divertissements & d'ajouter de la pompe au spectacle. Le style est correct , plein

K 6.

de sens & d'une élégance soutenue ; on ne peut lui reprocher que de la froideur, défaut accoutumé de toutes ses productions. Quoi qu'il en soit, il est à parier que le *Cid* de son rival ne vaudra pas celui ci.

29 *Octobre.* Extrait d'une lettre de Pétersbourg, du 25 septembre..... Léonard Euler vient de mourir en cette ville le 18 du mois. Nommer ce savant. de la naissance duquel la ville de Basle se glorifie, c'est faire son éloge. On sait que plus fécond & plus infatigable que M. d'Alembert, c'étoit un des grands mathématiciens du siecle. Il a surpassé son rival, parce que, livré uniquement à son génie, il n'a point eu de distractions comme lui, & ne s'est point écarté de son vrai talent en voulant donner dans la littérature & en courant après le bel esprit.

Il étoit associé étranger depuis 1755 de votre académie royale des sciences de Paris.

3e *Octobre.* Par les différents rapports qu'on reçoit des séances de la caisse d'escompte, il paroît que les orateurs principaux ont été MM. *Panchault, Dunolé & Clos.* Le sieur de *Beaumarchais,* qui veut se mettre de toutes les fêtes, y a péroré aussi ; mais faute de bien entendre la matiere, n'a pas reçu les applaudissements qu'il se promettoit ; ayant même terminé par un calembour, en disant que bientôt avec les billets de la caisse d'escompte on mourroit de faim, & que ce seroit la fin : il a été hué.

Celui qui s'est le plus distingué, c'est M. l'abbé de Périgord, agent général du clergé. On est assez étonné de trouver en pareille compagnie un abbé de qualité, un apprenti évêque, un personnage aussi grave. Il y est allé, parce que M. *de*

Saint-Julien, receveur-général du clergé, ayant dans sa caisse pour piés de deux millions de billets noirs, ses commettants avoient le plus grand intérêt de connoître la situation de la caisse d'escompte & de savoir ce qu'ils deviendroient. Il a sagement contenu M. de Saint-Julien, jusqu'à ce qu'il eût vu par lui-même ce dont il s'agissoit.

Messieurs les actionnaires de la caisse d'escompte ont été si contents de l'éloquence de M. l'abbé *de Périgord*, qu'ils l'avoient nommé un des cinq commissaires : il ne veut point accepter cette fonction, comme trop contraire à son état ; on cherche cependant à vaincre sa répugnance & à l'y déterminer.

30 Octobre. M. *d'Alembert* est mort hier à sept heures du matin. Il étoit né en 1717 ; il étoit des académies des sciences de Paris, de Berlin & de Pétersbourg, de la société royale de Londres, de l'institut de Bologne, de l'académie royale des belles-lettres de Suède, des sociétés royales des sciences de Turin & de Norwege. Mais, entre tant de titres honorifiques, celui qui le flattoit le plus étoit sa qualité de secretaire perpétuel de l'académie françoise, que, malgré ses infirmités, qui depuis quelque temps le mettoient hors d'état de la remplir, il n'a jamais voulu abdiquer.

Le principe de la grande réputation & de la fortune littéraire de M. d'Alembert fut la dédicace singuliere qu'il fit au roi de Prusse de son *Mémoire sur la cause générale des vents.* Il lui avoit valu le prix proposé par l'académie de Berlin, & une place à cette même académie, qui l'élut sans scrutin & par acclamation.

La dédicace confistoit dans ces trois mauvais vers latins, & rouloit fur les victoires du roi de Pruffe contre les Autrichiens & fur la paix qu'il venoit de faire.

Hæc ego de ventis, dum ventorum ocior. alis,
Palentes agit Auftriacos Fredericus, & orbi,
Infignis Lauro, ramum prætendit Oliva.

De-là une penfion de 1,200 livres que le monarque lui donna, & l'offre qu'il lui fit de la place de préfident de l'académie de Berlin, &c. &c. &c. . . . . .

31 *Octobre.* Le parti de l'élection dans le chapitre de Remiremont n'étant pas content des arrêts du parlement de Nanci, devant qui la conteftation a d'abord été portée, en a formé fon appel au confeil par une requête fignifiée le 16 août 1782, & le parti de l'oppofition y a ripofté par une requête auffi fignifiée le 29 novembre fuivant.

C'eft pour appuyer ces requêtes purement juridiques & contentieufes, que les deux partis ont fucceffivement répandu des mémoires qui ont donné une plus grande publicité à l'affaire.

Le premier des *Dames Tantes* appellantes, en date du 27 novembre 1782, étoit intitulé : *Mémoire & confultation fur plufieurs points importants de la conftitution du chapitre de Remiremont :* dans ce *factum* de quatre-vingts pages, favant traité du droit public en cette partie, & contenant un hiftorique précieux d'un chapitre illuftre qui fubfifte depuis onze fiecles, l'on agitoit la double queftion, fi les *Dames Tantes* ont, ou non, la propriété des voix des *Dames Nieces*, & fi le chapitre eft un corps eccléfiaftique ou laïc. On s'étoit muni de nombreux fuffrages, choifis dans la claffe des plus célebres jurifconfultes de Paris, & l'on en avoit inondé avec affectation la cour, la capitale & les provinces éloignées.

Les *Dames Nieces* ne font point reftées en arriere, & elles ont répondu par deux *factums*, l'un de cent fept pages, & l'autre de cent quarante, en date des 10 & 19 mai 1783, où, par des differtations adroites & non moins érudites, elles ont renverfé toute l'économie des conftitutions du chapitre de Remiremont établie par leurs adverfaires, & prétendent prouver que c'eft un corps laïc. Du refte, des détails piquants, des anecdotes malignes qui intéreffoient les gens du monde, & en rendoient la lecture amufante.

Réplique pour les Dames compofant la majeure & la plus faine partie du chapitre de Remiremont, de deux cents cinquante-deux pages.

Tel eft le titre du dernier mémoire qui a paru dans cette affaire devenant de plus en plus grave. Celui-ci eft fuivi d'une confultation en date du 27 août 1783. Il eft de M. *Blondel*, comme le premier, & ne mérite pas moins d'être lu.

Au refte, ce procès s'eft élevé dans le temps que madame la princeffe Chriftine de Saxe étoit abbeffe de Remiremont. Elle étoit du parti de l'élection, & eft morte depuis.

31 *Octobre*. Il eft arrivé depuis quelque temps ici un méchanicien, auteur d'une *figure parlante*, la plus rare qui ait jamais paru.

Ceux qui la vont voir peuvent la queftionner indifféremment, fuivant leurs penfées; & l'automate répond avec autant de précifion, que s'il étoit préparé à la demande.

Si l'on veut c'est la figure qui fait la question.

Qu'on lui parle à voix haute, ou à voix assez basse pour que personne de la compagnie ne puisse entendre ce que l'on dit, elle rendra tout de même réponse à celui qui l'aura interrogée.

Cette figure a la forme d'une poupée d'environ un pied & demi de haut, elle tient à la bouche une espece de trompette qui est à peu près aussi longue qu'elle est haute. Il faut y approcher l'oreille pour en recevoir la réponse. On est maître de la visiter : afin qu'on ne soupçonne aucune communication quelconque, elle est suspendue en l'air par un ruban ; l'auteur assure qu'elle peut l'être en tout autre lieu ; d'ailleurs, sans être suspendue, elle parle également dans les mains.

On a d'abord cru que cet automate n'étoit qu'un de ces spectacles de foire faits pour amuser le peuple : beaucoup de physiciens n'avoient pas daigné l'aller voir ; mais, sur le rapport de gens dignes de foi, les plus habiles méchaniciens l'ont été visiter, & n'y comprennent encore rien, pas plus qu'au joueur d'échecs.

31 *Octobre.* M. *Danße de Villoison*, de l'académie des inscriptions & belles-lettres, a eu l'honneur de recevoir une médaille d'or du roi de Suede, il y a déja quelques mois.

1 *Novembre* 1783. Dans les *Idées d'un Suisse* on donne à entendre que le discrédit de la caisse d'escompte est le résultat d'une intrigue de cour pour supplanter M. le contrôleur-général & même M. *de Vergennes*, comme président du conseil des finances. On insinue qu'elle a été ourdie par le marquis *de Castries*, ministre de la marine, pour se débarrasser des poursuites de M. *d'Ormesson*,

qui le preffe fur le compte à rendre au comité des finances de fa geftion. On y veut que le miniftre de la guerre fe foit réuni à celui là, & que tous deux aient été pouffés par M. Necker, qui enrage de fa nullité. Les manœuvres de cette cabale font développées d'une façon affez vraifemblable : & la retraite de M. de Bourgade qui vient d'arriver, & auffi prévue dans la brochure, pourroit donner quelque confiance en l'auteur.

Quoi qu'il en foit, il rend juftice au miniftere actuel des finances, qui, fuivant lui, ne feroit pour rien dans cette faillite, & auroit au contraire pris les précautions les plus fages, afin de tranquillifer le public & de l'empêcher d'être dupe.

Il admet, comme un fait certain, l'exportation de l'argent hors de France durant la geftion de M. Necker, & de fes conforts les banquiers, au point qu'il n'y auroit plus que pour 8 millions de numéraire dans Paris, & c'eft de cette rareté connue & occafionée par leur cupidité, qu'ils fe font prévalus pour ébranler la caiffe & jeter l'alarme.

L'écrivain développe encore les manœuvres ufuraires des agents de la banque, par lefquels ils auroient fait des profits énormes : il en paroit très au fait, ainfi que du véritable état des chofes.

On en doit conclure plus que jamais combien il eft dangereux de laiffer fubfifter une pareille caiffe avec la faculté de fabriquer du papier à volonté, reffource qui devroit toujours refter dans les mains feules du gouvernement, ou pour mieux dire, impraticable en France, ou du moins dans fa conftitution actuelle. Du refte, cette facétie n'eft point affez plaifante pour fon titre, & comme morceau, n'eft point affez claire, affez bien déduite, affez nourrie de faits & d'anecdotes.

1 *Novembre.* La *Maifon royale de fanté*, dont on a annoncé le projet, eft finie. Ce monument élevé à l'humanité, bien choifi pour la falubrité du local, ayant des jardins étendus & des promenoirs couverts, rempli de commodités dans fon intérieur & d'une architecture folide, noble & fimple, a été conftruit fous l'infpection de M. *Antoine*, l'auteur de la monnoie.

Il y a feize lits, dont douze fondés par le roi, trois par la ville de Paris, & un par un prélat. Il y a en outre dans l'hofpice des chambres particulieres où les perfonnes non domiciliées & étrangeres feront indiftinctement reçues, moyennant une fomme convenue & fans acception de religion.

On a dit que les lits fondés étoient pour les eccléfiaftiques & les militaires malades. Le premier préfident & le procureur-général nommeront aux derniers, & les agents généraux du clergé aux premiers.

L'archevêque de Paris a béni en cérémonie le 18 du mois dernier cet hofpice, fupplément à l'hôpital de la charité & confié aux foins de ces religieux : un de leurs membres célébrant a très-bien harangué le prélat.

1 *Novembre.* Suivant le préambule de l'arrêt du confeil, la réfiliation du bail des fermes eft motivée fur les inconvénients qui réfulteroient pour le bien de l'état d'une plus longue aliénation

de certains droits durant la paix , & fur la néceffité d'apporter , fur-tout dans la perception des
droits des traités & dans l'exploitation de la vente
exclufive du fel & du tabac , des modifications
qui , fans diminuer ou retarder les revenus , puiffent procurer au commerce intérieur & extérieur
de nouvelles facilités.

Cela fe rapporte à ce qu'on a déja dit des oc-
cupations de M. le contrôleur-général qui travailloit fur ces parties, & apparemment a trouvé
quelque milieu defiré ici , afin de remédier aux
abus , aux gênes , aux vexations dont on fe plaint
depuis fi long-temps inutilement.

Du refte , on fait des compliments aux fermiers-
généraux , on fe loue de leur zele , de l'excellence
de leur crédit & de leur patriotifme. On leur
confie la direction des mêmes droits ; on leur
affure les mêmes profits , & on les décharge de
la garantie à laquelle ils étoient foumis par le
roi.

Leur geftion fera de trois années fous le titre
de directeurs-généraux en régie intéreffée.

2 *Novembre.* Il eft à croire que le mémoire
préfenté par *Monfieur*, & le comte *d'Artois* concernant leurs demandes, malgré le peu d'accueil qu'il
avoit d'abord reçu au contrôle général, ainfi qu'on
l'a dit, a fait plus d'impreffion enfuite. On affure
aujourd'hui qu'on a déterminé S M. à payer les
dettes de fes freres & que c'eft un objet confidérable. On prendra des arrangements avec les
créanciers pour de long délais, afin de ne pas trop
obérer le fifc public.

2 *Novembre.* Avant-hier la comédie italienne,

dont les travaux pour l'approvisionnement de Paris en nouveautés ne font pas même suspendus par le voyage de Fontainebleau, a donné le *Comte d'Olbourg*, drame en cinq actes & en prose. Il est tiré du quatrieme volume du théatre allemand, où il est intitulé : *le Ministre d'état*. Messieurs *Friedel* & *de Bonneville*, qui en font les traducteurs, ont arrangé ce sujet pour notre théatre & nos mœurs ; du moins telle a été leur intention. Il paroît qu'il y avoit de l'étoffe ; mais il auroit fallu le talent de M. *Rochon*, très au fait de ce genre de littérature, & qui s'y est exercé avec succès. Le nouveau drame n'en a point eu : à la premiere représentation il a semblé très-médiocre.

3 *Novembre*. Le sieur *Astley*, dont on a parlé l'année derniere, est revenu à Paris & a recommencé depuis peu ses exercices de chevaux. Il s'est fait construire à l'endroit où il avoit déja ouvert son spectacle un manege spacieux, dont la circonférence est garnie de plusieurs rangs de loges. Il est couvert en sorte qu'on y est à l'abri aujourd'hui des injures de l'air, & qu'on y peut représenter en tout temps. La singularité de la disposition de cette salle & de la décoration, qui l'empêche de ressembler à aucune autre, est déja très-propre à piquer la curiosité. Une trentaine de candelabres garnis de plusieurs lampes, fournissent environ douze cents meches servant à l'éclairer. Au milieu est un théatre destiné, dans les intervalles des exercices des chevaux, à faire des tours de force très-variés. Aux deux côtés font les écuries ; dans le haut est placé un orchestre.

Le menuet des chevaux, le cheval qui rap-

porte, le cheval qui s'affied comme un chien,
le combat du tailleur anglois & de fon cheval,
font les principaux exercices qu'on y voit ; ils
font animés par les bouffonneries d'un paillaffe
très-adroit , & les écuyers font des tours de force,
de foupleffe & d'agilité inconcevables. Les fieurs
Afteley pere & fils continuent à s'y diftinguer.
Deux Angloifes brillent aufli & enchantent les
hommes , tandis que les premiers féduifent les
femmes, fur-tout le fils dont la fuperbe taille &
les graces infinies lui attirent les plus grands applaudiffements.

C'eft le 16 octobre que ce fpectacle a repris
pour la premiere fois.

3 *Novembre.* M. le comte *de Treffan* , membre
de l'académie des fciences & de l'académie françoife, vient de mourir. Il avoit plus compofé fur
fes vieux jours que durant toute fa vie: il avoit
fait depuis quatre ou cinq ans un extrait de
l'*Amadis de Gaule* en deux volumes : des *extraits
des Romans de chevalerie* en quatre volumes ; une
traduction de l'*Arifote* , & il n'y avoit pas deux
mois l'*Eloge de Fontenelle* , dont on a parlé ; il
foutenoit prefque à lui feul la *bibliotheque des
Romans*, recueil qui fans lui feroit déja épuifé.

3 *Novembre.* Extrait d'une lettre de Bourbonne,
du 14 octobre..... Il n'eft que trop vrai , nos eaux
fi falutaires pour le commun des malades, ont été
funeftes au docteur *Lorry*. M. l'abbé *Teffier* &
M. *Hallé* fon neveu , tous deux docteurs de la
faculté de médecine & membres de la fociété
royale de médecine , l'avoient accompagné ici , &
n'ont pu par leurs foins empêcher ce trifte accident, arrivé en feptembre. Ils lui ont rendu les

derniers devoirs, & fait placer fur fa tombe cette inscription latine.

HIC JACET

Præcipiti fato, nondum annis ;
Dudum laboribus confectus ,
ANNA-CAROLUS LORRY , *Parifinus*
Doctor , medicus parifienfis ,
Societatis regiæ medicæ nafcentis columen ,
Adultioris decus et ornamentum.
Integritate vitæ , amenitate morum ,
Jugenii acumine , incredibili doctrinâ ,
Laborum utilitate ;
Pietate in deum , amore ergà fuos ;
Sedulitate apud ægros , benevolentià apud omnes ;
Commendatus.
Thermas Borbonenfes , tot millibus falutiferas ,
Inutiles expertus ,
Flebilis multis ,
Obiit Borbonæ die XVIII menfis feptembris ,
Anno domini MDCCLXXXIII.
Ætatis LVI. menf. XI , dieb. VII.
Quam viventi pacem contulit mens fibi confcia ,
Eam defuncto concedat divina mifericordia.

M. Lorry laiffe un teftament de mort fort fingulier, dans lequel il déclare qu'il n'a jamais fait l'incrédule que par foibleffe ; que, malgré les plaifanteries & même les raifonnements qu'il fe permettoit en public fur la religon, afin de

plaire & de briller , il a toujours cru sincérement
en Dieu. & à nos mystères.

4 *Novembre.* Extrait d'une lettre de Rome , du
15 octobre. . . . . Tandis qu'on multiplie chez vous
les effigies du Thaumaturge moderne , qu'on
en place les images dans les oratoires , qu'on
compose des *prémices de dévotion* en son honneur
(titre d'un livre de piété) , qu'on écrit sa vie ; que
M. Carracioli dans sa *Lettre à un académicien* se
moque des philosophes incrédules & les injurie ,
les actions de Joseph Labre baissent beaucoup ici ;
sa béatification est arrêtée & pourroit n'avoir pas
lieu. L'avocat du diable a découvert qu'il étoit
janséniste , que c'étoit un béat du parti , un
imbécille dans le goût de M. Paris , que cette
cabale protege & voudroit placer dans l'empyrée.
Ses miracles , à la discussion , se trouvent n'avoir
pas plus de consistance que ceux du diacre de
Saint Médard. Le sacré college est furieux d'avoir
été dupe de l'imposture : l'auréole du nouveau
saint va s'éclipser : son cadavre sera vraisemblablement expulsé de l'église de Notre-Dame-des-Monts
où il étoit déposé , & l'on n'en parlera bientôt
plus.

4 *Novembre.* Extrait d'une lettre de Fontainebleau, du 2 novembre. . . . . Les *idees du Suisse* commencent à se réaliser, M. *de Bourgade* est chassé
& M. *d'Ormesson* vient de donner sa démission.
On prétend que *les quatre coins de la reine* se
font réunis contre lui. On appelle ainsi les quatre
maisons de la cour qui jouissent plus particuliérement des faveurs de sa majesté, & ont le plus
de crédit sur son esprit, les *Polignac,* les *Vaudreuil,* les *Guiches* & les *Périgord ;* ils ont profité
de l'ineptie que M. le contrôleur-général a fait

voir dans la crise de la caisse d'escompte, & dans
sa résiliation du bail des fermes, pour lui représenter qu'il n'étoit pas possible de laisser à la tête
des finances un personnage d'aussi peu de ressources, & que ce seroit rendre service à l'état d'ouvrir
les yeux du roi sur son compte.

De son côté, M. d'Ormesson, s'il n'a montré
du génie, a fait voir au moins du zele , de la
fermeté & du patriotisme. Vous savez qu'il est
question de faire faire au roi des acquisitions,
soit du prince de Conti, soit du duc de Penthievre ; en outre qu'il est question de venir au
secours des freres du roi qui ont leurs maisons
très-dérangées , de lui faire même encore acheter
l'Orient & la ville de Recouvrance du prince de
Guimené, pour faciliter en partie la libération
des dettes de cet illustre banqueroutier , &
soulager la maison de Rohan , qui sollicite fort
cet arrangement. Le contrôleur général a parlé
très-ferme à ce sujet ; il lui a représenté que
tant d'acquisitions inutiles ne pourroient se faire
qu'aux dépens du trésor royal : que pour le remplir
de nouveau , il faudroit imposer de nouvelles
charges, ce qui , en derniere analyse , feroit
retomber ces dépenses sur les peuples.

Des courtisans pervers ont empoisonné cette
résistance louable ; ils ont représenté à sa majesté
qu'on pourroit trouver un homme qui sauroit
concilier toutes les choses, & l'on assure que cet
homme est M. *de Calonne*. Le roi, fatigué de toutes
ces tracasseries , vient d'envoyer redemander le
porte-feuille à M. *d'Ormesson* ; mais le successeur
n'est pas encore nommé.

5 *Novembre.* M. *d'Alembert* est décidément
mort sans sacrements ; sur quoi les prêtres & les
dévots

dévots n'ont pas manqué de débiter que fa fépulture chrétienne avoit éprouvé beaucoup de difficultés à Saint-Germain-L'Auxerrois fa paroiffe, mais que n'ayant pu s'y refufer, le clergé a du moins témoigné fa répugnance en fe comportant très-indécemment à cet égard. Rien de plus faux. Un vieux maître des comptes, M. Remi, fon exécuteur teftamentaire, avec M. *Watelet*, qui en eft adjoint, a dit publiquement qu'il étoit très-content de la maniere dont en avoit agi M. le curé de Saint-Germain.

M. *d'Alembert* a été à la vérité enterré fans cérémonie & porté dans un cimetiere ; mais il avoit demandé par fes dernieres volontés la plus grande fimplicité dans fes obfeques ; ainfi voilà encore un nouveau triomphe des philofophes.

On attend actuellement avec impatience la mort de M. *Diderot*, qui eft condamné par la faculté. Comme cet athée, tel eft du moins la qualification que les prêtres & les dévots lui donnent, n'eft d'aucune académie, ne tient à aucune famille, n'a nulle confiftance par lui-même, n'a point d'entours & d'amis puiffants, le clergé fe propofe de fe venger fur lui, & de faire éprouver à fon cadavre toutes les avanies religieufes, à moins qu'il ne fatisfaffe à l'extérieur.

5 *Novembre*. Extrait d'une lettre de Fontainebleau, du 5 novembre.... C'eft décidément M. *de Calonne* qui eft nommé contrôleur-général, & la cabale a enfin vaincu la répugnance du roi à fon égard. Comme il a beaucoup d'efprit, qu'il eft avide de célébrité & defire depuis long-temps cette place, on fe flatte qu'il y reuffira peut-être.

On fait qu'il a des projets dans fon porte-feuille qu'il n'a jamais voulu communiquer aux autres miniftres, difant qu'il les réfervoit pour le temps où il le feroit lui-même. Voilà le moment venu, & nous verrons s'il remplira l'efpoir du parti qui l'a pouffé.

5 *Novembre.* Le théatre allemand, dont meffieurs *Friedel* & *de Bonneville* avoient entrepris la traduction, eft fini ; il contient fept volumes. Ces meffieurs fe propofoient de faire fucceffivement repréfenter plufieurs des pieces qui le compofent ; mais leur premiere tentative n'ayant point été heureufe, on doute qu'ils ofent en rifquer une feconde, ou qu'ils trouvent auprès des comédiens la même facilité.

5 *Novembre.* On crie vraiment beaucoup contre l'arrêt du confeil qui réfilie le bail des fermes. On trouve mauvais que l'on faffe rompre au roi un contrat folemnel ; & cet arrêt eft d'autant plus préjudiciable aux ex-fermiers, que leur cautionnement de 1,560,000 livres fubfifte, & que cet argent pour le plus grand nombre eft un argent emprunté. Leurs créanciers s'alarment & refufent de leur laiffer leurs deniers en ne les voyant que fimples directeurs, c'eft-à-dire, amovibles à volonté.

On croit que ces financiers ont fait de vives repréfentations à ce fujet, & que cette fauffe démarche a fervi encore de prétexte aux ennemis de M. d'Ormeffon pour le décréditer auprès du roi.

6 *Novembre.* Quelque curieufe que foit la poupée qui parle, elle n'approche pas, au gré des connoiffeurs, des têtes parlantes annoncées de l'abbé *Mical* ; mais comme c'eft un homme

simple, modeste, qui ne travaille point pour faire
bruit ou pour gagner de l'argent, on n'en dit
mot. Cependant le témoignage que les commissaires de l'académie des sciences qu'il avoit invités à venir examiner ses automates, lui ont
rendu, est bien glorieux. Suivant leur rapport,
ils ont découvert dans son ouvrage la même sim-
plicité de plan, les mêmes ressorts, les mêmes ré-
sultats qu'on admire en disséquant dans l'homme
l'organe de la voix.

6 Novembre. Les papiers publics ont parlé d'un
monument que les Etats-Unis doivent faire élever
en l'honneur du général *Washington*, & qui doit
s'exécuter actuellement à Paris. Un M. T. Rousseau a toujours en attendant composé l'inscription
suivante.

Alexandre lui seul mit cent peuples aux fers :
Par le bras de Cesar je vois Rome asservie ;
Washington de son sang, versé pour sa patrie,
Signe la liberté du nouvel univers.

6 Novembre. Par les faits mieux éclaircis il
paroît constant que M. d'Alembert n'a été enterré
que forcément, que les prêtres étoient décidés
à faire jeter son cadavre à la voirie, & qu'il a
fallu un ordre du roi & envoyer à Fontainebleau.
Mais pour éviter le scandale, M. Remi, qui est
un bon homme, ne conte les faits qu'à ses amis
intimes, & du reste affecte d'être très-content.

Ce qui rend l'impénitence finale du secrétaire
de l'académie françoise très-remarquable, c'est qu'il
a conservé sa tête jusqu'au dernier instant.

La veille de sa mort n'entendant pas parler

L 2

les perfonnes qui étoient dans fa chambre, il s'eft plaint de ce filence, & a dit : eh bien, puifque vous ne voulez pas parler, lifez-moi quelque chofe du Mercure, & il a deviné la charade & le logogriphe. Le fieur Pankouke triomphe de voir que fon journal foit le dernier ouvrage qu'ait goûté le philofophe mourant.

M. le comte de Condorcet eft fait légataire univerfel de M. d'Alembert par fon teftament.

7 Novembre. M. *Collé*, lecteur de fon alteffe féréniffime monfeigneur le duc d'Orléans, & l'un de fes fecretaires ordinaires dont on avoit annoncé l'année paffée l'état trifte & languiffant, vient d'y fuccomber, abandonné prefque généralement, à raifon de l'humeur déteftable dont il étoit tourmenté, & qu'il faifoit rejaillir fur les autres.

On affure qu'il laiffe nombre d'ouvrages en porte-feuille. Il avoit eu le loifir d'en compofer beaucoup depuis que fes infirmités l'avoient obligé de fe retirer de la fociété.

C'eft le premier chanfonnier à qui ce talent ait valu une penfion. Il en obtint une de 600 liv. de la cour pour la chanfon fi connue fur Port-Mahon.

7 Novembre. Lors des réjouiffances faites à l'occafion de la naiffance de M. le dauphin, on diftingua la fête donnée au peuple dans l'intérieur de la halle au bled. Ce monument, dégagé de tout ce qui l'offufque & l'embarraffe habituellement, recouvert d'une banne & illuminé, parut prendre une forme nouvelle & frapper les artiftes. C'eft ce qui fit naître l'idée à meffieurs le Grand & Molines, architectes, d'exéêuter la coupole qu'ils viennent d'y terminer, & qui attire aujourd'hui la foule des curieux.

L'académie d'architecture, invitée à venir visiter ce nouveau genre de construction, lui a donné l'approbation la plus distinguée.

La coupole dont il s'agit, du diamettre de cent vingt pieds, ne differe de celui du Panthéon que de douze environ ; elle est faite en planches de sapin, au lieu de bois de construction, ce qui, sans lui ôter de sa solidité, lui procure une légéreté unique, & a épargné des frais immenses. On a déja dit que c'est au celebre menuisier *Roubo* fils, qu'en avoit été confiée l'execution, qui a parfaitement réussi.

Les échafauds, construits dans les mêmes principes, ont été dirigés par le sieur *Alboxy*, maitre charpentier, dont le nom merite aussi d'être conservé. Il a mis tant d'intelligence dans la construction, l'érection, la pose & la démolition de tous ces échafauds, que durant les travaux qui ont duré plus d'un an, bonheur peut-être unique, il n'en a coûté la vie à aucun ouvrier.

Le sieur *Tournu*, fondeur & doreur, avoit proposé pour la couverture de ce monument une composition métallique, approuvée de l'académie des sciences ; mais cela auroit exigé trop de retard, & l'on en a simplement fait usage, pour essai, dans quelques parties.

8 *Novembre*. Dom *Dapres* est sorti de la bastille, il paroît même que M. l'archevêque de Narbonne, revenu à des sentiments plus modérés, a sollicité le premier son élargissement. On vouloit qu'il lui fît des excuses & au chapitre ; mais le prélat a complété son acte de générosité en lui

L 3

fauvant cette humiliation ; on s'eft contenté
d'éloigner ce religieux turbulent & cauftique.

Du refte, la fermentation commence à renaître dans l'ordre, & les fins politiques ne doutent
plus qu'elle ne foit excitée fous main par le
gouvernement, qui n'a point affez d'énergie pour
imiter de haute lutte l'exemple de l'empereur,
mais fent toute l'utilité de fon plan, & voudroit
le fuivre en faifant concourir l'ordre lui-même à
fa diffolution par fes divifions inteftines. Ce feroit
un coup de filet de deux cents millions, qui, bien
appliqués, contribueroient beaucoup à foulager
l'etat : c'eft encore évaluer trop médiocrement la
vente des biens des bénédictins, puifqu'ils ont
huit millions de revenus en terres, fur quoi à dé-
falquer feulement 9 millions de dettes à payer en
tout & les penfions viageres de quinze cents religieux environ qu'ils font : ils ont en outre cent
quatre-vingts maifons.

Des quinze cents religieux, douze cents plus
reláchés defireroient la diffolution, trois cents
feulement attachés à l'ordre, à la regle, à la
difcipline & aux conftitutions, tiennent pour
Dom *Mouffu*, & regardent comme canonique
la dépofition de ce chef & tout ce qui a été
fait : l'inftance eft toujours pendante au parlement ; & fi la cour veut adroitement fomenter
les troubles, elle laiffera les rigoriftes fe pourvoir
devant ce tribunal contre le chapitre général qui
vient de fe clorre.

Dom *Mouffu* eft homme à le faire, il eft ferme,
il n'a point été ébranlé par tout ce qui s'eft paffé :
en vain M. le garde-des-fceaux, lorfqu'il a paru
à l'audience de ce chef de la juftice avec fes affiftants, les a-t-il traités devant tout le monde d'in-

trigants & de factieux ; il a répondu qu'il efpéroit que monseigneur reviendroit de fes pré-
ventions contre eux.

Lorsque, forcé par l'ordre du roi de paroître
au chapitre, dom *Mouffu* a été interrogé fur la
place qu'il y vouloit occuper, il a dit : la premiere ou la derniere.

Les rigoriftes comptent aufli beaucoup fur dom
d'Aigle, un de leurs chefs les plus intrépides,
qui également a fait fes proteftations contre le
chapitre par huiflier, & reçu un ordre du roi
de s'y rendre. Il a profité de cette circonftance
pour adrefler aux prélats commiflaires & à fes
confreres un très-beau difcours, où il a re-
nouvellé fon oppofition, & a protefté contre fa
préfence.

On eft dans l'attente de la réponfe que le roi
fera au parlement, fuivant l'efpoir qu'il lui en
a donné pour la Saint-Martin, après les itératives
remontrances, & de ce que cette cour fera en
conféquence.

9 *Novembre.* Madame la duchefle de Polignac,
dès qu'elle a fu que la reine avoit fait une faufle
couche, qui a eu lieu le 3 de ce mois, n'a
pu tenir à fon empreflement de fe rendre auprès
de S. M. Elle a écrit au roi une lettre, où, dans
l'excès du trouble que lui caufoit cette fâcheufe
nouvelle, elle le fupplioit de ne point prendre en
mauvaife part fi elle fufpendoit les exercices de fa
charge pour fe livrer à fon zele envers fa fouveraine; qu'au cas où fon abfence feroit abfolument
incompatible avec fa qualité de gouvernante des
enfants de France, elle préféroit d'en faire le facrifice & de donner fa démiffion.

En effet, fans attendre la réponfe du roi,

L 4

madame de Polignac s'eft rendue à Fontainebleau
& y a couché même une nuit. Le bruit avoit
couru qu'elle n'étoit plus gouvernante ; mais elle
eft revenue à la Muette , & l'on ne voit point
que le roi ait donné aucune fuite à fon mécontentement.

9 Novembre. C'eft M. l'abbé *Chevreuil* qui a
fuccédé à M. l'abbé *Thierry* dans la dignité de
chancelier de l'univerfité. Cet abbé *Chevreuil* n'a
pas la confiftance, l'efprit fin & l'aménité de fon
prédéceffeur. C'eft un pédant dans toute la force
du terme, qui a voulu mener la faculté de théologie à la baguette. Les docteurs non-feulement fe
font révoltés contre fon defpotifme, mais ont
pretendu l'empêcher de préfider aux exercices fuivant le droit de fa place. De fon côté, l'abbé
Chevreuil irrité a déterré d'anciens titres qu'il
fait valoir comme lui donnant des prérogatives
oubliées ; tout cela fait la matiere d'un procès
évoqué au confeil. La faculté a produit un mémoire où l'on trouve beaucoup de paffion, & où
le nouveau chancelier eft très-maltraité ; celui-ci
y a répondu par un autre très-volumineux, très-
favant, & très-ennuyeux par conféquent. Malheureufement ces pieces ne font que manuf-
crites & reftent dans la pouffiere des greffes du
confeil : mais comme la fermentation s'accroît,
les profanes s'attendent à voir quelque brouil-
lon donner l'effor à fa fougue, & leur apprêter
à rire.

10 Novembre. Trente fermiers-généraux, pré-
fidés par M. d'Aharvelay, garde du tréfor royal,
ont été le dimanche 2 à Fontainebleau, & ont
fait des repréfentations fur l'arrêt du confeil qui
caffe le bail des fermes ; ils en ont tellement

développé les inconvénients & l'injuftice ; ils ont tellement fait craindre pour le crédit du roi qui alloit être perdu , qu'on leur a facrifié monfieur d'Ormefton , ainfi qu'on l'a vu , & l'arrêt eft retiré.

10 *Novembre.* Le pere Houbigan vient de mourir , âgé de quatre-vingt-dix-huit ans , dont il en avoit pafté quatre-vingts dans la congrégation de l'oratoire. Il étoit penfionnaire du clergé pour nombre d'ouvrages compofés en faveur de la religion. C'eft le feul fruit qu'on en ait tiré , car perfonne que les gens du métier ne les conoît.

10 *Novembre.* Avant-hier les comédiens françois ont donné la premiere repréfentation du *Séducteur* , comédie en cinq actes & en vers. Cette piece avoit été jouée à la cour & avoit réufti. Le roi s'en étoit même expliqué avantageufement. Il l'avoit trouvé très-bien , quoique froide. Elle n'a pas moins plu à la ville. On la croyoit de M. *Paliffot* ; mais elle eft trop fortement intriguée pour lui & le ftyle approche plus de la maniere du *méchant* , que de la maniere de ce poëte qui a de la fermeté , de la pureté , de la noblefte ; mais non, cette mollefte & cette facilité *de Greffet.* Comme il y a de l'obfcurité dans la marche de l'action , il faut attendre une feconde repréfentation pour en juger plus pertinemment. L'auteur eft encore anonyme : on veut aujourd'hui que ce foit M. le marquis *de Bievre.*

11 *Novembre.* Le différend élevé à l'occafion du cabinet de machines de M. *de Vaucanfon* , eft enfin terminé à la fatisfaction de l'académie. C'eft elle qui le conferve ; il paroît même qu'on fait acheter ou louer au roi la maifon de l'académi-

cien défunt , & c'est M. *de Wandermonde* qui
est chargé de la garde de ce dépôt , qu'il s'agit
de mettre en ordre & d'augmenter , ensuite de
rendre public.

On doit avant y joindre un historique de chaque machine contenant le nom de l'inventeur ,
la date de son origine , son utilité , &c.

Messieurs les intendants du commerce auront
seulement la liberté d'en jouir pour leur utilité
ou pour celle de leurs agents.

11 *Novembre.* M. *Mulotin* , horloger de Dieppe ,
a imaginé un phare d'une nouvelle construction :
il est en forme d'horloge & le rouage fait alternativement paroître & disparoître une masse de
lumiere composée de vingt-quatre réverberes. Sa
durée est de trois minutes , & la disparition d'une ,
& ainsi toujours alternativement ; en sorte que les
marins prévenus de ce méchanisme , la montre à
la main , ne pourront douter si c'est le véritable
point où ils peuvent attaquer la terre.

Cette machine , beaucoup moins dispendieuse
que les faux ordinaires , a été approuvée de l'académie , & le ministre de la marine doit donner
des ordres en conséquence pour qu'elle soit adoptée
dans tous les ports de mer.

11 *Novembre.* L'action continuelle de l'acide
marin sur le bois par le frottement & la pénétra-
tion , rendoit les œuvres vives des vaisseaux ,
c'est-à-dire la partie du bois qui plonge dans l'eau ,
spongieuse , mousseuse , beaucoup plus lourde , &
par conséquent moins propre à obéir à l'action
des voiles : c'est pour y remédier qu'on a imaginé
en Angleterre de les doubler en cuivre , méthode
qui a été bientôt adoptée en France durant la
derniere guerre. Mais on a déja reconnu qu'elle

étoit sujette à des inconvénients graves ; on veut aujourd'hui substituer au cuivre un vernis métallique , qui en offre toute l'utilité , sans en avoir les inconvénients ; c'est sur cet exposé , & vraisemblablement d'après des expériences faites, que le roi a accordé un privilege exclusif pour l'établissement d'une manufacture royale de ce vernis à Nantes , par arrêt du conseil, revêtu de lettres-patentes enrégistrées dans tous les parlements du royaume.

12 *Novembre.* On assure que le nouveau contrôleur-général a déclaré à messieurs de la caisse d'escompte qu'il n'étoit point disposé à leur continuer son secours pour manquer plus long-temps à leurs engagements ; qu'ils eussent à se mettre en regle pour y satisfaire promptement ; qu'ils avoient assez gagné avec le public pour pouvoir faire face. On croit que c'est ce qui accélere l'assemblée extraordinaire de ces messieurs , indiquée au 14 de ce mois.

12 *Novembre. Relation de la séance publique de l'académie royale des sciences pour sa rentrée d'après la Saint-Martin. . . . .* M. *de Condorcet* , secretaire de l'académie des sciences, y a paru en pleureuses, comme légataire universel de M. d'Alembert, & ce costume étoit un prélude de l'ouverture de la séance. Il n'a pas cru pouvoir rester muet en pareille circonstance , & dérogeant à l'usage de la compagnie qui ne célebre ses membres défunts qu'à leur rang , de son agrément sans doute , il a dit :

« La mort nous a ravi M. d'Alembert , lors-
» que son génie, encore dans sa force, promettoit
» à l'Europe savante de nouvelles lumieres. Géo-
» metre sublime, c'est à lui que notre siecle doit

L 6

» l'honneur d'avoir ajouté un nouveau calcul à
» ceux dont la découverte avoit illustré le siecle
» dernier, & de nouvelles branches de la science
» du mouvement aux théories qu'avoit créé le
» génie de Galilée, d'Huyghens & de Newton.

» Philosophe sage & profond, il a laissé dans
» le discours préliminaire de l'Encyclopédie un
» monument pour lequel il n'avoit point eu de
» modele.

» Ecrivain tantôt noble, énergique & rapide,
» tantôt ingénieux & piquant, suivant les sujets
» qu'il a traités ; mais toujours précis, clair,
» plein d'idées, ses ouvrages instruisent la jeu-
» nesse & occupent d'une maniere utile les loisirs
» de l'homme éclairé.

» La franchise, l'amour de la vérité, le zele
» pour les progrès des sciences & pour la défense
» des droits des hommes, formoient le fond de
» son caractere.

» Une probité scrupuleuse, une bienfaisance
» éclairée, un désintéressement noble & sans faste,
» furent ses principales vertus.

» Les jeunes gens qui annonçoient des talents
» pour les sciences & pour les lettres, trouvoient
» en lui un appui, un guide, un modele.

» Ami tendre & courageux, les pleurs de
» l'amitié ont coulé sur sa tombe au milieu des
» regrets des académies de la France & de
» l'Europe. Il eut des ennemis pour que rien ne
» manquât à sa gloire, & l'on doit compter
» parmi les honneurs qu'il a reçus, l'acharne-
» ment avec lequel il a été poursuivi pendant
» sa vie & après sa mort, par ces hommes dont
» la haine se plaît à choisir pour ses victimes
» le génie & la vertu.

» Honoré par lui dès ma jeuneffe d'une ten-
» dreffe vraiment paternelle, perfonne, dans la
» perte commune, n'a plus à regretter que moi.
» Son génie vivra éternellement dans fes ouvrages;
» il continuera long-temps d'inftruire les hom-
» mes ; il refte tout entier pour les fciences &
» pour fa gloire; l'amitié feule a tout perdu. »

Pour rendre l'exception moins injurieufe, l'orateur a parlé auffi en ces termes de M. *Euler*.

» La mort de M. *d'Alembert* avoit été précé-
» dée de quelques femaines feulement par celle de
» M. *Euler*, génie puiffant & inépuifable, qui,
» dans fa longue carriere, a parcouru toutes les
» parties des fciences mathématiques, & a reculé
» les bornes de toutes. Toujours original & pro-
» fond, mais toujours élégant & clair, il a pu-
» blié plus de quatre cents ouvrages, & il n'en
» eft pas un feul qui ne renferme une vérité nou-
» velle, une découverte utile ou brillante. Privé
» de la vue, fon activité, fa fécondité même,
» n'en avoient point été rallenties. La force fin-
» guliere de fon intelligence répara fans effort
» cette perte, qui pour tout autre eût été irré-
» parable, & la nature fembloit l'avoir formé
» pour être à la fois un grand homme & un phé-
» nomene extraordinaire, pour étonner le monde
» autant que pour l'éclairer. »

Un filence lugubre ayant fuccédé, M. *de Condorcet* a repris la parole :

L'académie avoit propofé en 1777, pour fujet
d'un prix l'*Expofition au fyftéme des vaiffeaux lym-
phatiques*; n'ayant pas été fatisfaite des mémoires
envoyés au concours, elle avoit annoncé une feconde fois le même fujet avec des modifications
en 1781 ; elle n'a pas été plus heureufe. Un feul

mémoire, dont l'auteur n'a point rempli les vûes de l'académie, a été préfenté, & elle croit devoir renoncer à ce programme.

Elle propofe pour fujet du prix, la *Defcription du nerf intercoftal dans l'homme.*

Quoique plufieurs parties de ce nerf foient bien connues, il y en a plufieurs auffi dont la ftructure n'eft point affez exactement déterminée. On donnera la plus grande attention à fes diftributions dans les vifceres, à fes connexions & à fes diverfes origines. Comme il fe préfente des variétés dans fes rameaux, les anatomiftes qui concourront, feront mention de celles qui leur auront paru les plus remarquables. L'académie vérifiera les nouveaux détails qui lui feront envoyés. Les auteurs ne furchargeront point fur-tout leurs defcriptions ou leurs deffins de ramifications imaginaires ; reproche que l'on peut faire à plufieurs modernes : ce n'eft qu'en fe renfermant dans les bornes de l'exactitude la plus rigoureufe, qu'on pourra mériter ce prix. Dans la vue de diminuer la dépenfe de ces recherches, on n'exige point que la defcription foit accompagnée de deffins, qui cependant, s'ils y étoient joints, ajouteroient au mérite & à la précifion du travail. On laiffe les auteurs libres à cet égard.

Indépendamment de ce premier prix, dont les fonds n'ont point été employés, l'académie fe trouvant dans le cas d'en propofer un fecond, elle demande, pour concourir à ce nouveau prix, une *Defcription du nerf intercoftal, confidéré dans les animaux.*

Elle a jugé qu'il feroit útile pour la fcience, & commode pour les auteurs de propofer deux fujets qui euffent des rapports entr'eux, & qui puſſent s'éclairer mutuellement. Mais afin que les obſervations puiſſent être vérifiées & comparées entr'elles, & pour donner au programme toute la préciſion dont il eſt ſuſceptible, on a cru devoir indiquer quels ſont les animaux dans leſquels les concurrents doivent examiner la ſtructure du nerf intercoſtal. On les a pris dans les claſſes qui ſont marquées par les différences, & choiſi ceux qui ſont le plus à la portée de tous les anatomiſtes.

Ces animaux ſont, parmi les quadrupedes :

1°. *Le Singe* (1).

On n'indique pas l'eſpece, pour ne pas ajouter à la difficulté que l'on pourra trouver à s'en procurer. Les auteurs feront connoître le nom de celui qu'ils auront diſſéqué.

2º. *Le Chien.*

3°. *Le Mouton.*

Parmi les oiſeaux,

Le Dindon.

Parmi les reptiles,

Une Grenouille.

Parmi les poiſſons,

Une Carpe.

(1) Comme il feroit peut-être difficile aux anatomiſtes établis dans les provinces, de trouver un ſinge, l'académie déclare que cet article n'eſt point de rigueur.

Quoique l'on indique les noms des animaux dans lesquels les concurrents doivent examiner le nerf intercostal , ils seront néanmoins libres d'ajouter à leur mémoire la description de ce nerf considéré dans d'autres animaux , pourvu que ceux énoncés dans le programme soient la base de leurs recherches. Ils indiqueront avec soin les diverses origines de l'intercostal, le nombre & la position de ses ganglions, ses connexions ; & dans le cas où il manqueroit à certains viscères auxquels il se distribue dans la plupart des animaux , on fera connoître quels sont les autres nerfs qui le suppléent.

On n'exige point , par la raison exposée plus haut, que les descriptions soient accompagnées de dessins; on laisse les auteurs libres à cet égard.

Après l'annonce de ces prix ordinaires , le secretaire en a proposé un extraordinaire.

L'académie , en conséquence des ordres du roi, avoit proposé pour sujet d'un prix extraordinaire qui devoit être proclamé à la Saint-Martin 1783 , *de trouver le procédé le plus simple & le plus économique pour décomposer en grand le sel marin, en extraire l'alkali qui lui sert de base, dans son état de pureté , dégagé de toute combinaison acide ou autre, sans que la valeur de cet alkali minéral excédât le prix de celui qu'on retire des meilleures soudes étrangères.*

Quoique dans le nombre des mémoires qui lui ont été adressés, il s'en trouve plusieurs qui contiennent des recherches intéressantes, cependant, comme les procédés proposés sont imparfaits, en ce qu'ils ne procurent qu'une décomposition incomplete du sel marin, que celui qui approche le plus de remplir le vœu du programme, est publié dans les papiers allemands, & qu'on a déja monté des fabriques en grand à Londres sur ce principe, l'académie n'a pas cru qu'elle fût dans le cas d'adjuger le prix. Elle propose donc le même sujet pour la Saint-Martin 1785.

Après les détails relatifs aux formules à observer par les concurrents à ce prix, M. *de Condorcet* a parlé du second prix extraordinaire.

L'académie avoit proposé un prix avec le titre d'ingénieur de l'académie pour les instruments de mathématiques, à celui qui seroit le meilleur quart de cercle. Elle a adjugé la somme de 1,100 livres, qui restoit du prix, à M. Megnié, ingénieur, & membre de l'académie de Dijon, mais elle a réservé le titre d'ingénieur de l'académie.

Enfin, M. *de Condorcet* a terminé ces annonces magnifiques pour une plus considérable encore.

M. le comte d'Angiviller, directeur - général des batimens, a cru devoir proposer un prix de 6,000 livres pour le mémoire qui donneroit les meilleurs moyens de corriger ou de remplacer la machine de Marly, qui auront approché le plus du premier. Conformément aux intentions du roi, l'académie s'est chargée du jugement de ce prix, pour lequel elle se propose de publier incessamment un programme détaillé.

Ces préliminaires finis, il a été lu cinq mémoires & trois éloges.

Le premier mémoire de M. de Fouchy roule *sur le véritable inventeur de l'application des lunettes au quart du cercle & de la méthode d'observer en plein jour les planetes & les grandes étoiles* Chargé par l'académie de faire la recherche, à a trouvé que c'étoit Morin, mathématicien de réputation au commencement du dix - septieme fiecle, qui avoit, avant la naiſſance dé l'académie, fait cette découverte, que s'eſt enſuite attribué mal-à-propos l'abbé *Picard*. Comme Morin donnoit dans l'aſtrologie judiciaire, fort à la mode de ſon temps, on ne lit plus ſes ouvrages qui ne ſont pourtant pas à dédaigner.

M. *le Gentil* eſt auteur du ſecond mémoire *ſur l'aſtronomie* des Brames, encore plus ſec que que celui-là. L'académicien, célebre voyageur, y montre que des tables de chiffres dont perſonne n'avoit encore donné l'explication, ſont des tables du mouvement du ſoleil & de la lune, deſtinées à faciliter aux Brames le calcul des éclipſes.

Le mémoire du pere *Pingré*, le troiſieme en rang de lecture, avoit quelque choſe de plus intéreſſant : il concerne *l'iſle qui a paru cette année auprès de l'Iſlande*. Il y montre qu'il s'eſt plus d'une fois formé auprès de cette iſle de ces terres volcaniques qui ont enſuite diſparu.

M. *Lavoiſier*, ami des ſyſtêmes nouveaux, dans le quatrieme mémoire, prétend que *l'eau n'eſt point un élément*, comme on l'a toujours cru, qu'elle ſe décompoſe & recompoſe à volonté.

Le dernier mémoire & le plus intéreſſant pour ſon objet, eſt celui de M. le Roi. Il a parlé *des brouillards extraordinaires de l'été dernier*. Il n'en trouve d'exemple qu'en l'année 1252. Le ſavant académicien déclare qu'il n'en connoît ni la nature, ni la cauſe : les effets n'en ont point été funeſtes en France, mais bien ailleurs. Du reſte, il tend moins à prouver qu'à nier. Il attaque ſur-tout l'opinion de ceux qui attribuent ces brouillards aux révolutions de la Calabre ; il la détruit radicalement, en établissant par leur journal qu'ils ont commencé très-loin de l'Italie, & n'y ont régné qu'après.

Les trois éloges ont fait beaucoup plus de plaisir que tous ces mémoires. Celui de *Vaucanson* contenoit des anecdotes très-curieuses & très-piquantes. Il étoit né comme tous les hommes de génie avec une vocation extraordinaire pour la méchanique. Elle se décida dès sa tendre jeunesse.... Sa mere, dévote, s'entretenoit avec son directeur ; pendant ce temps, son fils encore écolier, regardoit à travers une cloison une pendule, machine alors peu commune ; il cherchoit à en deviner l'intérieur ; elle resta imprimée dans son imagination, & il n'eut point de repos qu'il n'en eût découvert tout le méchanisme. Ses essais furent de petits automates qu'il fabriquoit pour sa chapelle, amusement puéril, analogue au goût de ses parents : il imitoit avec ses figures les cérémonies de l'église. Son *flûteur* est le premier ouvrage digne de lui. Mais il pensa lui coûter sa liberté. Ayant annoncé avec beaucoup d'amour-propre son projet, un oncle de *Vaucanson* en fut effrayé, craignit qu'il ne devînt sorcier, & sollicita une lettre de cachet contre lui. Il fut obligé de fuir pour se soustraire à sa persécution. Il eut depuis la liberté de revenir & exécuta dans un silence modeste la machine annoncée. On en fut enchanté : son canard qui faisoit toutes les fonctions animales, étoit encore plus compliqué. Le roi émerveillé lui demanda s'il pourroit exécuter de cette maniere la circulation du sang ; il s'en étoit chargé ; mais les matieres devoient venir des pays étrangers ; il falloit y envoyer un

méchanicien habile, tout cela entraînoit beaucoup de frais ; il s'enfuivit des lenteurs, du re-
froidiffement, & *Vaucanfon* fe dégoûta. Il fe
tourna du côté d'objets plus folides ; il voulut
perfectionner nos manufactures, fur-tout celles de
Lyon, relativement à la fabrication & à la pré-
paration de la foie. Les ouvriers, qui craignirent
de perdre leur occupation & leur pain, le virent
parmi eux avec indignation & le pourfuivirent
à coups de pierres. Il fe vengea par une carica-
ture méchanique : c'étoit un âne qui exécutoit
leurs travaux. La grande objection contre fes découvertes en ce genre qui n'ont pas eu lieu, qui
en détruit l'avantage, fans nuire à fa gloire, c'eft
qu'elles auroient rendu la matiere plus chere.

Vaucanfon réuffit mieux dans l'application de
fon art à d'autres objets, & il eft parvenu à mériter la renommée du plus habile méchanicien
de l'Europe, non-feulement dans les arts agréables,
mais dans les arts utiles. Il tomba malade encore
plein d'idées & de projets relatifs à fon génie.
Sentant bien qu'il n'en reviendroit pas, toute fon
inquiétude étoit de ne point voir la fin des travaux commencés ; il preffoit les ouvriers, & leur
difoit qu'il n'y avoit pas de temps à perdre, que
fa derniere heure approchoit. Il paroît que cette
crainte l'occupoit plus que celle de fon falut.

L'éloge de *bordenave*, plus court, n'auroit rien
rendu fous la plume d'un autre panégyrifte. Celui-ci a eu l'art d'y attacher des morceaux philo-
phiques de détail qui, nés du fujet, fans une
extrême adreffe lui auroient paru cependant trop
étrangers. Tel eft celui du ridicule procès qui
a fubfifté long-temps entre les médecins & les chi-
rurgiens, & qui a fini, en donnant une liberté

convenable à ceux - ci , par les reftreindre dans certaines bornes & par les affujettir à des études régulieres. L'admiffion de *Bordenave* à l'académie, malgré les réglements, par un ordre fupérieur, a amené une digreffion plus ingénieufe que vraie fur la haine des corps éclairés , plus difpofée que celle des particuliers à s'amortir , à céder au mérite & à la juftice.

Bordenave étoit le premier chirurgien élevé à la dignité d'échevin. M. *de Condorcet* a pris occafion de cette circonftance pour placer une profopopée brillante, où il fait parler le peuple à l'un de ces hommes tirés de fon fein & devant être fes défenfeurs ; profopopée où en indiquant les devoirs d'un échevin , il fait une fatire fanglante de la maniere dont ils les rempliffent, ou plutôt les oublient.

Le cordon de Saint-Michel , récompenfe du mérite dont étoit décoré le défunt académicien, a fourni matiere à une fortie non moins vigoureufe contre ces hommes décorés d'ordres qui ne fuppofent que de la naiffance, de la faveur, de l'intrigue ou de l'argent, fortie qui n'a pas paru plaire aux dignitaires & membres de la compagnie bardés de pareils cordons.

Le fecretaire s'eft complu fur-tout dans le dernier éloge, qui, quoique d'un étranger, étoit trèsfécond & rempli d'intérêt. C'eft celui de M. *Pringle*, favant, laborieux, dont la vie a été auffi active que le génie. Il paffa fa jeuneffe dans les camps, & étoit médecin de l'armée du roi d'Angleterre à la bataille du Main. Ce fut lui qui le premier engagea milord Stuars , fon général , à convenir avec le marechal de Noailles , général de

l'armée françoise, que les hôpitaux militaires feroient des afyles facrés.

Le foldat étoit regardé par le docteur Pringle,
comme une efpece d'hommes trop précieufe pour
ne pas s'en occuper. Il a fait beaucoup d'obfervations fur cette matiere, fur les camps, fur les
hôpitaux, fur les prifons, & a mis les autres fur
la voie de perfectionner fes découvertes.

M. Pringle étoit préfident de la fociété royale
de Londres, lors de la féparation des colonies angloifes d'avec la mere-patrie & de la guerre qui
s'enfuivit. L'efprit de parti s'empara tellement du
grand nombre des membres de la compagnie,
qu'ils vouloient renoncer aux découvertes, aux
méthodes & aux machines de M. *Franklin* fur
l'application de l'électricité contre les effets de la
foudre. M. *Pringle* leur fit fentir à quel point la
paffion les aveugloit, les fit revenir & refta toujours l'ami de M Franklin.

M. *Pringle*. médecin, encore plus grand pra-
ticien que fpéculateur, étoit ennemi des fyftêmes:
il préféroit une routine qui guériffoit à une doc-
trine brillante qui tuoit le malade. *c'eft nous autres*
favants, difoit - il, *qui avons tout gâté par nos*
raifonnements.

M. Pringle joignoit prefque tous les genres de
connoiffances à celui de la médecine, & fur-tout
la théologie. Il étoit néanmoins peu ferme fur
celle-ci, & n'avoit que deux opinions fixes aux-
quelles il tenoit fortement: la non-éternité des
peines & l'indifférence des cultes. On a été furpris d'abord que le fecretaire mît fi ouvertement
en lumiere ces principes erronés; on l'a été bien
davantage, quand on l'a entendu les développer
avec une forte d'approbation, & fes amis même

ont craint que sa hardiesse ne lui fît tort auprès des prêtres & du gouvernement par contre-coup.

Une digression sur les quakers, un éloge de M. Franklin présent & que le secretaire a félicité de n'être plus Anglois, un goût cependant se-cret pour l'Angleterre & les Anglois, sont après ce morceau, ce qui a le plus frappé l'assemblée, admirant en général & à juste titre le talent de l'orateur pour la tâche dont il est chargé & dont il s'acquitte périodiquement avec de nouveaux succès.

13 *Novembre.* L'arrêt du conseil dont se sont plaints les fermiers-généraux est en effet retiré, & l'on y en a substitué un autre en date du 9 novembre, concernant *le bail des fermes générales.* Il est motivé tout bonnement sur les inquiétudes qu'a produit la résiliation annoncée, sur ce que S. M. a reconnu que le bail du 19 mars 1780 ne contient aucune clause ni réserve qui le rende moins obligatoire que les baux précédents, & sur les offres & soumissions que ses fermiers-gé-néraux viennent de faire entre ses mains, dont il résulte que la continuation de ce bail n'ap-portera aucun obstacle à l'exécution de ses vues bienfaisantes.

En conséquence le bail ancien subsiste, sui-vant la résolution de sa majesté de manifester de plus en plus en toute occasion, *que tout en-gagement contracté ou reconnu par elle, & devenu le gage de la foi publique, sera toujours à ses yeux inviolable & sacré.*

13 *Novembre.* Ce qu'on avoit prévu arrive. Depuis la clôture du chapitre général de la con-grégation de Saint-Maur, les réclamations s'élèvent

de tous côtés. Les appels comme d'abus se forment : cependant les membres dévoués à la cour, partifans de ce chapitre, continuent à le foutenir valide, & repandent deux pieces imprimées en faveur de leur fyftéme.

L'une eft intitulée : *Mémoire à confulter & confultation au fujet du chapitre général de la congrégation de Saint-Maur.*

L'autre : *Extrait des regiftres du procès - verbal des féances du chapitre général de la congrégation de Saint - Maur, affemblé à Saint - Denis du 9 feptembre 1783.*

Ces deux pieces font intéreffantes & méritent plus de développement.

14 *Novembre.* Extrait d'une lettre de Limoges, du 8 novembre..... Je vous ai parlé des travaux que M. d'Aine , marchant fur les traces de monfieur Turgot, avoit fait exécuter pour cette ville & pour la généralité. Avant de quitter cette intendance pour paffer à Tours, où il eft nommé, il a eu la fatisfaction de voir terminer la *place d'Aine,* d'une vafte étendue pour la tenue de nos foires & marchés.

En outre, les maire & échevins ont fait graver fur deux pilaftres qui décorent les deux côtés de l'entrée d'une promenade connue fous le nom de *Dorfay,* & qui forme une des deux faces de la *place d'Aine,* deux infcriptions latines où font rapportées en détail les ouvrages exécutés depuis qu'il eft intendant.

Ces monuments de tendreffe & de gratitude font d'autant plus flatteurs pour lui , qu'ils lui font decernés dans un moment où l'on n'a rien à ménager avec lui puifqu'il nous quitte. J'aurois voulu qu'on y eût ajouté *à M. d'Aine après fon départ*

départ pour l'intendance de Tours. Malheureuſement les inſcriptions ſont antérieures & datées de 1782.

14 *Novembre.* Extrait d'une lettre de Toulouſe, du 6 novembre..... L'inhumation dans les cimetieres n'éprouve plus aucune difficulté ; le vicomte de Thiſen, meſtre-de-camp de cavalerie, & chevalier de Saint Louis, a ſubi cette cérémonie, avec toute la pompe due à ſes grades militaires; & ſa famille, ni ſes camarades n'ont témoigné aucune répugnance.

14 *Novembre.* Suivant le mémoire à conſulter concernant les différends de la congrégation de Saint-Maur, voici le récit des faits tels qu'on peut les démêler à travers l'obſcurité de cet hiſtorique, rendu tel exprès ſans doute.

En 1781 il devoit ſe tenir un chapitre général. Il fut précédé, comme de coutume, de l'aſſemblée ou diete de chacune des ſix provinces entre leſquelles la congrégation eſt diſtribuée. Mais dans la diete de la province de Normandie, il s'éleva des difficultés ſérieuſes ſur le droit de huit religieux pour y voter. La diete ſe diviſa en deux partis : la moitié des capitulants ſe ſéparerent, en réclamant les conſtitutions & celles du chapitre général.

Le chapitre étoit indiqué à l'abbaye de Marmoutier-les-Tours pour le 17 mai 1781 ; les religieux qui avoient continué l'aſſemblée, malgré la retraite de leurs confreres, ou plutôt le viſiteur de la province de Normandie, & les ſix réligieux qui ſe diſoient députés de la diete, firent imprimer un écrit intitulé : *Compte que le révérend pere viſiteur & les ſix députés de la province de Normandie rendent au chapitre général de leur diete,*

Tome XXIII.   M

& de ce qui l'a précédé. Ce compte étoit suivi d'une consultation sans date, accompagnée d'un mémoire à consulter & d'une autre consultation du 12 mai 1781.

De leur côté, les opposants à la diete envoyerent quatre d'entr'eux présenter au chapitre une requête en leur nom, où il se plaignoient de tout ce qui s'étoit fait de contraire aux regles, & demandoient qu'on rejetât les lettres des députés de Normandie, comme non librement élus. Ils y avoient joint une *consultation* du 11 mai 1781.

Le chapitre passa outre ; vingt-quatre vocaux se réunirent pour ne point écouter les opposants, contre dix-neuf qui penchoient pour l'opinion contraire ; c'est ce qu'établit du moins dom *Mouffu* dans un mémoire concernant la diete de Normandie, pour justifier les opérations du chapitre de 1781, appuyé d'une consultation du 23 mai 1783, qui se prévaut encore d'une lettre de M. *Amelot*, annonçant l'approbation du roi.

Les opposants ne se regarderent point comme battus, ils réclamerent de nouveau & contre l'admission des députés, & contre la validité du chapitre & des élections qu'il avoit faites, en ce que dans les voix pour rejeter leur requête, on avoit compris celles de leurs adversaires qui s'étoient trouvés ainsi juges & parties, & interjeterent un appel comme d'abus, signifié le 26 mai 1781.

C'est alors qu'intervint l'arrêt du conseil du 29 juin 1781, qui déclara qu'il n'y avoit lieu à l'appel comme d'abus, qui fit défense d'y donner suite, & enjoignit aux bénédictins d'obéir aux supérieurs nommés dans le chapitre.

Le clergé de France, assemblé par la permission du roi en 1782, vint au secours des opposants, &, en les soutenant, fit renaître les troubles. Il ramena le ministere de leur côté, & il en est résulté l'arrêt du 21 juin dernier, ordonnant la convocation du chapitre général : arrêt trouvé si irrégulier par les autres, que dom Mouslu, le général, dans sa lettre circulaire qui accompagnoit l'envoi, déclaroit qu'il ne le faisoit que par commandement du roi exprès & itératif. En même temps parut la requête & autres imprimés répandus dans la congrégation, tendant à faire naître des doutes sur la légitimité du futur chapitre.

Les opposants, pour les lever, ont eu recours à leurs conseils, & il en a résulté ce mémoire attribué à M. le Camus, & une consultation en date du 19 août, souscrite de sept jurisconsultes célebres, qui décide la légitimité du chapitre & de ses opérations.

15 *Novembre.* Extrait d'une lettre de Mende, du 6 novembre..... Le roi, touché des plaintes des habitants du Vivarais, du Gévaudan & des Cevenes, sur les vexations qu'ils éprouvent de la part des praticiens, notaires ou gens d'affaires, excessivement multipliés dans ces cantons montagneux, vient de nommer, à la sollicitation de M. le comte *de Périgord*, notre commandant, une commission composée de quatre conseillers au parlement de Toulouse, pour y remédier & punir les coupables.

Ces commissaires sont messieurs *de Rey*, *d'Albis*, *de Saint-Felix* & *d'Aguin*. Ils ont profité des vacances pour commencer leurs travaux, & ouvert leurs séances le premier octobre.

L'évêque a fait promulguer dans toutes les

paroiſſes de ſon dioceſe le dimanche ſuivant les lettres-patentes enrégiſtrées au parlement de Touloute, qui annoncent l'objet & l'ouverture des ſéances. Le peuple eſt allé en foule au devant des magiſtrats : ils ont été reçus au milieu des acclamations, & les officiers municipaux de cette ville, accompagnés de la bourgeoiſie qui s'étoit miſe ſous les armes, les ont harangués.

La promulgation des lettres-patentes a été ſuivie de la lecture d'une lettre paſtorale du prélat, où il préſente un tableau d'exactions, de rapines & de crimes commis à l'ombre des loix, dont on n'auroit pu ailleurs ſe former une idée.

Voilà qui eſt bien différent de ce qui ſe paſſe à Paris, où l'on parle, dit-on, d'une chambre de juſtice, non-ſeulement pour réformer les ſuppôts de la juſtice prévaricateurs, mais encore les magiſtrats qui tolerent ces prévarications, les autoriſent, & ſe rendent eux-mêmes coupables des exactions les plus criantes.

15 Novembre. La fermentation qui regne en ce moment, relativement à l'état des finances & à ſon miniſtre, a fait reprendre beaucoup de vogue aux différens écrits repandus ſur l'admi-niſtration de M. Necker, recueillis en trois petits volumes ſous le titre de Collection complete de tous les ouvrages pour ou contre M. Necker, avec des notes critiques, politiques & ſecretes, le tout par ordre chronologique, enrichi du portrait de ce directeur-général des finances, & d'une gravure repréſentant madame la princeſſe de Poix avec madame Necker.

Comme on a parlé ſucceſſivement de toutes ces

pieces, on ne fera mention que de celles qu'on ne connoiſſoit pas.

1° *Converſation de Mad. la princeſſe de Poix avec Mad. Necker.* Cette facétie très-courte roule ſur une anecdote qu'on a rapportée dans le temps concernant le traveſtiſſement que Mad. Necker avoit pris pour ſurprendre en flagrant délit un libraire qui vendoit des libelles contre ſon mari, & le livrer à un exempt de police.

2°. *Requête au roi ſur la retraite de M. Necker, par un ancien réſident à la cour de France.* Bavardage de rhéteur, dans le genre de la lettre du marquis de Villette, qu'on ſent bien n'être pas parvenu davantage à ſon adreſſe. Point de faits, point d'anecdotes.

3°. *Idée d'un citoyen* relativement à la geſtion de M. Necker, avec un *Proſpectus* d'établiſſement pour libérer avec facilité les dettes actuelles de la France, occaſionées par ſes emprunts, & y répandre un bien-être général ; projet également convenable à tous les états de l'Europe.

Comme l'auteur anonyme ne fait qu'annoncer ſon plan en charlatan, c'eſt-à-dire en le vantant beaucoup, ſans en révéler les moyens, on ne peut en dire davantage.

Ce qu'il y a de mieux & de nouveau dans ce *Recueil*, ce ſont les notes qui viennent communément d'un financier inſtruit, & quelquefois d'un homme répandu qui ſait les anecdotes de cour.

1 5 *Novembre. Relation de la ſéance publique de l'académie royale des inſcriptions & belles-lettres, tenue aujourd'hui pour ſa rentrée d'après la Saint Martin.....* Le nouveau ſecretaire pourſuivant ſon projet de tirer les ſéances publiques de ſa com-

pagnie, de la folitude à laquelle elles étoient
livrées , y avoit encore amené cette fois de
grands feigneurs , des femmes élégantes , des
membres diftingués des autres académies ; & la
falle , fans être auffi remplie que les falles de
celles-ci, n'offre plus cet air de dénument &
d'abandon qu'on lui reprochoit auparavant. Afin
de faciliter mieux aux amateurs invités la liberté
de s'y rendre, il a fupprimé l'antique ufage dont
s'étoient affranchies depuis long-temps l'académie
françoife & celle des fciences , & que celle des
belles lettres avoit confervé jufqu'à cette année,
de commencer les féances d'hiver dès trois heures,
il l'a reculé à trois & demie.

L'affemblée, a commencé à l'heure indiquée,
par l'annonce que le même fecretaire a faite du
prix remporté par M. l'abbé *Mongez*, chanoine
régulier de Sainte Geneviève , garde des antiques
& du cabinet d'hiftoire naturelle de Sainte Gene-
vieve, des académies de Lyon , de Dijon & de
Rouen. Ce religieux préfent a fur le champ reçu
la médaille des mains du directeur.

M. Dacier a dit enfuite: « L'académie royale
» des infcriptions & belles-lettres avoit propofé
» pour le fujet du prix qu'elle devoit diftribuer à
» pâque 1783 , de déterminer: *Quelle étoit l'éten-*
» *due des domaines de la couronne lors de l'avéne-*
» *ment de Hugues Capet au trône ; quelles poffeffions*
» *ce prince y ajouta ; comment & par quels moyens*
» *ces domaines s'accrurent jufqu'au regne de Phi-*
» *lippe-Augufte exclufivement.* »

Les mémoires envoyés n'ayant pas fatisfait
pleinement aux vues de l'académie , elle propofe
de nouveau le même fujet pour pâque 1785 ,
& invite les auteurs à fe renfermer dans les

bornès de la question , fans fe livrer à des difcuffions qui ne tendent pas directement à l'éclaircir.

M. *Dacier* a continué , & lu l'éloge de l'abbé de Canaye. Il a commencé par une digreffion affez étendue fur la naiffance de fon héros, qui fe trouvoit iffu d'une famille de robe très - ancienne dans le parlement ; diftinction due au hafard , & dont M. l'abbé de Canaye faifoit fi peu de cas, qu'à plus de trente-cinq ans , interrogé fur fes armoiries , il les ignoroit, & fut obligé de regarder fon cachet pour en rendre compte. C'étoit un philofophe pratique dès fa plus tendre jeuneffe. Sorti du college , il embraffa l'état eccléfiaftique , comme plus propre à lui procurer cette vie douce & tranquille, ce repos , déja le terme de fes vœux , il fe trompa. Son pere le preffa de prendre une charge de confeiller clerc au parlement : n'ofant lui réfifter en face , & afin de fe fouftraire cependant à fes importunités , il choifit un afyle dans la congrégation de l'oratoire. Il y refta douze ans , & n'en fortit que certain de jouir de toute fa liberté. Il aimoit les fciences & les lettres ; il avoit étudié les langues , & fur-tout le grec ; il ne put réfifter au defir d'avoir une place à l'académie des belles-lettres. Il s'en repentit bientôt : l'obligation où l'on eft de donner à certains temps des mémoires , le gènoit ; au bout de dix ans , au lieu de continuer la route ordinaire pour obtenir la penfion qui exige au moins vingt ans de travaux , il demanda la vétérance , c'eft-à-dire, la faculté de refter dans l'inaction , & il en jouit dans la plus grande étendue. Lorfqu'on aiguillonnoit fa pareffe , il répondoit : *En littérature comme au théatre, le plaisir est rarement pour les acteurs.*

M. l'abbé de Canaye avoit entrepris une histoire de la philosophie des anciens ; mais il n'a point fini ce travail très-bien conçu de sa part ; il rendit compte dans une assemblée des motifs qui le déterminoient à y renoncer, & M. Dacier pour donner une idée de sa maniere & de son style, en a lu un morceau qui sentoit le bon littérateur, l'écrivain pur & l'homme de goût.

Il paroit que les principaux débris de la succession littéraire de l'abbé de Canaye consistent en cartes & en notes sur ses lectures. La plupart des livres de sa bibliothéque très-belle sont chargés à toutes les marges de pareilles réflexions. M. Dacier ne dit point à qui est passée cette bibliothéque curieuse.

Au moyen d'un genre de vie uniforme, d'une ame dégagée de toute passion forte, M. l'abbé de Canaye a poussé sa carriere jusqu'à quatre-vingt-huit ans. Il n'avoit d'autre infirmité que la surdité.

M. l'abbé de Canaye aimoit la société ; il y étoit plaisant & malin, mais d'esprit, & jamais de cœur. Les gens à prétention étoient seulement son fléau, & il se faisoit un plaisir de les humilier.

Dans ce second essai de son talent pour l'éloge, le secretaire confirme la bonne opinion qu'on en a conçue. Il s'est ici parfaitement conformé au genre de son héros. Son éloquence est douce, simple, & modeste comme l'abbé de Canaye.

Après cet éloge, M. Anquetil, à la voix de Stentor, a lu pour M. de Guignes des *Observations historiques & géographiques sur le récit de*

*Pline, concernant l'origine, l'antiquité des Indiens,
& la géographie de leur pays, & avec des recherches sur les principales révolutions de l'Inde.* Tout cela
est très-savant ; mais très-sec. Ce qu'on y voit de
plus intéressant, c'est qu'il n'y a plus d'indigenes
dans ces belles contrées que les Marattes que
les Scythes s'en sont emparés, & que ces peuples occupent aujourd'hui presque toutes les parties du globe.

A ce mémoire a succédé le sixieme *Mémoire
sur la noblesse françoise* de M. Deformeaux. Celui-
ci roule en entier sur les parlements & sur leur
origine. Il auroit fait beaucoup de sensation il y
a douze ans, & n'en a produit aucune en ce moment. Cette origine, suivant lui, ne remonte
qu'à Philippe le Bel, au commencement du qua-
torzieme siecle, ainsi que l'ont prétendu tous les
partisans du systéme de M. de Maupeou. Il les
réduit à la simple qualité de jugears. Toutes
ces assertions ne plairont point aux magistrats de
celui de Paris sur-tout, qu'il reconnoît cependant pour la seule cour des pairs. Du reste, il
cherche à se réconcilier avec eux, en ajoutant
qu'ils ont beaucoup aidé les rois à abattre l'autorité des grands vassaux, & à élever & consolider la leur.

L'excellent mémoire, celui qui a attiré l'attention, qui a charmé singuliérement l'assemblee,
c'est un cinquieme de M. *Gautier de* sur
la philosophie de Cicéron. C'est M. Dacier qui en
a fait la lecture. L'objet de l'académicien est de
prouver que Cicéron étoit aussi bon philosophe
que grand orateur, & que non content de bien
dire, il savoit encore bien faire. Il en a pris occasion de donner une vie complete de Cicéron,

M 5

telle qu'elle n'a point été composée. Il l'a rendue
d'autant plus intéreffante qu'elle fe trouve liée
avec les principaux événements de la république
à cette époque ; de-là de fuperbes tableaux de
fa corruption & de fes malheurs ; de-là des caracteres tracés avec autant d'énergie que de profondeur des infignes fcélérats , des vertueux citoyens qui la déchiroient alors ou la défendoient.
Entre ces derniers figuroit *Cicéron* avec beaucoup
d'éclat. C'eft ce que l'on voit par les détails des
faits relatifs à fa harangue *Pro lege maniliâ* , à fon
plaidoyer contre Verrès. Tout le monde a regretté
que la mefure dans laquelle ces fortes de mémoires académiques doivent être circonfcrits , n'ait
pas permis à l'auteur de s'étendre plus loin cette
fois.

L'heure s'avançoit , & dans tout autre temps
le directeur auroit fait lever la féance ; M. Bignon,
qui en faifoit les fonctions , entrant dans les
vues du nouveau fecretaire, de dégager autant
qu'il eft poffible l'académie de ces vieilles formes
claffiques , a prié M. *de Villoifon* qui devoit
fuivre , non-feulement de commencer, mais d'ache-
ver la lecture de fon mémoire , quoique l'heure
de la fortie ait fonné peu de temps après. C'eft
la premiere fois qu'on a dérogé à l'ufage. Au
furplus, le mémoire le méritoit peu ; le titre étoit
piquant ; il porte : *Relation d'un voyage littéraire
de Venife.* Depuis deux ans l'académicien étoit
abfent ; on s'attendoit à des chofes curieufes &
intéreffantes pour toute l'affemblée ; point du
tout , il s'agit uniquement de recherches qu'il eft
allé faire dans la bibliotheque de Saint-Marc de
livres rares qu'il y a trouvés, dont il donne une
nomenclature aride , & fur-tout d'une bible &

d'un Homere. Il se propose de faire de ce dernier une édition en deux volumes *in-folio*, où l'on trouvera ce qu'on n'a point encore vu. En attendant les auditeurs ont été frustrés dans leur attente, & sont sortis très - ennuyés d'une pareille lecture.

16 *Novembre*. Le résultat de la délibération de la caisse d'escompte, du 14 de ce mois, a été de décider unanimement que les billets séquestrés en vertu de la délibération de l'assemblée générale du 22 octobre dernier, seront biffés & invalidés d'abord, & ensuite tout-à-fait détruits, aussi-tôt qu'on en aura constaté le montant & réglé la comptabilité.

Que de 33 millions actuellement restant dans la circulation, il en sera retiré 5 pour réduire la totalité à 28 millions, & que ces 5 millions seront de même séquestrés, invalidés & détruits comme les précédents.

On observe que c'est encore trop, que ces messieurs ne devroient pas avoir plus de billets en circulation qu'ils n'ont faits de fonds, c'est-à-dire pour 12 millions, représentés par leurs actions. Mais il est à espérer que la méfiance générale fera tomber d'elle-même cet établissement impraticable en France.

16 *Novembre*. Malgré le service de Fontainebleau, les Italiens ne laissent point chommer la ville de nouveautés. Ils ont joué hier *la Karmesse* ou la *Foire flamande*, comédie en deux actes & en vers.

Les paroles sont de M. *Patrat*, & ne répondent pas à l'idée favorable qu'on a conçue de son talent par ses autres ouvrages.

La musique est d'un débutant, d'un Allemand;

M 6

M. *de Vogler*, paſſant pour avoir du feu, de l'énergie, de l'imagination. Mais toutes ces qualités ſe ſont trouvées ſi mal appliquées, le fonds a paru ſi trivial que le parterre a fortement hué les acteurs au ſecond acte.

Mlle. *Burette*, peu cuiraſſée encore contre les ſifflets, en a été vivement affectée, & s'eſt trouvée mal deux fois. La ſeconde il a fallu l'amener de la ſcene. Les comédiens ont laiſſé quelques minutes le reſte des acteurs dans l'inaction ; enfin ils ont eſſayé de clorre par un ballet. Le public a été très-mécontent qu'on ne s'empreſſât pas de lui rendre compte de ce qui ſe paſſoit ; le vacarme a été tel que les acteurs ont été obligé de ſe rendre à leur avoir. Le ſieur *Thomaſſin* eſt venu dire au public que Mlle. *Burette* étoit abſolument hors d'état de reprendre ſon rôle.

Le parterre, ſur cet expoſé, a demandé une autre piece, l'on a joué *la Servante Maîtreſſe*.

17 *Novembre*. L'extrait des regiſtres du procès-verbal des ſéances du chapitre général de Saint-Denis, certifié du général actuel, dom *Chevreux,* en ſa qualité de préſident qu'il avoit alors, & contreſigné de dom *le Maire*, le ſecretaire ; ſon objet eſt le même que celui du *Mémoire à conſulter & de la Conſultation*, d'établir la légitimité du chapitre, de prier les commiſſaires de ſa majeſté de porter aux pieds du trône les témoignages de la reconnoiſſance de la congrégation, d'éclairer & de ramener par la douceur & les bonnes inſtructions le petit nombre de religieux qui ſe ſeront permis quelques réſerves, ou même aucunes proteſtations ; en conſéquence de l'adreſſer à toutes les maiſons de la congrégation, pour que

ladite délibération y soit aussi-tôt lue, publiée, & inscrite sur le registre des actes capitulaires.

17 *Novembre*: La *poupée qui parle* a été construite en Portugal, & son auteur est Portugais. Suivant ce qu'il raconte, sa machine a été mise à l'inquisition, & il a fallu toute l'autorité de la reine de Portugal pour échapper à ce tribunal aveugle & ignorant. Il a fallu que sa poupée fît preuve d'orthodoxie & répondît aux questions qu'on lui a faites sur son catéchisme ; enfin, les docteurs en ont été si contents, qu'ils lui ont donné un certificat de catholicité, qui la met aussi à l'abri des recherches, non-seulement de l'inquisition nationale, mais de toute autre.

17 *Novembre*. On ne peut se lasser d'admirer la coupole de la nouvelle halle, & tout ce monument en général qu'elle change de face. Rien de plus gracieux à l'œil : il y règne, malgré cela, une simplicité noble qui en impose ; il semble que tous les artistes qui ont concouru à ces travaux aient cherché à s'évertuer & à se surpasser.

La lanterne en fer qui couvre l'ouverture à jour au sommet de la coupole, un des plus grands ouvrages de serrurerie en ce genre, a été exécutée par le sieur *Contou*, serrurier, avec une légèreté & une précision fort difficile à mettre dans cette espece de charpente en fer.

La lanterne est couverte avec des verres doubles de trois lignes d'épaisseur, de la manufacture de Saint-Quirin, en sorte qu'on a pu se passer d'un grillage, moyen embarrassant, d'un entretien coûteux & qui auroit diminué la clarté, très-belle aujourd'hui.

M. Franklin, enchanté de cet édifice, veut bien

donner ſes ſoins pour y établir un paratonnerre
préſervatif , qui commence à s'établir dans cette
capitale en différents endroits.

Au haut de la coupole eſt un *Pneumamometre*
ou cadran à vent ; c'eſt le prolongement de l'axe
de la girouette , lequel porte une aiguille deſtinée
à marquer dans l'intérieur le vent qui ſouffle ſur
un cercle où ſont en lettres découpées les initiales
des vents principaux. Un ſoc de charrue forme
la girouette.

Le médaillon de *Louis XV*, ſous le regne duquel la halle a été conſtruite , décoroit déja ce
monument. Meſſieurs *le Grand* & *Molinos* ont obtenu de *Louis XVI* , la permiſſion de placer ſon
médaillon en face de celui de ſon aïeul.

Ils ont auſſi demandé à S. M. la permiſſion
d'y pendre les buſtes de *Philibert Delorme* , & de
M. le Noir.

Au bas du premier on a gravé une inſcription
françoiſe , qui annonce que Philibert Delorme ,
architecte de *Henri II* , eſt l'inventeur du procédé de la couverture dont on vient de faire
uſage.

Au bas du ſecond , autre inſcription qui fait
connoître que c'eſt ſous ce lieutenant de police ,
par ſes encouragements & par ſon zele que le
monument commencé le 10 ſeptembre 1782, a été
achevé le 22 ſeptembre 1783.

Ces deux médaillons de M. *Rolland*, nouvel
agréé en ſculpture , étoient expoſés au ſallon dernier & n'y ont fait aucune ſenſation , parce qu'ils
n'étoient pas dans leur point de vue néceſſaire.
On deſireroit pourtant dans le portrait de M. *le Noir*,
quelque choſe de moins roide , quelque choſe de

ce gracieux qu'il a dans fa phyfionomie, à un degré fort difficile à faifir par l'artifte.

18 *Novembre*. L'affaire du comte *de Gamache* avec le comte *de Malderé* revient fur le tapis. Le premier n'a point fait purger fon décret ; mais par arrangement dont s'eft entremis le maréchal duc *de Biron*, fon adverfaire eft convenu de n'y donner aucune fuite, & même de payer au comte de Gamache une fomme de 24,500 livres, dans des délais prefcrits. Le premier terme n'eft pas encore échu ; mais M. *de Malderé* venant de vendre toutes fes terres & biens, lui fouftrait par-là les gages de fa créance.

C'eft dans cette circonftance que le comte de Gamache vient de préfenter un mémoire au maréchal duc *de Biron*, comme médiateur de l'accommodement, où non-feulement il fe plaint du procédé malhonnête de M. de Malderé, mais fe juftifie fur le fait de l'ufure, motif de fon décret, en prouvant par des pieces qu'il a recouvrées depuis, que, bien loin de perdre fur le fameux Saint-Efprit de diamant, objet de la querelle, fa partie y a gagné plus d'un cinquieme.

M. *de Gamache* a remis ce mémoire non-feulement au maréchal, mais au major du régiment des gardes & à plufieurs officiers. Il fe propofe en outre, au retour de Fontainebleau de le préfenter au roi même & de le répandre à Verfailles.

Cette nouvelle conteftation ne peut manquer d'occafioner un éclat, & l'on commence à en parler beaucoup dans le monde.

19 *Novembre*. On vante finguliérement le difcours que M. *de Calonne* a prononcé le jeudi 13 de ce mois à la chambre des comptes où il a été

reçu. Les partisans de ce ministre craignoient qu'il n'y éprouvât des difficultés, comme entaché par quelques cours de magistrature. Au contraire, il a charmé l'assemblée par son éloquence nerveuse, par son air de confiance, & elle a cru voir en lui le restaurateur des finances, attendu depuis si long-temps.

19 *Novembre*. Les comédiens italiens ont donné hier la premiere représentation des *Déguisemens amoureux*, comédie en un acte & en prose. C'est une bagatelle ingénieuse, où un amant s'efforce de ramener sa maitresse décidée à ne point l'épouser par une délicatesse excessive, à renoncer à l'amour & à se livrer, pour se distraire, aux arts & aux sciences. Il joue tour-à-tour auprès d'elle le rôle de peintre allemand, de musicien italien, de philosophe anglois, & de poëte françois : il se sert de ces diverses métamorphoses pour entretenir au contraire l'amour dans le cœur de cette femme : & lorsqu'il est parvenu au point de lui faire regretter le parti qu'elle a pris, il se découvre, & l'hymen se conclut.

L'art avec lequel le sieur *Grangé* rend les quatre rôles tres-variés, a beaucoup contribué au succès de la piece, où d'ailleurs le poëte a enchâssé adroitement quantité de réminiscences qui ont produit de l'effet comme neuves.

Cette petite comédie est de M. Patrat, & l'a dédommagé du mauvais accueil qu'avoit reçu samedi sa piece à ariettes.

19 *Novembre*. Personne semble ne plus douter aujourd'hui que M. *Amelot* n'ait recueilli les fruits trop amers de son goût pour le sexe. On en parle hautement à la cour ; on en plaisante ; on dit qu'il a la maladie des serins, le bouton sous la queue;

ce qui confirme ce soupçon, c'est que personne ne peut approcher de lui depuis trois mois & plus, pas même sa famille. Une naïveté de son Suisse le tourneroit en certitude, si elle étoit vraie. On veut qu'un *quidam*, vingt fois venu pour parler à ce ministre & n'ayant pu y parvenir, ayant demandé à ce Suisse d'un air mystérieux : mais est-ce que M. Amelot auroit la petite vérole, il lui ait répondu brusquement : *Bon, est-ce que vous prenez mon maitre pour un enfant ?* Quoi qu'il en soit, on a fait une épigramme à ce sujet de la manière suivante :

> Depuis trois mois, toujours inaccessible
> En son hôtel, Amelot retranché,
> Et travaillé de maladie horrible. . . .
> Que l'on ne nomme ; experts en son péché,
> Le jugent fort de virus entiché.
> Un protégé que ce refus désole,
> Au Suisse dit d'un air de connoisseur :
> Seroit-ce pas la petite vérole !
> Eh quoi ! repart le rustre avec humeur,
> Pour un enfant prenez—vous monseigneur !

20 *Novembre.* M. *de Calonne*, qui n'ignore pas les bruits défavorables qui courent sur son compte, semble vouloir se réconcilier le public par des actes de justice rigoureuse & par l'expulsion de sujets qui lui déplaisent.

Ayant su que le sieur *Coster*, un des premiers commis du contrôle-général, étoit celui qui avoit induit en erreur M. *d'Ormesson*, en prétendant que le bail des fermes offroit des clauses qui le rendoient fufceptible de réfiliation , il l'a envoyé chercher ; il lui a préfenté cet acte ; il lui a demandé de lui découvrir ces claufes. Le fieur *Cofter* n'ayant pu y parvenir , il l'a traité durement ; il lui a reproché de s'être joué de la foibleffe & de la crédulité de fon prédéceffeur , d'avoir ébranlé la confiance publique & fait manquer le roi à fa parole qui doit être encore plus facrée qu'une autre ; il l'a remercié enfuite , & l'on ajoute qu'il lui a adminiftré une lettre de cachet qui l'exile en Lorraine.

Le fieur *Hamelin* , autre premier commis des finances, très-mal famé, détefté du public , qui, plufieurs fois chaffé , étoit toujours revenu fur l'eau, malgré fes talents a auffi été remercié & immolé à l'indignation générale.

Cet *Hamelin* , qui n'ignoroit pas la façon de penfer du public fur fon compte, qui fe voyoit démafqué aux yeux de ceux qui ne l'auroient pas connu fans les divers pamphlets répandus lors de l'adminiftration de M. *Necker* , & depuis avoit eu l'impudence d'expofer fon portrait au fallon dernier, & d'y figurer à côté des auguftes perfonnages de la famille royale , des hommes illuftres , des artiftes diftingués de la nation.

20 *Novembre.* Les *Mémoires Secrets* , &c. pour l'année 1782 , font répandus ici depuis quelque temps & toujours avec la même curiofité de la part du public. Cette fois il y a trois volumes qui forment le 19 , 20 & 21 de la collection. Les additions qui embraffent un volume entier & plus, font caufe de cette augmentation. Elles vont depuis le 6 juillet 1763 , jufqu'au 5 mars 1771. On y a joint auffi les *lettres fur le fallon de* 1781 , qui auroient dû être inférées dans les volumes de

l'année dernicre, & dont on attribue l'omiffion au retard que le manufcrit a éprouvé en route. Il eft bien à defirer que, lorfque toutes ces addi-tions feront completes , on falle une nouvelle éditon de cet ouvrage de bibliotheque, & qu'on rapporte à leur date les articles tranfpofés.

On fent aulli de plus en plus la néceffité d'une table pour cet ouvrage volumineux où l'on com-mence à fe perdre; moins pourtant que dans tout autre, à raifon des dates ; plus on tardera, plus cette table deviendra indifpenfable , & de lon-gue haleine & plus difficile à faire conféquem-ment.

Du refte les nouveaux volumes offrent des ma-tieres très-intéreffantes : tout le détail des fetes à l'occafion de la naiffance de M. le dauphin , celui des querelles élevées dans la littérature pour l'ouvrage de madame *de Genlis* , celui du féjour du comte & de la comteffe du Nord en France , celui des débats du parlement de Befançon , des états de Bretagne , celui de la banqueroute in-croyable du prince de Guimené rendent cet ou-vrage extrêmement diverfifié & piquant, extrait d'un manufcrit de nouvelles très-accréditées dans Paris, dans la province & chez l'étranger.

21 *Novembre.* La piece du *Séducteur* eft déci-dément du marquis *de Bievre*; il l'avoue dans le journal de Paris. Des gens dignes de foi atteftent avoir eu connoiffance du manufcrit, il y a fix ans. Comme premiere production , celle-ci lui fait in-finiment d'honneur ; il eft peu d'autres comiques qui débutent par une comédie en cinq actes & par une de caractere. Mais à ne la confidérer qu'en elle-même , elle eft médiocre & remplie de défauts.

Le principal personnage n'a point cette finesse ; cet art, ce talent enchanteur qu'il lui faudroit. Il ne réussit que par la bêtise des autres personnages. D'ailleurs, il se peint plus en paroles qu'en actions, & ses discours même ont plutôt l'air d'un persiflage, que ce ton naturel & persuasif propre à entraîner le cœur.

L'intrigue est obscure, embrouillée, mal conçue par le poëte lui-même, qui, sans doute, ne pourroit rendre raison de beaucoup de choses qu'on lui demanderoit. Les moyens dont il se sert sont peu honnêtes, grossiers & déja employés par ses prédécesseurs.

La plupart des caracteres ne sont qu'indignes & se contredisent. Celui d'un valet philosophe est bas & plat, d'ailleurs calqué sur trois ou quatre du même genre qu'on vient de voir.

Enfin, la piece, vraiment comique dans les premieres actes, dégénere dans les derniers en un drame triste & noir ; il finit presque d'une maniere tragique ; ce qui cause une bigarrure déplaisante, & ôte à l'ouvrage cette unité de composition qui caractérise ceux des maîtres.

Quant au style, il est bon, élégant, facile, & l'on doit louer M. *de Bievre* de s'être refusé à ces détails postiches où l'on trouve l'auteur plus que le personnage.

21 *Novembre.* Il paroît constant que M. le duc de Caylus dont la gazette de France a annoncé la mort, il y a quelques temps, a été tué par le marquis *de Seignelay.* Il étoit amant de la femme de celui-ci, qui ne l'ignoroit pas, qui ne se regardoit pas moins comme son ami, & qui le traitoit de même. Par raison de convenance & d'économie donc, & non par jalou-

fie, le marquis avoit propofé à la marquife de paffer quelques années dans fa terre ; elle s'y étoit refufée. M. *de Seignelay* connoiffant l'empire du duc *de Caylus* fur fa femme, a recours à lui, l'engage à déterminer fa moitié à fe conformer à fes arrangements : du refte, pour ne déranger rien des leurs, lui propofe d'y venir tant qu'il voudra. Le duc lui déclare qu'il ne peut faire ce qu'il defire, que c'eft lui qui au contraire a diffuadé fa femme d'aller ainfi s'enterrer toute fa vie. De-là, des propos & un duel dont le duc a été juftement la victime.

21 *Novembre.* La famille de M. *Amelot*, qui a fenti la néceffité de l'engager à donner fa démiffion, avant qu'on la lui demandat, pour jouir du traitement favorable qu'on lui a fait, l'y a enfin determiné. C'eft M. le baron *de Breteuil* qui lui fuccede, & a été nommé par le roi avant-hier.

Le vœu public appelloit à cette place M. le Noir, qui remplit depuis long-temps avec diftinction celle de lieutenant-général de police, dont l'autre devroit naturellement être la récompenfe. Au refte, bien des gens penfent que M. le baron *de Breteuil*, que fes talents diftingués dans une autre carriere femblent y appeller, n'eft là qu'en dépôt.

Quoi qu'il en foit, M. *de Breteuil* n'a, dit-on, accepté le departement de Paris qu'à condition qu'il y réuniroit de nouveau plufieurs parties qui en avoient été diftraites, & qu'il feroit rétabli dans toute fon intégrité.

22 *Novembre.* Hier a été faite, au château de la Muette, en préfence de M. le dauphin & de toute fa cour, une nouvelle expérience

de la machine aéroſtatique de M. de Montgolfier, transportée du fauxbourg Saint-Antoine en
ce lieu.

Cette fois M. le marquis *d'Arlandes* & M. *Pilâtre*
de Rozier s'y étant embarqués, ſont partis à une
heure cinquante-quatre minutes de l'après-dînée,
après avoir fait couper les cordages qui la retenoient. Parvenus à environ 250 pieds de hauteur, ils ont baiſſé leur chapeau & ſalué les
ſpectateurs. Bientôt les navigateurs aériens ont
été perdus de vue ; mais la machine, pouſſée
par le vent, a pris la diagonale, & l'on eſtime
qu'elle a monté dans cette direction d'un mouvement compoſé, environ à 3000 pieds ; elle eſt
toujours reſtée viſible, comme ſous la forme d'un
gros luſtre.

La machine a traverſé la Seine au deſſus de
la barriere de la conférence, & paſſant de là
entre l'école militaire & l'hôtel royal des inva-
lides, elle a été à portée d'être vue de tout
Paris.

Etant à peu près au deſſus de la rue de Seve,
les voyageurs ſe ſont apperçus que la machine
baiſſoit ſenſiblement ; ils n'ont point perdu là
tête, ils ont alimenté le braſier avec de nouvelles matieres, ils ſe ſont élevés une ſeconde
fois & ont ainſi dépaſſé Paris. Alors, ſatisfaits
de cette courſe, ils ſe ſont laiſſé deſcendre tranquillement dans la campagne, au-delà du
nouveau boulevard, vis-à-vis le moulin de
Croulebarbe.

Ces voyageurs ont bientôt été entourés &
queſtionnés par les curieux ; ils ont déclaré
n'avoir pas éprouvé la plus légere incommodité ;
ils étoient ſeulement noirs comme des charbon-

niers par la fumée dont ils étoient environnés. Ils avoient conservé les deux tiers de leur approvisionnement : ils pouvoient donc, s'ils l'euflent defiré, franchir un espace triple de celui qu'ils ont parcouru. Leur route a été de 4 à 5000 toises, & le temps qu'ils y ont employé de 20 à 25 minutes.

M. d'Arlandes a été ramené en triomphe au château de la Muette, où madame la duchesse de Polignac lui a fait servir à dîner. Quant à M. Pilatre de Rozier, il étoit si mal accoutré, si fatigué qu'il s'est rendu chez lui tout de suite.

Il a été sur le champ dépêché des couriers à Fontainebleau pour instruire le roi & la reine de cet événement mémorable ; & il en a été dressé un procès-verbal signé par les ducs *de Polignac* & *de Guignes*, par les comtes *de Polastron* & *de Vaudreuil*, par messieurs *d'Hunaud*, *Benjamin Franklin*, *Faujas de Saint-Fond*, *de l'Ifle*, *le Roi*, de l'académie des sciences.

Pour constater cette seconde époque des progrès de la machine aéroflatique, il est question de frapper une médaille, d'élever même un monument au lieu où les voyageurs ont rabattu ; & il y a une souscription ouverte à cet effet au café du Caveau. C'est un enthousiasme général.

22 *Novembre.* Messieurs de la caisse d'escompte, bien loin de vouloir renoncer à leur établissement devenu si funeste, semblent tendre à le consolider plus que jamais. Ils tiennent aujourd'hui une assemblée générale extraordinaire annoncée, *relative aux statuts & réglemens.*

22 *Novembre.* On est indigné que les sieurs

Hamelin & *Coster* aient des penfions confidéra-
bles, lorfqu'on annonce qu'on les chaffe par mécontentement. On dit que le premier a 10,000 liv.
& le fecond 15,000 livres. Les amis du dernier,
parti fur le champ pour la Lorraine, prétendent
que c'eft très-volontairement pour voir fon pays
natal ; qu'il n'eft nullement exilé.

23 *Novembre.* Extrait d'une lettre de Chantilly,
du 10 novembre. . . . Je viens de voir les fameux cygnes étrangers, fur lefquels on ne vous
a pas raconté dans tous les détails l'anecdote qui
vous intéreffe ; la voici.

M. *Mou er.*, le genovéfain, qui vient d'être
couronné à l'académie des belles-lettres, fur le
rapport qu'on lui fait du chant de ces cygnes,
fe tranfporte au château, examine & compofe
fur ce phénomène un mémoire qu'il lit à l'académie des fciences, enfuite à celle des belles-
lettres au mois de juillet dernier. Inftruit de la
fenfation que caufe ce mémoire curieux, M. le
prince de Condé écrit à l'académie des belles-
lettres & défire qu'on lui en faffe part. Deux
académiciens, le fecretaire de l'académie & l'auteur, fe rendent auprès de fon alteffe. Le prince
les accompagne lui-même, & propofe de facri-
fier un de fes propres cygnes pour faire chanter
en leur préfence ces cygnes étrangers, ne chantant
qu'en marque de victoire fur quelque autre
oifeau. Le cygne demeftique lâché, les nouveaux arrivés tombent deffus, le tuent fe mettent
à préluder & à produire l'harmonie défirée. Le
mâle prenoit les deux notes *mi fa*, la femelle, *re
mi*, & avec ces quatre tons ils formerent un concert mélodieux.

23 *Novembre.* C'eft mardi qu'aura lieu la publication

blication de la paix. Quant aux réjouissances qui ne paroissent pas devoir être considérables , elles sont remises jusqu'au *Te Deum*. Il ne sera chanté que lorsque M. le garde-des-sceaux , qui est incommodé , sera en état d'y assister. Messieurs de Notre-Dame se disposent à le rendre intéressant pour les amateurs. Depuis long-temps on se plaint que ce n'est que de la vieille musique ; qu'elle est maigre, sourde , monotone, soporative : ce défaut, depuis que les oreilles sont faites à l'harmonie bruyante du chevalier *Gluck* & des symphonies allemandes , est devenu insupportable , & la reine même en a témoigné son mécontentement.

En conséquence, le chapitre a tenu une délibération à ce sujet , & a arrêté que M. le doyen se transporteroit chez M. le maréchal duc *de Biron* , pour le prier de laisser la musique du régiment des gardes se joindre à celle de l'église de Paris , & exécuter le *Te Deum* avec elle. On espere que le mélange de cette musique militaire avec la musique religieuse produira un très-bon effet ; on en fera des répétitions avant, où seront invités les fameux harmoniphiles qui en décideront.

23 Novembre. Il paroît un pamphlet dans l'affaire des bénédictins , de quatre-vingts pages environ, ou plutôt en général contre le clergé , qui n'a pu être arrêté, comme celui de dom *Dapre*, & a transpiré à la cour. On dit même qu'on en a fait parvenir un exemplaire au roi ; il ne se vend point, & est envoyé anonymement aux gens qu'on regarde comme susceptibles de s'intéresser à la querelle & de le répandre.

24 Novembre. On fait aujourd'hui plus au

long ce qui s'eſt paſſé dans l'aſſemblée générale
des actionnaires de la caiſſe d'eſcompte le 14 de ce
mois.

Les commiſſaires nommés pour examiner la
ſituation des affaires, ont rapporté qu'il y avoit
dans la caiſſe non - ſeulement des valeurs ſuffi-
ſantes à l'acquittement des billets en circulation,
mais qu'encore ſi la compagnie ſe ſéparoit en ce
moment, chacun pourroit retirer les 3,000 liv.
montant de l'action, & de plus 500 livres de
bénéfice.

Cette découverte a merveilleuſement réjoui
l'aſſemblée, qui n'a plus ſongé à ſe diſſoudre,
& s'eſt moins occupée de ſatisfaire promptement
ſes créanciers que de continuer ſon exiſtence & d'y
faire concourir l'autorité.

Un des moyens de reviviſcence imaginé &
adopté, a été de créer mille actions de plus, pro-
duiſant d'abord un fonds de 3 millions, enſuite
d'y faire joindre par les acquéreurs une ſomme de
500 livres, ſupplément qui mit la nouvelle action
au niveau de l'ancienne.

En conſéquence, on a tout de ſuite formé un
comité d'actionnaires nommés pour rédiger des
ſtatuts & réglements. Ce travail a été bientôt fait,
& le comité en a rendu compte à la derniere aſſemblée générale du 22.

Munis de ces pieces, les directeurs ſe ſont re-
tirés pardevers le nouveau contrôleur - général,
& ont ſollicité un autre arrêt du conſeil qui per-
mît la création des nouvelles actions & homo-
loguât leurs ſtatuts.

Ils ont préalablement démontré au miniſtre
qu'au moyen de l'augmentation de leur capital,

réfultant de la création des nouvelles actions, ainfi que du délaiffement des bénéfices en accroiffement de fonds , ils feroient en état de payer , à bureau ouvert , avant le premier janvier , & de fatisfaire fans aucun fecours à tous leurs engagements.

Il paroît que fur cet expofé M. *de Calonne* , qui les avoit d'abord traités févérement , qui les avoit affurés qu'il n'y auroit aucune prolongation à l'arrêt du confeil du 27 feptembre , pour quelque caufe & prétexte que ce foit, les a mieux accueillis , a reconnu les avantages très - importants que préfentoit leur établiffement , ceux qu'il avoit déja procurés en réalité , avantages qui pourroient devenir beaucoup plus grands fous un meilleur régime, & leur a promis une protection plus éclatante que jamais. Ils fe vantent de recevoir inceffamment les effets de la bienveillance miniftérielle.

24 *Novembre.* M. *d'Angiviller* voit de fort mauvais œil l'établiffement du fieur *de la Blancherie* , qui , depuis fon expofition de tableaux anciens , intitule fon appartement : *le Sallon de la correfpondance*, par affimilation avec le fallon fous les ordres du directeur - général des bâtiments. Cette affectation a fcandalifé encore plus celui- ci , qui lui a écrit une lettre miniftérielle où il lui marque que depuis huit ans de fon agence prétendue générale de correfpondance pour les fciences & les arts , on a reconnu qu'elle avoit été plus nuifible qu'utile ; qu'en conféquence , il en avoit rendu compte à fa majefté & pris fes ordres , en vertu defquels il lui enjoignoit de fermer fon fallon de la correfpondance ; que du refte , il n'entreroit pas dans de plus grands

N 2

détails, ne devant y avoir rien de commun entr'eux.

Le sieur de la *Blancherie*, appuyé de ses protecteurs, n'a point voulu reconnoître l'autorité du comte *d'Angiviller*, auquel il prétend ne pas devoir être subordonné ; il a présenté requête au conseil des dépêches, afin de faire cesser ces vexations & d'obtenir des lettres - patentes qui donnassent une consistance véritable à son établissement. La contestation est pendante à ce tribunal; en attendant il a obtenu une permission du ministre de Paris, & son *Sallon de la Correspondance* s'est ouvert le jeudi 10 de ce mois.

24 *Novembre.* On a parlé de la rivalité établie entre l'*Ecole de Montgolfier* & l'*Ecole de Charles*, qui ont des procédés différents pour faire les expériences de la machine aérostatique : elle subsiste, & en conséquence les partisans & souscripteurs du dernier ont fait construire un globe pour leur usage. Ce globe a vingt - six pieds de diametre, & de place pour environ 800 livres d'air: il y aura un char appendu au bas; & lorsque ses accessoires y seront joints & qu'il partira, on prétend qu'il aura coûté environ 10,000 livres de dépense.

Après avoir tenté dans le char, où montera un physicien, diverses expériences sur l'électricité, la densité & la chaleur de l'atmosphere, ainsi que sur la gravitation des corps, on descendra ce ballon retenu par des cordes ; messieurs Robert, les aides-de-camp de M. Charles, le faiseur vraisemblablement des premieres expériences, se mettront dans le char; on coupera les cordes, & ils vogueront dans l'atmosphere à *ballon perdu.* Ils prétendent être sûrs des moyens simples qu'ils emploieront pour monter & defcendre à volonté.

En attendant que ces expériences, dont le jour n'eft pas encore indiqué, aient lieu, on va voir le ballon au château des Tuileries, où il eft expofé aux regards & à la critique des curieux dans la falle du concert fpirituel. Il n'eft encore rempli que d'air atmofphérique.

24 *Novembre.* M. *de Sauvigny* avoit depuis plufieurs années une tragédie fur le répertoire des François, fous le titre *de Gabrielle d'Eftrée*, en cinq actes & en vers. Elle avoit été jouée à Verfailles avec la même qualification & imprimée la même année. Depuis la querelle des auteurs avec ces comédiens, il n'a point voulu fe foumettre à la relure exigée, & il s'eft retourné du côté de la comédie italienne pour faire jouer fa Gabrielle ; mais il a été obligé d'en changer le titre & d'y fubftituer celui de *piece dramatique*. Il a fallu encore mieux, qu'il refît le dénouement. Dans l'imprimé, l'héroïne meurt empoifonnée, ce qui lui donnoit le caractere vraiment tragique, & motivoit l'oppofition du théatre rival : elle confent aujourd'hui à vivre, & avec cette tournure tous les obftacles font levés. La premiere repréfentation de ce drame héroïque aura lieu demain.

25 *Novembre.* Extrait d'une lettre du Havre, du 20 novembre. ... Malgré les reflexions d'un célebre académicien, le marquis *de Carencer*, les travaux de cette ville font commencés & les devis arrêtés à près de 20 millions.

La plus grande partie de la citadelle eft démolie & nous n'en aurons plus ; on la regarde comme inutile. On doit conftruire une nouvelle

ville fur tout le terrein que la mer laiffe entr'elle
& l'embouchure de la Seine. Il y aura deux baf-
fins marchands & un baffin royal. Le baffin royal
actuel ne formera qu'un des deux premiers.

Du baffin royal nouveau il partira un canal
de vingt pieds de profondeur allant à Harfleur.
Cet ouvrage avoit été projeté & commencé par
M. *de Varban* : il facilitera l'arrivée & l'entrée
des bois de conftruction & de tous les approvi-
fionnements qui viendront de Rouen.

Malgré tant de dépenfes il eft des gens de l'art
qui eftiment qu'il ne pourra jamais entrer ici que
des vaiffeaux de 50 canons au plus.

Il y a des travaux auffi commencés à Dieppe
pour le nettoiement du port, dont le galet com-
bloit l'entrée; mais l'éclufe qui doit opérer cet
avantage, eft deftinée à en procurer un plus grand,
& à former dans cette ville un baffin affez profond pour recevoir des vaiffeaux de même grandeur qu'au Havre.

Quant à Dunkerque, nous favons bien qu'il
y a beaucoup de projets fur le tapis, & fi l'on en
exécute quelqu'un, il paroît qu'on reviendra à
celui de M. *de Vauban*. Ce feroit encore une
affaire de 7 à 8 millions pour recreufer le baffin, faire curer le port & les forts, &c. Mais
il y a l'article des fortifications de terre qui deviendroient immenfes & exigeroient de nouvelles
fondations, puifque les anciennes font dans la
ville & que celle-ci eft agrandie de moitié.
Ainfi, nous fommes tranquilles & ne redoutons
plus la concurrence de ce port jadis fi floriffant.

25 *Novembre.* Extrait d'une lettre de Pétersbourg,
du 25 octobre..... Le projet de notre fouveraine
de fiéger fur le trône des empereurs d'Orient

n'eft pas nouveau ; il y a dix ans qu'elle écrivoit en confidence à *Voltaire* : « Seriez-vous fâché de » me voir à Conftantinople habillée à la grecque , » & une couronne fur la tête ? » .... Et ce philofophe n'avoit pas peu contribué à lui infpirer ces idées magnifiques .....

26 *Novembre.* L'arrêt du confeil que meffieurs de la caiffe d'efcompte fe flattoient d'obtenir en leur faveur , a eu lieu promptement. Il eft daté du 23 de ce mois.

Dans un long préambule fa majefté déclare qu'ayant pris une connoiffance exacte de tout ce qui concerne la caiffe d'efcompte , des principes de fon inftitution , des caufes qui ont amené la crife qu'elle a éprouvée , de l'effet qu'ont produit les moyens employés pour y remédier & de la fituation actuelle où elle fe trouve , elle rend juftice à l'utilité de cette caiffe , & prend les mefures néceffaires , en la confervant , pour qu'il n'arrive plus rien de pareil.

On a fur-tout foin de détruire les idées confufes de *papier - monnoie* , que les circonftances ont fait naître & les alarmes que ce mot feul infpire. Afin d'y mieux réuffir , on affranchit la circulation des billets de toute contrainte, & déclare leur acceptation purement volontaire ; en forte que l'effet des arrêts des 17 & 30 feptembre dernier ceffe dès ce moment.

On homologue les ftatuts dont les principaux portent la création nouvelle de mille actions annoncées & ajoutées aux quatre mille anciennes ; en forte que le capital des fonds de la caiffe en circulation feront de 15 millions , & en outre il y aura en réferve 2 millions 500,000 livres , provenant des bénéfices de la caiffe & du fupplément des actions nouvelles , dont il a aussi été parlé.

Il sera toujours gardé en caisse un fonds suffisant d'especes effectives dans une proportion qui ne pourra jamais être moindre du tiers ou quart de la somme des billets en circulation.

Il ne sera rien escompté à plus de quatre-vingt-dix jours de terme, & le prix de l'escompte ne pourra excéder quatre pour cent pour ce qui ne passera pas l'échéance de 30 jours , & quatre & demi pour cent pour les effets dont l'échéance sera depuis trente jours jusqu'à quatre-vingt-dix.

Ce qu'on critique dans cet arrêt , c'est qu'en affranchissant les caisses générales & particulieres de la contrainte de recevoir ces billets , on se contente de dire : *qu'il est calculé & démontré que bientôt & sûrement avant l'époque du premier janvier prochain, les administrateurs de la caisse d'escompte seront en état de payer à bureau ouvert , & de satisfaire , sans aucun secours, à tous leurs engagements.* Mais ces administrateurs ne sont pourtant pas forcés de payer dès ce moment des billets que le possesseur peut se trouver forcé de garder.

26 *Novembre.* On conçoit que le sujet de la piece de M. *de Sauvigny* ne peut être que le même sujet de celui de la *Bérénice de Racine*, & que si ce grand homme y a échoué, il ne devoit pas se flatter de réussir mieux. Les trois premiers actes ont cependant été assez applaudis ; mais le caractere *de Henri IV* foiblit tellement dans les quatrieme & cinquieme , qu'on s'indigne contre l'auteur, de le subordonner à celui *de Sully* , & qui plus est à celui de sa maîtresse. Un décret de Rome qu'il fait intervenir & servir de nœud à

fon intrigue par l'oppofition de cette cour au mariage, & fes menaces, eft fur-tout très-révoltant
de nos jours, où les foudres du Vatican ont perdu
toute leur force.

Du refte, la piece n'eft pas fans mérite ; il y
a des morceaux intéreffants de détail, des vers de
fentiment, & la verfification en général a de la
douceur & de l'harmonie.

La nouveauté d'une tragédie aux Italiens y
avoit amené hier beaucoup de monde ; on étoit
curieux de voir comment ils s'en tireroient, &
en général il n'ont point mal joué. Le rôle de
Sully auroit été le mieux rendu par le fieur
Courcelle, fi la mémoire ne lui eût pas manqué
quelquefois.

Du refte, il y avoit une forte cabale de la
part des comédiens françois qui voient avec peine
ces rivaux s'élever & bientôt s'affimiler à eux &
chauffer jufqu'au cothurne.

26 *Novembre.* Hier a eu lieu la publication
de la paix, dont la formule mérite d'être connue par fa fingularité.

M. le chevalier *de la Haye*, roi d'armes de
France, accompagné d'un détachement de fix
hérauts d'armes, precédés de la mufique de la
chambre & des écuries de fa majefté, du maître
des cérémonies, a été prendre, de la part du roi,
le prévôt des marchands, le corps de la ville &
le châtelet : après y avoir reçu l'ordonnance de la
paix & en avoir fait faire lecture, ces differentes
compagnies & députations fe rendirent dans
les places publiques, où le roi d'armes de France,
après avoir commandé trois chamades des clo-
ches d'armes de fa majefté, a par trois fois prononcé ; *De par le roi*, & a dit : *Premier hérault*

d'armes de France , au titre de Bourgogne , faites les fonctions de votre charge , & lui a remis en même temps l'ordonnance de la paix, que le premier hérault d'armes a publiée. Après quoi le roi d'armes a fait sonner trois fanfares , & a prononcé par trois fois : *Vive le Roi!* ce qui a eu lieu dans quatorze places publiques. Ensuite on s'est rendu à la ville où le roi d'armes de France & les héraults ont soupé avec le prévôt des marchands , &c.

Par un ancien & singulier usage, le jour de la publication de la paix , il est préparé aux feuillants une collation dans l'après - midi, où sont reçus seulement le roi d'armes de France & les héraults. Les magistrats , qui n'y sont point invités, les attendent.

Fin du vingt-troisieme Volume.

www.ingramcontent.com/pod-product-compliance
Lightning Source LLC
Chambersburg PA
CBHW071900020726
47502CB00003B/828